가을 방학

가을방학

연소민 장편소설

열림원

다르게 살고 싶은 마음,
박차고 나가고 싶은 마음이 너무 간절하다 보니,
여행 다니면서 새로운 걸 보고 싶은 마음은 안 생기거든요.

아무리 그런 도시들에 가본다 한들, 그래 봤자 뭐가 나아지겠어요.
변하는 건 아무것도 없고,
여행을 마치고 돌아오면 똑같이 그 자리일 거잖아요.

―마르그리트 뒤라스, 『동네 공원』

| 차례 |

프롤로그
보사노바의 계절
009

바닷가 마을
027

엄마를 키우는 방법
123

가을 여행
213

에필로그
가을에 보내는 안부 인사
315

작가의 말
323

프롤로그
보사노바의 계절

가을 방학

한 해의 시작은 봄이라고들 하지만, 나에게 첫 계절은 가을이었다. 무더운 열대야와 지루한 장마를 버티고 나면 선물처럼 가을이 찾아온다.

나에게 여름은 왜 버텨야 하는 계절이 되었을까.

여름은 많은 것에 생명력을 주는 만큼 동시에 많은 것을 부패시킨다. 하수구에선 썩은 물의 악취가 진동하고 쉬어버린 음식 냄새가 팽창한다. 음식들 주위로는 온갖 벌레들이 들끓고 세균이 증식한다. 숫자로는 다 표현되지 않는 습도 때문에 숨이 턱턱 막히고 얼마 걷지 않아도 가슴이 죄어온다. 찝찔한 땀이 배어나 색이 진해진 옷은 여름의 난동을 증명한다. 여름을 나는 일이 나에게는 많은 인내가 요구되었다.

나와 달리 엄마는 여름을 사람과 사람이 친밀해지기에 더없이 좋은 계절이라고 생각했다. "긴 낮은 여름의 축복이야. 긴 방학도 있으니, 시간이 넉넉하잖아." 엄마는 끝없이 제방에 부딪혀 하얀 포말을 토해내는 파도를 바라보며 말했다. 따스한 볕 아래에서 인중을 늘려 여름 냄새를 한껏 들이켜봐도 나는 엄마의 말에 동의할 수 없었다. 나에게 여름은 곁의 사람을 잃고야 마는 계절이었으니까.

다행인 것은…… 이 긴긴 여름이 끝나간다는 것이었다.

하늘이 제법 가을의 얼굴을 내민 청아한 날에 내가 여름에 대해 생각하게 된 이유는 아직 늦더위가 발치에서 질척거리고 있기 때문이었다. 그리고 보사노바, 정확하게는 나에게 보사노바를 알려준 수오를 떠올렸기 때문이었다.

수오는 내가 고흥의 바닷가 마을에 살았던 중고등학교 시절을 함께 보낸 친구였다. 그와 나 사이에는 고흥 토박이인 수국도 늘 함께였다. 우리 셋은 여름마다 수영복도 입지 않고 반소매와 반바지 차림으로 바다에 몸을 던지며 놀았다. 실컷 놀다가 물에서 나오면 젖은 옷이 피부에 딱 달라붙어 볼썽사나웠고 온몸에서 찝찝한 소금기가 묻어났지만, 그 누구도 신경 쓰지 않았다. 우리는 돗자리도 없이 모래사장에 앉아 안토니오 카를로스 조빙의 보사노바를 끝없이 들었다. 수오는 보사노바에 대해 경쾌한 남미의 삼바에서 시작된 장르라고 간단히 설명했다. 우리는 보사노바와 미국 재즈가 접목된 「재즈 삼바 Jazz Samba」 앨범을 가장 좋아했고, 그중에서도 '불협화음 Desafinado'을 즐겨 들었다. 수오는 삼바와 재즈가 만나니 재즈의 끈적거림은 날아가고 멜로디가 한층 가볍고 건조해지는 것이 신비롭지 않냐며, 나와 수국을 설득하는 투로 말했다. 처음에 나는 그 장르의 음악이 낯설었지만, 시원하고 사랑스러운 멜로디는 금방 귀에 익었다. 무엇보다 보사노바는 바닷가 마을과 퍽 잘 어울렸다. 음악을 듣고 있으면 이 바닷가 마을을 좋아하게 될 것 같다는 기분 좋은 예감이 들었다. 어느새 나는 혼자 있을 때도 '이파네마의 소녀 The Girl from Ipanema'를 듣게 되었다. 보사노바는 불쾌한 장마를 내쫓는 건조하고 힘이 센 뽀얀 구름 같았다.

한여름 나의 생일날, 홀린 듯 재즈 페스티벌 티켓을 예매했고, 이 섬에 왔다. 올해 라인업에 브라질의 보사노바 거장 질베르토 질이 있었기에 예매를 주저하지 않았다. 그의 내한은 흔치 않은 일이었다. 나에게 보사노바를 알려준 그 아이도 이 섬에 오지 않을까. 게다가 자메이카 출신의 재즈 피아니스트도 무대에 오르니 더더욱. 터무니없다고 생각하면서도 기대감에 들떠, 만약 무대를 보며 가볍게 어깨를 살랑이며 리듬을 타는 수오를 우연히 마주친다면 어떤 말로 인사를 해야 할지 머릿속으로 여러 번 시뮬레이션을 돌려봤다.

행사장 주변을 괜히 기웃거리다가 이곳에서 재배한 포도로 만들었다는 와인 한 병을 샀다. 문득 왁자한 주변의 소음이 인식되며 내가 혼자라는 사실이 상기됐다. 이런 페스티벌에서 무대가 시작되기 전까지 어떻게 시간을 보내야 하는지 알 수 없었다. 사람들과 몇 번 가볍게 어깨를 부딪치다가 노점에서 뱅쇼 한 잔을 산 후 돗자리를 펼쳐 자리를 잡았다.

앞에 앉아 있던 여자는 검정 민소매 위에 안이 불투명하게 비치는 얇은 리넨 셔츠를 걸치고 있었다. 더운 듯 셔츠를 뒤로 확 젖혔고 그 바람에 동그란 어깨가 훤히 드러났다. 갈색으로 그을린 어깨에 해가 걸려 있는 선인장 타투가 있었다. 바늘로 한 땀 한 땀 검정 잉크를 피부 속으로 삽입할 때 아팠으려나, 하다가 오늘 페스티벌만을 위한 헤나일 수도 있겠다는 생각이 들었다. 여자는 머리카락을 잡아 올리고 목덜미에 손부채를 부쳤다. 구월 중순이었다. 쾌청한 하늘에 속은 듯 그날은 여름의 것도, 가을의 것도 아닌 애매한 온도였다. 여름이 점점 길어지는 만큼 가을은 짧아졌다. 재즈 페스티벌이

구월에 열리는 건 올해가 마지막일 것 같았다.

곧 질베르토 질의 무대가 시작됐다. 그는 하얀 바탕에 레몬색 줄무늬가 쳐진 티셔츠와 깔끔한 밤색 슬랙스를 입었다. 하얗게 센 짧은 머리카락이 조명 아래에서 빛났다. 그의 목소리에는 음악을 신중하게 다루는 태도가 묻어났다. 그의 마지막 노래가 끝남과 함께 뱅쇼도 바닥을 보였다. 라이브로 듣는 질베르토 질의 음악은 온몸에 전율이 흐를 정도로 좋았다. 귀가 둔하고 음악을 배운 적도 없지만 그럼에도 말로 다 표현할 수 없는 음악이 주는 감동이 피부에 분명히 스몄다. 뒤늦게 위가 오그라드는 것 같은 허기가 몰려왔다. 빈 위장에서 뱅쇼만이 찰랑거렸다. 좋은 음악을 듣는 것만으로도 배가 부르다는 느낌은 아마 평생 모를 것 같았다.

하늘은 완전히 캄캄해졌지만 붉게 빛나는 공연장의 조명 때문에 해가 질 무렵에서 영영 멈춘 것만 같은 묘한 밤이었다. 수많은 사람 속에서 혼자만 시간이 멈춘 것처럼 잠시 몸을 웅크리고 앉아 있었다. 피부와 머리카락에 묻은 그의 목소리가 날아가는 것을 막고 싶었다. 보사노바를 몸속에서 농축해 작은 구슬로 만든다면 본격적인 가을을 기다리며 느껴야 할 지루함을 달랠 수 있을 것 같았다. 그러나 벌써 다음 무대가 시작됐다. 공연은 타임라인에 따라 착실히 하이라이트를 향해 막힘없이 달려갔다. 사람들은 아까보다 더 열광했다. 앞에 앉은 여자는 아예 셔츠를 벗고 친구와 손을 맞잡고 위아래로 흔들기 시작했다.

아쉬운 마음으로 슬슬 자리를 정리하기 시작했다. 어느새 와인 병 표면에 물방울이 빽빽하게 맺혀 있었다. 대강 돗자리 가장자리로 병을 닦았다. 나일론 쇼퍼백에 와인을 챙기고 돗자리를 접는데 폭죽과 같은 사람들의 환호성을 비집고 내 이름을 부르는 목소리가 들려왔다. 소리의 근원을 좇아 주변을 살폈다. 대각선 뒤로 남색 옥스퍼드 셔츠를 입은 남자가 서 있었다.

"맞네, 솔미."

"수오……?"

그가 누구인지 단박에 알아차렸음에도 자신이 없다는 듯 말끝이 흐려졌다. 현실감각이 희박했기 때문이었다. 멀리 캘거리에 있어야 할 그가 내 앞에 서 있었으니까. 그러나 그의 이름을 발음하는 것만으로도 온몸이 느슨해지는 느낌만은 선명했다.

"진짜 오랜만이다." 수오가 연도를 세며 손가락을 하나씩 접었다. "한 팔 년 만인가?"

"정말 그즈음 됐나 보다."

수오는 캘거리에서 태어났다. 사정으로 초등학교 오 학년에 어머니의 고향인 고흥으로 돌아왔다가 고등학교 이 학년 여름에 다시 캐나다로 돌아갔다.

우리는 잠시 서로의 얼굴을 찬찬히 뜯어봤다.

"수염."

내가 나직하게 말하자 수오는 어색하게 턱을 매만졌다.

"수염이 생겼네."

"바로 알아보네."

나의 경계심을 쉽게 허물었던 그의 약간 높은 목소리는 예전과 다르지 않았다. 옅은 갈색 머리카락도 여전했지만 내 기억보다 조금 더 밝아진 것 같았다. 마치 서퍼의 머리카락이 햇볕에 바랜 것처럼. 해외에 한 번도 나가본 적 없는 나는 한국의 하늘도 퍽 맑은 편이라고 생각했지만, 여행 다큐멘터리에서 미세먼지 없는 해외의 햇빛은 상상 이상이라고들 했다. 또 그는 확실히 살이 오르고 몸이 두꺼워졌다. 학창 시절 수오는 지금과 달리 몸 선이 가늘었다. 무엇보다 피부가 하얬기에 나는 그 아이를 보면 갓 찐 포슬포슬한 백설기나 세계문학전집에 꼭 있던 생텍쥐페리의 『어린 왕자』 표지 속 무구한 소년을 떠올리곤 했었다.

"이상해?"

"잘 어울려."

거짓말이 아니었다. 기른 지 얼마 되지 않은 듯 구레나룻과 가늘게 이어지는 짧고 청결한 수염이었다. 이상하게 그의 변화가 낯설게 느껴지지 않았다.

"한국에는 언제 왔어?"

"이 년 조금 안 됐어. 복수국적자라 병역 의무가 있어서 온 거야. 이제 전역한 지 한 달 조금 안 됐어."

"와! 전역 축하해. 어쩐지 머리가 밤톨 같더라니."

팔자 눈썹을 가리겠다고 앞머리를 눈두덩이까지 길게 늘어뜨리던 옛날 스타일과 달리, 짧은 앞머리를 옆으로 넘겨 눈썹이 훤히 드러났다. 나의 시선을 의식했는지 그가 앞머리를 눌러 손으로 눈썹을 가리며 해맑게 미소 지었다. 수염이 생겼는데도 웃을 때는 남해에서 보사노바를 흥얼거리던 소년의 모습 그대로였다.

"전역하고 지금은 어디 살아?"

"고흥에 있어. 너는?"

"나는 어쩌다 보니 남양주에 있어. 고흥에 아버지도 계신 거야?"

"아니, 지금은 혼자 있어. 그렇지만 곧 아빠도 캘거리 생활을 정리하고 올겨울에 돌아오실 거야."

수오가 잠시 내 어깨 너머 무대에 시선을 던졌다. 쿵쿵, 마지막 가수의 무대가 시작되었다.

"수국이하고는 아직 연락해?"

전자음에 그의 목소리가 파묻혔다. 나는 그의 말을 못 들었다는 의미로 귀를 두 번 두들겼다.

"수국이! 수국이 녀석하고 연락하냐고!"

수오가 얼굴을 내 귓가에 가까이 대고 물었다. 그의 더운 숨이 볼에 훅 끼쳤다.

"아니. 내가 대학 가면서 연락이 끊겼어."

몇몇 사람들이 수런거리며 돗자리를 정리하기 시작했다. 지금 무대 중인 사람에게 관심이 없다면 먼저 나가지 않겠냐는 수오의 말에 나는 고개를 끄덕였다.

주차장까지 나란히 걸으며 우리는 재즈 페스티벌에 대해 이런저런 이야기를 나눴다. 내 예상대로 그는 질베르토 질의 무대를 보러 이곳에 왔다. 그의 어머니는 피아노를 전공했고 젊었을 때 재즈팀에서 건반 객원 멤버로 잠깐 활동한 적이 있다고 했다. 수오는 엄마의 영향을 받아 다양한 재즈를 듣다가 한순간 보사노바에 꽂혔다. 끈적한 정통 재즈를 연주한 엄마와 경쾌한 보사노바 재즈를 듣는 아들……. 외적인 특질 말고도 음악 취향과 같은 부모의 문화적 요소도 자식에게 전달된다는 것이 신비했다. 대학교에 올라가 학점을 채우기 위해 억지로 수강했던 유전학 교양 수업에서 나는 그것이 '밈MEME'이라는 학문 용어로 설명된다는 것을 알게 되었다. 리처드 도킨스가 『이기적 유전자』에서 문화의 진화를 설명할 때 처음 등장한 용어라는 것, 그리스어 중 '흉내 낸다'는 뜻의 '미네네Mimene'를 본떠서 문화가 전파되는 이 최소 단위에 '밈'이라 이름 붙였다는 것도. 나는 수업을 흘려들으며 한 시절을 딱 붙어 지낸 수오와 나 사이에 일어난 음악 취향의 전도도 '밈'으로 설명할 수 있을까, 하고 엉뚱한 생각을 했다. 그 결과 D를 받고 재수강을 해야 했다.

수오는 내가 아직도 보사노바를 듣는다는 것을 의외라고 여겼다. 너는 내가 그 어떤 명곡을 들려줘도 시큰둥했었는데, 라면서. 돌이켜보면 나는 그 앞에서 보사노바를 좋아하는 것을 티 내지 않으려고 일부러 심드렁한 척했다. 무언가를 좋아하는 마음을 드러내면, 그 뒤에 숨겨져 있던 비슷한 다른 감정이 소시지처럼 줄줄이 나올 것 같아서 불안했으니까.

수오는 춘천에 숙소를 잡았다고 했다. 내가 춘천역에 내려달라고 했지만, 수오는 집 앞까지 데려다주겠다고 했다. 오랜만에 만난 옛친구의 차를 얻어 타는 것을 염치없다고 느끼며 나는 내비게이션에 집 주소를 검색했다.

그의 렌터카는 섬을 빠져나가는 차들로 한참 막히던 구간을 지나 무사히 국도로 진입했다.

"목수? 솔미 네가 목수가 될 줄은 몰랐네. 우리 아빠도 목수였잖아, 기억나?"

나의 근황을 들은 룸미러 속 수오가 흥미롭다는 듯 눈썹을 꿈틀거렸다. 수오의 아버지는 고흥에서 작은 목공방을 운영했고 우리는 그곳을 아마도 학교 다음으로 가장 많이 갔을 것이다. 아저씨는 나에게 작은 나무 인형을 만들어주곤 했고 간단한 나무 도마나 스툴 같은 것을 만드는 방법을 알려주기도 했다. 나는 친구의 부모를 닮는 것의 신비로움에 대해 생각했다. 이것 역시 '밈'으로 설명되는 걸까. 내가 가구 목수가 된 데는 아저씨의 영향이 컸다. 아저씨의 작업실을 수시로 드나들며 자연스레 나무 냄새에 익숙해졌으니. 나무라고 다 피톤치드 냄새만 나는 건 아니었다. 어떤 나무 속살에서는 시큼한 소똥 냄새가 나기도 했지만, 거부감은 들지 않았다. 그렇게 후각에 예민했는데도. 그때는 알 수 없었지만, 작업실에서 시간을 보낼 때마다 나무를 만지고 싶다는 설익은 열망이 피부 아래 한 겹 한 겹 쌓여갔을 것이다.

작은 작업실에서 함께한 시간이 필름 롤처럼 눈 뒤로 짧게 스쳤다. 아저씨의 목공방을 떠올리니 십 대의 시간과 오늘이 바로 이어지는 듯했다. 동시에 바다가 가까이 있는 것처럼 느껴졌다. 시간의 연속성을 무시한 채 시절의 조각들이 머릿속의 임의적 나열을 통해서 연결되는 것은 야릇한 감각이었다.

"응, 기억나지. 아저씨는 뭐든 뚝딱뚝딱 만드셨잖아. 아마 그 영향을 받은 거 아닐까? 나도 아직도 신기해, 내가 나무를 만지게 될 줄이야."

점점 자신조차 알 수 없는 일이 벌어지고 또 거기에 휘둘리며, 나의 선택들로만 정직하게 나아가지 않는 삶에 익숙해지는 나이였다. 어쩌다 보니 여기에 와버렸다는 느낌이 더 이상 나를 허무하게 만들지 않는, 그런 나이.

"아빠한테 말해줘야겠다. 네 소식 들으면 정말 좋아하실 거야."

"아저씨는 잘 계셔?"

"그럼, 여전히 기운차서."

"고흥에 그 목공방 건물은 아예 없어졌겠지?"

수오의 가족이 캘거리로 돌아간 후에 아저씨의 목공방은 오랫동안 임대 문의 현수막이 붙여진 채 방치되어 있었다.

"안 그래도 재작년에 한국에 오자마자 거기에 먼저 가봤는데, 건물이 아예 철거되고 오 층짜리 상가가 들어섰더라."

수오가 차선을 바꾸며 잠시 말을 멈췄다.

"재미있는 생각이 났는데, 나 고흥에서 펜션을 준비하고 있거든. 이제 막 리모델링 끝나서 가구 제작을 맡길 곳을 알아보고 있었어."

고흥에서 펜션이라니, 나는 속으로 놀랐다. 고흥은 땅끝 부근에 있었다. 나로호 발사대가 생기고 나서는 지역에 조금 활기가 돌긴 했지만, 여전히 사람들이 휴가지로 흔히 고려하는 유명 관광지는 아니었다.

"나한테 가구 맡기기라도 하게?"

"왜? 싫어?"

나의 침묵에 수오가 부러 쾌활하게 물었다. "고객을 고를 여유가 있나 보네?"

"그럴 리가. 적자에 익숙한 자영업자인걸. 그리고 아저씨가 있잖아. 직접 만드실 수 있는데 굳이 나에게 맡길 필요는 없지."

"아빠는 이제 목공 일 안 해. 어깨가 불편하시거든. 크게 아픈 건 아닌데 워낙 일을 오래 하셨으니까."

"그런데 펜션 운영은 혼자 하는 거야?"

"나 말고 아빠가 운영할 펜션이야. 아빠가 한국에 돌아오기 전까지 숙소를 잘 꾸며두는 것까지가 나의 임무. 나는 이 일을 잘 끝내고 다시 캘거리로 돌아가야지. 학교를 아직 못 마쳤거든. 아빠랑 배턴 터치랄까."

"예비 사제라 학교로 돌아가야 하는 건가?"

중고등학교 시절 그의 꿈이 바뀌지 않았다면, 그는 신부가 되기 위해 신학교에 갔을 것이다. 그의 세례명은 도미니코였다. 어린 시절 수오의 꿈을 처음 듣고 포털사이트에 검색해 본 바로는 사제가 되기 위해서는 거의 십 년에 가까운 시간이 걸린다고 했다.

"나?" 수오가 시원스레 이를 내보이며 웃었다. "신부 되는 거 그만뒀어."

"어쩌다가?"

수오는 독실한 부모님의 영향으로 모태신앙이었다. 학교 시험 전날이어도, 아무리 궂은 날씨에도, 일요일마다 성당에 나가던 수오의 신앙심은 무척이나 단단해 보였다. 그가 미래에 신부가 될 것이라는 걸 한 번도 의심하지 않았기에 그의 변심이 무척 의외였다. 물론 신부의 길은 쉽지 않기에 중도 포기하는 사람이 많다는 것도 알고 있었지만.

"그냥. 해야 할 이유를 찾지 못해서."

수오가 입꼬리를 위로 죽 올렸다. 그는 가끔 말하기 껄끄러운 이야기를 가볍게 넘기곤 했다.

"여자가 좋아서 그런 거지, 너?"

내가 부러 농담으로 되받아치자, 그는 저항 없이 웃음을 터뜨렸다.

"그럴지도 모르지."

수오는 휴학한 후 전공을 살릴 자신이 없어서 다른 일을 전전했다. 캐나다에서 한국어 강사를 하거나 유학원에 온 한국인에게 영어를 가르쳤고, 우연한 기회로 남성 잡지에 향수를 추천하는 코너를 도맡아 반년간 연재하기도 했다. 아버지로부터 펜션을 꾸리는 일을 부탁받았을 때 그는 그것이 어떤 기회라고 여겼다. 무엇이든 자신의 손으로 시작해 제대로 끝내볼 수 있는 기회라고.

남양주 시내에 진입했을 때 수오가 자신이 고흥에 내려가기 전에 한 번 더 만나자고 제안했다. 그는 다음 주까지 이 근처에 머물며 여기저기를 구경 다닐 계획이었다. 나도 오랜만에 만난 그와의 짧은 만남이 영 아쉬워 그러자고 했다.

나의 아파트에 들어가는 입구와도 같은 언덕은 크게 두 번 굴곡이 졌고, 커다란 칠 층짜리 건물을 통째로 쓰는 요양원과 조금 더 작은 요양원이 차례로 있었다. 그 위에 여덟 개의 동이 모여 있는 오래된 아파트 단지가 있었다.

"아, 맞다. 얼마 전에 고흥에서 너희 어머니를 만났어."

수오가 이 말을 한 건 차가 막 아파트 단지 입구에 들어섰을 때였다. 나도 모르게 잠시 숨을 참고 말았다.

"어머니는 나를 못 알아보시더라. 하긴 나를 한 번밖에 못 보셨으니까, 얼굴을 기억 못 하실 만도 해. 그래도 이름을 말하니까 아시더라."

수오가 비상등을 켜고 아파트 앞에 차를 세웠다.

"엄마를 봤다고?"

아주 오랫동안 미룬 고백을 하듯 나의 목소리가 떨려왔다.

"응, 일주일 전에 우연히 길에서 마주쳤어. 거기 풍남에서 가화로 넘어가는 해안도로 있잖아. 거북이 등껍질 모양 지붕을 한 독특한 카페 앞에서. 수국이랑 셋이 꼭 같이 가보자고 해놓고 결국 못 갔잖아."

혼란해서 아무 말도 내뱉지 못하는 나의 속사정을 알 리 없는 수오가 이어 말했다.

"어렸을 때도 생각한 거지만, 솔미 너 정말 어머니랑 판박이더라. 더 닮아가는 거 같아."

똑딱똑딱 차의 비상등이 깜빡이는 소리가 나의 심장 소리처럼 들렸다. 인정하고 싶지 않지만, 엄마와 나는 무척 닮았다. 얼굴이며 표정이며 웃음소리 그리고 울음소리마저도. 그렇게 나와 닮은 얼굴을 하고 엄마는 어째서 그 바닷가 마을로 간 걸까.

"긴 여행 중이라고 하셨어. 고향에 여행을 오셨다는 말이 조금 이해되지 않았지만."

여행? 그걸 여행이라고 할 수 있을까? 나는 속으로 날짜를 세어보았다. 엄마가 나를 떠난 지도 거의 석 달이 되어가고 있었다.

바닷가 마을

가을 방학

일요일. 페스티벌 다음 날이었다. 여러 꿈을 중첩해서 꿨고, 하나의 꿈도 정확히 기억해 내지 못했다. 아침에 일어나자 도로 위에서 긴 터널을 빠져나온 뒤 느낄 수 있는 눈부심과 개운함 그리고 동시에 몸 구석구석 먼지가 내려앉은 듯한 찝찝함을 느꼈다. 수오에게 '미사 중이야?'라고 메시지를 보냈다. 그에게 곧바로 답장이 왔다. 미사는 진즉 끝났다면서 성당 사진과 함께 '화려하진 않아'라는 메시지가 이어 왔다. 사진은 춘천 죽림동 성당이라고 설명을 덧붙였다. 나는 싱크대에 기대어 서서 사진을 바라봤다. 종종 수오를 따라가곤 했던 바닷가 마을의 흰 대리석 성당과 분위기가 닮아 있었다. 그곳은 훨씬 더 작았지만.

그만 휴대폰을 내려놓고 부엌의 창을 열었다. 이 층이어서 바로 앞 놀이터에서 아이들이 동네 길고양이를 놀리는 소리가 들려왔다. 어제까지만 해도 드디어 가을이 한발 다가오나 했는데, 다시 여름이 된 것만 같았다. 작은 베란다에서 홍시 하나를 꺼냈다. 과도로 가운데를 가르자, 홍시는 힘없이 숨겨두었던 탱글탱글한 과육을 드러냈다. 숟가락 가득 홍시를 퍼서 입에 넣었다. 올해 처음 수확했다는 홍시는 기대보다 달지 않았다. 조리대에서 서서 먹으며 부엌 창으로 바깥을 구경했다. 해맑게 뛰어놀고 있는 아이들이 보였다. 한 아이는 엄마가 억지로 발라주었을 선크림이 녹은 듯 하얀 땀을 흘리고 있었다. 그 아이와 눈이 마주치자 나도 모르게 깜짝 놀라 풀썩 주저앉아 숨어버렸다.

어린 시절…… 엄마도 나에게 계절의 구분 없이 아침마다 선크림을 발라주곤 했다. 선크림을 색연필처럼 사용해 팔에는 하트를, 다리에는 나의 이름을 적어줬다. 엄마가 나의 피부가 볕에 상할까 걱정을 한 건 초등학교 마지막 여름까지였다.

◉◉◉

 나는 육 학년 봄부터 부디 올해는 이사를 하지 않았으면 하고 바랐고, 여름에는 벌써 졸업식을 기대하며 받고 싶은 꽃의 색 따위를 부모님에게 말하곤 했다. 안양에서 산 지 이 년을 채워가던 시점이었다. 아빠의 잦은 전근 때문에 이삼 년마다 전학을 반복해야 했던 나는 친구를 사귀는 데 서툴렀다. 하지만 안양에서 아주 오랜만에 친구를 사귀었고 나는 그 아이들과 함께 졸업을 맞이하고 싶었다. 그러나 아직 내가 원하는 꽃의 색을 다 말하지도 못했는데, 아빠는 나를 기다려주지 않았고 그해 초여름에 사라졌다. 그 이후 나는 선크림을 혼자 발라야 했다.

 내가 보기에 엄마와 아빠는 서로를 부족함 없이 사랑하는 완벽한 부부였다. 그래서 더더욱 아빠가 아무 말도 없이, 어떤 흔적도 없이 엄마를 떠났다는 사실이 믿기지 않았다. 아빠가 사라진 지 사흘이 지났을 때 엄마는 실종 신고를 했다. 경찰은 범죄와 연루된 흔적도 없으며 평소 경제적으로 곤란하거나 빚이 있지도 않아 정황상 가출로 보인다고 말했다. 그는 엄마에게 평소 부부 사이에 갈등은 없었는지 재차 물어봤다. 그러면 엄마 역시 같은 말만 반복했다. "우리는 평범했어요"라고. 경찰의 의심과 반복되는 질문은 예리한 칼날처럼 느껴졌다.

경찰이 나에게도 아빠에 관해 물었다. 나는 아빠가 어떤 사람인지 곰곰이 생각해 봤다. 아빠는 다른 친구들의 아버지처럼 험한 말을 하거나 고주망태가 되어 가족을 때리거나 능력이 없다고 기죽어 있지 않았다. 무엇보다 아빠는 나에게 다정했고 그건 나의 자부심이었다.

내가 아직 조그맸을 때 나는 아빠의 몸 위에 마주 보고 겹쳐 눕는 걸 좋아했다. 아빠는 그런 나를 위해 '반대로 숨쉬기 놀이'를 만들어냈다. 아빠가 날숨일 때 내가 들숨을, 내가 날숨일 때 아빠가 들숨을 들이쉬는 걸 반복하는 단순한 놀이였다. 아빠의 들숨이 깊어질 때 볼록 튀어나오는 배가 그리도 웃겼다. 일부러 규칙을 어겨 아빠가 들숨 차례일 때 나도 숨을 들이켜 배를 볼록하게 부풀렸다. 서로의 볼록한 배 때문에 압박이 세지면 참을 수 없는 웃음이 터져 나왔다. 팔다리는 말랐지만 유독 배만 살이 찐 아빠를 보고 나는 '뱃살 많은 겁쟁이'라며 놀리곤 했다. 겁쟁이라고 부르게 된 건 아빠가 잘 놀랐기 때문이었다. 내가 몸을 작게 말아 옷장이나 테이블 아래에 숨어 있다가 갑자기 소리를 지르며 튀어나오면 아빠는 늘 우스꽝스럽게 놀라는 표정을 지었고, 내일은 또 솔미가 어디에 숨어 있을지 겁난다며 걱실걱실 웃곤 했다.

아빠와 나는 함께 '심장 놀이'도 만들었다. 아빠는 차분히 집중하면 자기 심장 소리를 들을 수 있다고 했다. 그러나 어린 시절 나는 한시도 가만히 있지 못했고 너무 산만했다. 부모님은 딸이 주의력 결핍 장애일까 봐 걱정했지만 나는 그저 명랑하고 활달한 아이였다. 아빠는 나를 번쩍 들어 가슴팍에 가두듯 안았다. 그러면 나는 아빠의 심장 소리에 귀 기울일 수 있었고 곧이어 돌림노래처럼 나의 심장 소리도 따라붙었다.

"심장이 어떻게 뛰어?"

아빠가 나의 감상을 방해하지 않으려 소곤거리며 물으면 나는 사뭇 진지한 목소리로 답했다.

"아빠는 쿵쿵쿵. 나는 궁궁궁. 쿵궁 쿵궁 쿵궁. 이렇게 같이 뛰고 있지."

아빠는 사람마다 심장의 크기도 다르고 뛸 때마다 나는 소리도 다르다고 설명하며, 자신은 평균보다 조금 느리게 뛰는 편이라고 했다. 심장이 뛰는 힘이 좋아서 다른 사람의 심장이 두 번 뛰어야 할 때 한 번만 뛰어도 머리끝과 발끝까지 혈액을 다 운반할 수 있는 거라고. 어딘가 느긋하고 묵직한 아빠의 심장 소리는 내 것보다 훨씬 듣기 좋았다. 내가 원한다면 언제든 심장 소리를 마음껏 듣게 해주는 아빠가 있는 것이 나는 정말 좋았다.

나는 경찰에게 아빠와 자주 하던 두 놀이에 대해서 말해줬다. 그러자 경찰은 알 수 없다는 표정으로 나의 머리를 쓰다듬으며 뜬금없이 커서 뭐가 되고 싶냐고 물었다. 나를 애석하게 여기는 그 사람에게 거부감을 느끼며, 동시에 불똥이 아빠에게 튀어 그가 엄마와 나를 예리한 칼날이 비처럼 내리는 이곳에 몰아넣었다는 생각에 분노가 일어 "가족을 두고 사라지지 않는 사람"이라고 답했다. 경찰은 묘한 미소를 띠며 나의 머리에서 손을 뗐다.

실종 신고가 접수된 지 이 주가 지났을 때 경찰에게 다시 연락이 왔다. 경찰은 아빠의 신변이 안전하다는 것을 확인했으며, 가족과의 연락을 바라지 않는다는 의사를 전했다고 했다. 그 이유는 알 수 없었다. 아빠는 우리 모녀를 고의로 유기한 것이었다. 아빠는 우리 앞에서 연기를 한 것일까. 하나의 가족극을. 아빠의 심장은 엄마와 나만을 위해 뛰는 줄 알았다. 그런데 아빠의 심장은 집에서만 느리게 뛰고, 집 밖에서는 빠르게 뛰었던 걸지도 몰랐다. 심장을 빠르게 뛰게 해주는 것을 찾아 어디론가 간 걸까. 뭐가 그렇게 급하다고 하루아침에 인사도 없이 떠난 걸까. 무엇을 숨기길래 이유조차 말해주지 않고 경찰을 통해 이별을 통보한 걸까…….

 아빠와 연락이 되지 않는 상황에서 엄마는 소송을 통해 아빠와 대면하지 않고 이혼 절차를 밟을 수 있었다. 그러나 엄마는 이혼할 생각이 없어 보였다. 아빠가 사라진 후 그리도 명랑하던 나는 왠지 스스로 평범해졌다는 생각이 들었고 급격히 조용해졌다. 그때부터 나는 나의 심장 소리를 선명하게 들을 수 있게 되었다.

 처음에 엄마는 마치 아무 일도 없었던 것처럼 괜찮아 보였기에 나는 으스스한 공포감까지 느꼈다. 남편의 부재를 아예 못 느끼는 것도 같았다. 그러나 그녀에게도 변화는 있었다. 엄마는 자신이 가장 재미있어하고 재능도 있었던 집안일을 내팽개쳤다. 집안일은 아빠를 위해 하던 것이었다. 그 사람에게 상처 입은 이상 더는 그 누구를 위해서도 집안일을 하고 싶지 않았을 거라고 나는 당시 엄마의 상태를 분석했다. 곧 엄마에게 또 다른 증상이 발현되었다.

 엄마는 아빠의 빈방에 각종 물건을 쌓아두기 시작했다. 아빠의 방이 가득 차자 엄마는 거실과 부엌, 옷방 심지어 나의 삼 평짜리 작은 방까지 어질렀다. 쓸모나 효용 따위에 상관없이 끝없이 물건을 샀다. 엄마는 원래 가정주부였지만 아빠가 사라진 후 식당에서 일하기 시작했고 가장이 됐다. 그녀는 번 돈의 절반 이상을 집을 어지르는 데 썼다. 더는 깔 공간이 없는데도 러그를 주문했으며 때로는 비싼 돈을 주고 전자피아노같이 몸집이 큰 물건을 들였다. 중고 거래로 입지도 않을 남자 코트나 이미 두 개나 있는 가습기와 북유럽식 조명 그리고 이음새가 헐거워진 바나나 걸이와 같이 쓸모없는 물건을 샀다. 아파트 단지 분리수거장에 사람들이 폐기물 스티커를 붙여 버려둔 낡고 고장난 가구를 등에 이고 가져오기도 했다.

엄마는 뿌리 반쪽을 잃은 나무처럼 휘청거렸고 잎과 줄기가 빠르게 썩어갔다. 엄마 속에 있는 눅진하고 척척한 감정의 덩어리는 어렸던 나에게도 티가 났다. 많은 가구와 물건이 집에 들어찼지만 내가 느끼기에 집에서 가장 무거운 것은 엄마 같았다. 너무 많은 괴로움이 몸속에 쌓여 마른 엄마가 무거워 보일 정도였다. 엄마가 앉아 있으면 그 감정의 무게 때문에 주변이 움푹 들어가 집에 서린 다른 감정의 찌꺼기마저 그녀에게 미끄러져 고이는 것 같았다. 점점 새카맣고 커다란 그림자가 되어가는 엄마가 무서웠다. 나를 가장 두렵게 한 것은 청소를 하지 않고 물건을 쌓아두는 것 외에 엄마는 그전과 비교해 달라진 것이 없어 보인다는 점이었다. 엄마는 여전히 나에게 상냥했고 가끔 나의 학업에 대해 꼬치꼬치 캐물으며 관심을 표현했다. 물론 전처럼 진심에서 우러나온 질문이라기보다는 습관에 가까운 것 같았지만.

나는 엄마를 조금이라도 기쁘게 해주고 싶어 학교생활을 성실히 했다. 엄마와 눈이 마주치면 이유 없이 할 수 있는 한 입술을 늘여 미소 지었고, 가끔은 어쭙잖은 유머를 친구에게 배워 와서 그녀 앞에 선보이기도 했다. 딸의 원맨쇼를 보면 엄마는 쌍꺼풀이 겹친 눈을 한순간에 얇게 접으며 예쁘게 웃었다. 엄마가 하루에 한 번이라도 나를 향해 웃었다면 그걸로 충분하다고, 내일로 진전하고 있다고 매일 착각했다. 나는 중첩된 두꺼운 구름 같은 그녀의 우울을 조금도 거둬주지 못했다. 처음부터 내가 엄마의 우울을 뚫을 강한 볕을 내릴 자신은 없었지만. 그래도 아주 천천히 몸의 물기를 말려줄 수 있을 정도의 미지근한 볕 정도는 되어주고 싶었는데 그건 불가능해 보였다.

◦◦◦

칠월 장마가 시작되자 악취는 집 안을 넘어 아파트 층 복도 전체에 퍼져나가기 시작했다. 아들이 곧 결혼한다든가 딸이 언론고시에 합격해 기자가 됐다든가 자식 자랑하기를 좋아하던 옆집 아줌마는 나를 볼 때마다 어깨를 꼭 붙잡고 괜찮냐고 물었다. 그러면 나는 하나도 괜찮지 않았지만, 활짝 웃으면서 괜찮다고 답했다. 아줌마를 웃기게 하고 싶어, 우리 엄마는 맥시멀리스트예요, 라는 쓸데없는 말도 했다. 그러나 감정을 능숙하게 숨기기에는 아직 어린 나이였다. 아줌마는 엄마를 아동학대로 신고했다. 내가 경찰에게도 괜찮다고, 아무 문제 없다고 무구하게 웃어 보였기에 일은 커지지 않았다. 그러나 그 사건 이후로 우리는 쏟아지는 이웃들의 민원과 따가운 시선에 시달리기 시작했다.

지독한 여름이 지나고 가을의 문턱에서 엄마는 고흥으로 이사를 결정했다. 고흥을 선택한 것은 그곳이 엄마의 고향이었기 때문이었다. 고향이라는 장소가 주는 안식과 평안함에 대해 잘 몰랐던 나는 엄마의 선택이 이해되지 않았다. 엄마에게 고향은 영원한 긍정의 장소 같았다. 반면에 나는 내가 태어난 곳이라는 서울에 대한 기억이 아예 없었다. 잦은 이사로 떠나는 것은 나에게 익숙한 일이었고, 주변 사람들과 척지지 않을 정도로 적당히 어울리는 것에 능숙했다. 그런 나에게 고향이라는 개념은 희박했다.

엄마는 마트에서 마감 세일 딱지가 붙은 얇은 회 한 접시를 사 와 먹을 때나 도다리 세꼬시를 수북이 쌓아두고 오도독 소리를 내며 먹을 때면 나에게 고흥에 대해 자랑하듯 말하곤 했다. 나로서는 처음 들어보는 이름의 신선한 생선이나 쾌청한 남해에 시루떡처럼 떠 있는 수많은 섬에 대해서. 그곳은 나에게 낯선 도시였고 내가 기억하지 못하는 아주 어린 시절 말고는 아빠의 일이 바쁘다는 이유로 간 적이 없었다. 나는 엄마의 부푼 볼에 가득 찬 그리움이라는 감정을 전혀 이해할 수 없었다. 그래서 엄마가 고향을 그리워할 때면 나는 속에서부터 참을 수 없는 간질거림을 느꼈다. 회가 너무 비리다고 투정하며 일찍 젓가락을 내려놓고 냉장고에서 콜라를 꺼내 벌컥벌컥 마시고 버릇없이 긴 트림을 하기도 했다. 나는 기분이 좋지 않으면 대놓고 툴툴거리기보다 무람없는 행동을 통해 은근히 티를 내는 심술궂은 면이 있는 아이였다. 함께 유목민처럼 살고 있으면서도, 나와 달리 돌아갈 곳이 있는 것처럼 구는 엄마에게 서운했다. 나에게는 고향 같은 거 있지도 않은데.

나는 매일 이삿날을 세며 텅 빈 운동장의 늑목에 올라 허탈함이라는 감정에 매달렸다. 잘 알지도 못하는 시골로 떠나는 것도 싫었지만, 무엇보다 안양에서 겨우 사귄 친구들과 졸업식날 함께 사진을 찍기로 한 약속을 지킬 수 없게 된 것이 속상했다.

"거기에는 이제 가족도 없잖아. 고향 같지도 않을 텐데 왜 고흥이야?"

나는 짐을 싸며 부루퉁하게 물었다. 그 말이 엄마에게 비수가 될 수도 있다는 생각을 하지 못한 채. 물론 고향이라는 말의 의미가 가족의 거주 유무에만 달려 있지 않다는 것을 알았지만, 나는 그저 심술이 났다. 고흥에는 외가 식구들이 한 명도 남아 있지 않았다. 엄마는 외동이었고 외할머니는 내가 초등학교에 입학할 즈음 심장판막 이상으로 갑자기 돌아가셨다. 그 후로 외종조부가 고흥 집을 지켰지만 노쇠하며 병원에 갈 일이 잦아지자 자식을 따라 높은 건물이 도미노처럼 세워진 도시로 떠났다.

"가족이 없긴 왜 없어, 네 친할머니 있잖아. 친가 식구들은 아직 다 거기 사는데."

"아빠 고향도 고흥이었어?"

"엄마 동네랑은 조금 멀어서 바닷가는 아니야. 그렇지만 같은 고흥이지."

"연락 안 하잖아, 그 사람들하고. 그게 무슨 가족이야."

아빠의 실종 전부터 친가 식구들과는 드문드문 연락을 주고받는, 남보다도 못한 사이였다. 정확한 이유는 몰랐지만 엄마는 친가와 사이가 좋지 않았다. 그 사람들은 엄마와 나를 가족이라 생각하고 있지 않을 거였다. 마지막으로 친할머니를 본 것이 언제였는지 기억도 나지 않았다. 이제 나는 너무 커버려서 거리에서 친가 친척을 마주치더라도 그들은 내 얼굴을 알아보지 못할 거였다. 나는 그런 걸 가족이라고 생각하지 않았다.

"그래도 가족이야. 엄마한테는 몰라도 너한테는."

엄마가 나를 다그쳤다.

아빠가 아직도 우리 가족이야? 아빠는 우리를 버린 건데, 그걸 아직도 모르겠어? 가족이란 게 도대체 뭔데? 피가 섞였다는 이유만으로 내가 알지도 못하는 사람들을 가족으로 받아들이고 싶지 않단 말이야.

나는 내뱉지 못할 말을 끝이 뾰족한 무기로 깎아내 몸속에서 휘둘렀다. 그것에 찔린 장기가 곳곳에서 아프다고 외치며 꿈틀대는 것 같았다. 상상이었지만 생생한 고통이었다. 통증에 못 이겨 엄마에게 한마디 하지 않으면 견딜 수 없을 것 같았다.

"아빠도 아빠지만, 엄마도 참 미련하다. 거기 있으면 아빠가 돌아오기라도 해?"

일말의 죄책감을 느끼면서도 흉악한 무기가 된 말을 입

밖으로 내보내고 말았다.

"정말 네 아빠가 돌아온다면, 돌아올 곳은 거기뿐이겠지."

엄마의 대답에 가슴이 뻐근했다. 엄마는 아빠가 자신을 언제든 돌아올 장소 정도로 생각해주길 바라는 것 같았다. 엄마가 아빠의 고향이 되기를 택한 것 같아 안쓰럽기만 했다. 그날 처음으로 나는 엄마를 한 여자로서 가엾게 여겼다.

엄마는 집 안의 쓸모없는 물건들을 다 처분하고 내려갈 거라고 나에게 다짐했다. 어떤 바람이 분 걸까. 가벼운 발걸음으로 고향에 내려가고 싶었던 걸까. 나는 큰 기대를 걸지 않았다. 아직도 마음에 아빠의 자리를 남겨두고 있으면서, 무엇을 새롭게 시작할 수 있을까.

캐리어에 다 담기지 않아 엄마는 몇 번이고 짐을 풀고 다시 넣길 반복했다. 여전히 무엇을 버리고 무엇을 가져가야 할지 알 수 없다는 표정이었다. 간혹 예상치 못하게 잊고 있던 물건을 발견하고 그것을 유심히 바라보느라 시간이 배로 걸렸다. 엄마가 손에 오래도록 쥐고 버려야 할지 가져가야 할지 고민하는 물건들은 대부분 아빠의 것이었다. 그리고 믿기지 않는다는 표정을 지었다. 이게 여기 있었구나, 하고 읊조리며. 나는 엄마의 그 표정이 싫었다. 그건 곧 그 사람의 부재를 아직 받아들일 수 없다는 뜻이었으니까. 나는 그런 엄마를 보며 누군가를 너무 사랑하면 고립된다는 것을 깨달았다. 아빠의 물건을 제 손으로 버리면서도 여전히 그를 향해 비스듬히 몸을 틀고 있는 엄마를 보고, 나는 누군가에게 의지하지 않고 올곧게 줄기를 세울 것이라고 다짐했다. 누군가를 사랑하더라도 절대 마음을 다 줘버릴 정도로 깊이 사랑하진 않을 거라고.

이삿날 아파트 현관 앞에 작은 언덕처럼 쌓인 물건들은 주민들의 구경거리가 되었다. 사람들은 하나같이 혀를 찼다. 저 집 때문에 우리 집에도 바퀴벌레가 한 마리씩 나오기 시작했으니 해충 방역 업체 비용을 다 대주고 떠나야 한다면서. 아파트 같은 공동주택에서 가장 골치인 것이 저런 쓰레기 집이라면서. 여름이 오기 전에 떠날 것이지 폐 끼칠 거 다 끼치고 이제야 가냐면서. 엄마를 향한 경멸의 시선과 냄새나는 물건들 틈에서 먹고 자랐을 나를 동정하는 시선에 등을 떠밀리듯 우리는 고흥으로 향했다.

가을 방학

고홍의 고색창연한 풍경은 새로웠지만 시골 특유의 한적함과 단조로움 때문에 쓸쓸해 보이기도 했다. 세 번째 이사를 했을 때부터 나는 새로운 장소에서 어떻게 적응하고 처신하며 생활해 나갈지 어렴풋이 그려볼 수 있게 되었다. 마치 예지 능력이라도 생긴 것 같았다. 그러나 고흥에 들어섰을 때는 아무것도 예측되지 않았다.

가화에 외할머니 집이 빈 채로 있었지만, 그곳은 사십 분 간격으로 읍내로 가는 버스가 올 정도로 외따로 떨어진 마을이었다. 엄마의 일자리 문제도 있었고, 차가 있지 않은 한 내가 입학할 예정인 중학교까지 통학하기는 무리였다. 엄마는 바닷가와는 약간 떨어진 읍내 근처에 집을 구했다. 지어진 지 이십 년이 훌쩍 넘은 집들이 우글우글 모여 있는 동네였고, 흔한 조적식 붉은 벽돌의 양옥집이었다.

이사를 온 첫 주 주말, 엄마는 친가에 인사를 하러 가자고 했다. 나는 내키지 않는 마음을 그대로 내비치며 뭉그적거리며 엄마를 따라나섰다. 친할머니는 문을 다 열지도 않은 채, 마치 잡상인을 대하듯 엄마를 경계했다. 나는 일부러 무관심하게 난간에 기대어 섰다. 힐긋 본 할머니는 엄마의 적수가 되지도 않을 만큼 늙었지만, 한 마디 한 마디가 사나운 동물이 으르렁거리는 것 같았다. 친할머니가 아빠와 많이 닮아 감탄했고 나와는 그다지 닮지 않아 깊이 안도했다. 나는 생김새를 대조하며 가족이라는 범위에서 친할머니와 나의 거리를 훅 넓힐 수 있었다.

엿듣고 싶지 않아도 둘의 대화 소리가 귀에 들어왔다. 친할머니는 엄마에게 아빠에 대해 물어보고 싶다면 잘못 찾아왔다고 자신도 모른다며 일갈했다. 엄마는 아빠의 행방이 아니라 가족이니까 인사를 하러 온 것뿐이라면서, 솔미가 보고 싶지도 않았냐고 원망하는 목소리로 말했다.

"나는 너희 가족 다 잊었다, 내 아들까지도. 딱한 것아, 너도 이제 그만해라. 이혼하고 깔끔하게 끝내."

엄마가 갑자기 내 손을 잡고 등에 바짝 붙여 몸을 가까이 끌었다. 마치 나에게 힘을 달라고 도움을 요청하듯이.

"어머님, 잊으시면 안 되죠."

엄마는 다른 손에 힘을 잔뜩 주고 문을 잡고 있었다. 친할머니가 엄마의 손가락이 다치든 말든 문을 닫아버릴까 봐 걱정됐다.

"그때 솔미 다섯 살이었어요. 눈 내리는 한겨울에 그 어린애를 발가벗겨 내쫓으셨잖아요. 할머니 손목시계가 궁금해서 조금 만지작거린 거 가지고 그렇게 화를 내셨잖아요. 저랑 애 아빠 올 때까지 솔미가 몇 시간을 벌벌 떨면서 비상계단에 앉아 있었어요. 속옷 하나 안 걸치고요. 어머니는 저희 기억하셔야 해요."

나로서는 처음 듣는 얘기였다. 친할머니의 얼굴도 기억하지 못하면서 엄마가 친가 이야기를 꺼내면 무의식에 거부 반응을 일으켰던 건 발가벗겨 쫓겨난 기억 때문이었던 걸까.

"어머님이 그러시면 안 되죠. 모르는 척하시면 안 돼요. 그건 정말 아니에요. 제 얼굴하고 이름은 잊으셔도 솔미는 잊으시면 안 돼요."

엄마는 무엇에 홀린 듯 같은 말을 거푸 쏟아냈다. 예의 그 믿기지 않는다는 표정을 하고서. 이 대화를 듣는 것이 거북

했지만, 엄마는 절실하게 내 손을 꽉 붙들었다. 엄마도 조금은 잔인하다고 생각했다. 결국 나는 친가와 절대 가족이 될 수 없다는 것을 눈앞에서 확인 사살 받은 셈이니.

엄마는 친할머니에게 말하고 있었지만, 엄마 스스로에게 말하는 것처럼 들리기도 했다. 모르는 척하지 말기, 잊지 말기. 무엇을? 나는 문장 앞에 비어 있는 괄호를 채우려고 애썼다. 괄호 안에 들어가야 마땅한 말은 '어머님이 솔미에게 저지른 짓을'이기보단 '어머님과 아들이 저에게 저지른 짓을'이지 않을까. 엄마도 나와 같은 생각을 하길 바라며 그녀의 둥근 뒤통수와 풀썩 사그라들 것만 같은 어깨를 바라봤다. 미처 묶이지 못한 머리카락이 지저분하게 튀어나와 있었다. 엄마는 계속 말을 내뱉을 때마다 나의 손을 꼭 쥐고 풀길 반복했다. 당돌한 척했지만, 두려움에 떨고 있는 것 같았다. 손을 내어주는 것 외에 엄마에게 어떻게 힘을 줘야 하는지 나는 알 수 없었다. 우선 이따가 머리를 제대로 다시 묶으라고 해야지······. 속으로 갖가지 생각을 하며 문 앞에서 굴욕의 시간을 버텼다.

그렇게 나는 친할머니와 제대로 인사도 나누지 못한 채 그 집을 나왔다. 엄마와 나는 허기를 느꼈고 식당에서 온묵밥과 메밀전병을 먹었다.

"전병 정말 쫀득쫀득하다, 그렇지?"

마지막 전병을 반으로 갈라 엄마의 앞접시에 덜어주며 나는 처음으로 엄마와 나로만 구성된 가족이 단란하다고 생각했다. 새로운 집에서 소박하지만 온화하게 살 수 있을 거라는 신기루 같은 등불이 나의 마음속 적적한 호수에 떠올랐다.

식사를 마친 후 엄마와 나는 마트에 가서 청소용품을 잔뜩 샀다. 엄마는 외할머니 집에 갈 거라고 했다. 지루해질 때쯤 버스가 왔고 읍내를 통과해 해안도로까지 달렸다. 우리를 맞아줄 사람이 없는 외가를 가는 길은 이상하리만큼 발걸음이 가벼웠다.

버스에서 내려선 외할머니 집까지 십오 분 정도 걸어야 했다. 엄마와 나는 잠시 부둣가에 앉아 밀려오는 파도와 하얗게 반짝이는 포말을 바라봤다.

"학교는 어때, 친구 사귈 수 있을 것 같아?"

나는 고개를 도리질했다. "어차피 몇 개월 다니면 곧 졸업인데 번거롭게 친구를 만들 필요는 없을 것 같아."

냉소적인 초등학생의 말에 엄마는 무방비하게 웃음을 터뜨렸다. 오랜만에 보는 엄마의 웃음이었다. 언젠가부터 나는 하루에 한 번 엄마를 웃기겠다는 생각조차 하지 않고 있었다.

"내년에 중학교 올라가고 여름이 됐을 땐 어느새 친구들이 생겨 있을 거야."

"왜 여름인데?"

무더운 여름에 더 짙어졌던 안양 집 냄새를 떠올리며 나는 경계하는 목소리로 물었다.

"지금은 낮이 짧아지는 계절이잖아. 긴 낮은 여름의 축복이야. 긴 방학도 있으니, 시간이 넉넉하잖아. 친구를 사귀기에 가장 좋은 계절이지."

나는 엄마의 말에 동의도 반박도 하지 않았다. 엄마가 안양에서와 달라진 모습을 보여준다면 정말 바닷가 마을의 여름은 더없이 즐거울 수도 있을 것 같았다. 그날 처음 본 남해는 몇 시간이고 멍을 때릴 수 있을 만큼 아름다웠으니까.

외할머니 집은 친가의 양옥집과 달리 작은 기와집이었지만 내부는 깔끔했다. 내가 다섯 살이었을 때 엄마가 모아둔 목돈으로 부분 리모델링을 해줬다고 했다. 엄마는 대청마루에 가부좌 자세로 앉았다. 이십 년 가까이 살았던 집에 오랜만에 오니 편안한지 가벼운 한숨을 쉬었다.

"너도 어렸을 때 와본 적 있는데 기억 나? 아니, 날 리가 없겠다."

"전혀 안 나. 그런데 진짜 이 집에서는 바다가 보이네. 가을에는 모든 게 황금으로 변하고."

나도 엄마 옆에 걸터앉아 다리를 앞뒤로 흔들었다. 엄마는 나에게 바다가 보이는 고향집의 동화 같은 풍경을 묘사하곤 했다. 거짓말이거나 과장일 거라고 생각했는데 집과 바로 이어지는 드넓은 황금빛 벼밭과 바다가 한 프레임에 들어오자 정말 아름다운 것을 봤을 때 사람들이 느낀다는 평화로움이 어떤 건지 이해할 수 있었다.

"그럼, 거짓말이 아니었다니까. 날씨 좋을 땐 저기 언덕에 있는 할머니 깨밭에 가면 제주도까지 보여."

"거짓말. 제주도가 어떻게 보여."

"안 속네?"

우리는 이제 물건이 얼마 남지 않은 집 구석구석을 구경했다. 엄마는 더께가 두껍게 앉은 찬탁에서 두꺼운 파일을 꺼냈다. 어린 시절 엄마가 받은 상장들을 모아 놓은 것이었다.

"별스러운 이유로 상장을 주는 건 예나 지금이나 똑같구나."

바른 말을 써서 주는 상장, 청소를 잘해서 주는 상장……엄마가 초등학생 때 받은 상들을 보고 새삼스럽게 그녀에게도 어린 시절이 있었다는 것을 깨달았다. 내가 생각해 낼 수 있는 최초의 기억은 여섯 살이었고 그때 엄마는 서른 언저리였다. 그렇지 않다는 것을 알면서도 무의식에 엄마가 태어났을 때부터 서른쯤이었다고 착각하며 그녀를 대했던 것 같았다. 그래서 아빠의 부재를 이겨내지 못하는 엄마의 여린 면모와 슬픔을 제대로 표출하지 못한 미숙함 그리고 집을 엉망으로 만들어버린 실수에 대해 엄격했던 것이 아닐까.

엄마의 이십 대와 삼십 대 시절 사진은 집에 많았지만, 아주 어린 시절 사진은 본 적이 없었다. 외할머니 집에도 어린 시절 사진은 없었다. 작고 약하지만 보드라운 피부를 가진 여섯 살의 엄마를 상상하려고 애썼지만, 얼굴은 서른 그대로에 몸만 작아져 마치 난쟁이 같은 괴기스러운 모습만 떠올랐다.

초등학교 고학년부터는 유독 글쓰기와 관련된 상장이 많았다.

"나 어렸을 때 영한 번역가를 꿈꿨거든. 특히 아동문학에 관심이 많았어. 파닉스를 얼마나 열심히 공부했는지 몰라."

"파닉스? 요즘은 파닉스 안 배워."

"우리 때는 다 그렇게 영어를 배웠어."

나는 엄마에게 왜 번역가가 되지 않았냐고 묻지 않았다. 대신 "나중에 내가 영어 학원에 보내줄까?" 하고 물었다.

"너나 여기서는 학원 빠지지 말고 잘 다녀."

나는 해뜩 웃으며 이제 얼른 청소를 시작하자고 엄마를

재촉했다.

"아, 청소하기 전에 머리 다시 묶자."

나의 말에 엄마는 그제야 뒷머리를 더듬으며 삐져나온 머리카락을 발견했다. 잔뜩 헝클어진 채였다.

"내가 묶어줄게."

엄마는 등을 보이고 앉아 얌전히 나에게 머리카락을 맡겼다. 만 열두 살에 나는 벌써 엄마의 키를 따라잡았다.

고무줄을 풀자 엄마의 머리카락이 커튼처럼 퍼졌다. 검은 고무줄에 엉킨 머리카락을 빼내며 물었다. "높게 묶어줄까?"

"응."

손빗으로 머리카락을 정리하는데 손가락 사이사이로 부드러운 머릿결이 느껴졌다. 머리카락이 이렇게 가늘 수 있다는 것이 믿기지 않았다.

"엄마 머리카락이 가늘구나. 난 돼지털인데. 억울해."

"그러게, 그걸 왜 안 닮았을까."

머리카락 한 올도 빠짐없이 한 손에 끌어모았다. 머리카락을 바짝 잡아당길 때마다 엄마의 몸이 나에게 기울었다. 엄마가 바짝 당겨진 이마 선을 손가락으로 더듬다가 풋 웃었다.

"솔미야, 나 눈이 위로 올라가는 것 같아. 옛날에 내가 너를 꼭 이렇게 묶어줬는데."

"이렇게 바짝 묶어주는 거 솔직히 난 싫었어. 이건 복수야."

내가 장난스럽게 말했다.

"그렇지만 넌 이마가 예쁜걸. 내 마음도 몰라주고 하원할 때 보면 너는 아침에 정성스럽게 손질해 준 머리를 사자처럼 풀어 헤치고 있곤 했어."

"엄마는 왜 내 머리를 매일 정성스럽게 묶어주려고 했어? 원하는 대로 머리를 풀고 가게 했으면 아침에 시간도 절약되고 엄마도 편했을 텐데."

나는 엄마가 딸의 머리를 묶어주는 행위에 대해 생각했다. 옛날에 할머니도 엄마의 머리를 매일 묶어줬을 것이다. 엄마가 나에게 그랬듯이. 인간과 인간을 연결하는 실에 대해 들어본 적 있었다. 모녀를 연결하는 건 아무래도…… 머리카락 같았다.

"그건 딸이 예쁘니까 가꿔주고 싶은 마음이지. 자랑하고 싶기도 하고."

"인형 놀이 같네."

정수리와 가깝게 머리카락을 꽉 묶었다. 아야, 엄마가 작게 외쳤다.

"다 됐다."

엄마는 일어나 벽에 걸린 작고 둥근 거울을 봤다.

"머리를 묶어주는 건 엄마들이 딸에게 마음을 표현하는 특별한 방식이야. 나는 너를 내 몸처럼 신경 쓰고 아끼고 있다는 뜻이거든." 엄마가 뒤돌아 나를 봤다. "꽤 맘에 드네."

나는 이번에 딸이 엄마에게 머리를 묶어주는 행위에 대해 생각했다. 당시에는 정확하게 표현할 수 없었지만, 엄마가 딸에게 해주는 것과는 그 의미는 조금 다른 것 같았다. 그때 내가 느낀 것은 아마도 '당신이 가엽고 안쓰러워요' 정도이지 않았을까⋯⋯.

엄마는 안양 집은 그렇게 어지럽혔으면서 아무도 살지 않는 외할머니 집은 깨끗하게 쓸고 닦아 광을 냈다. 마치 절대 더러워지면 안 되는 성역이라도 된다는 듯이. 나는 엄마를 따라 힘차게 걸레질을 했다.

청소를 마치고 엄마는 쇼핑백에 담아 온 감을 꺼내 내게 주었다. 우리는 자르지 않은 감을 통째로 들고 먹었다.

"그다음 행선지도 있어?"

"아니, 끝이야. 오늘 하루 너무 길지 않았니."

엄마는 기진한 목소리로 말했다.

"오랜만에 온 고향인데 생각나는 친구들은 없어? 계속 안 떠나고 남아 있는 동창들도 있을 텐데."

"친구? 옛날엔 있었지. 그런데 어느샌가 사라졌어. 정신

차려 보니까 아무도 없더라. 다 어디 갔는지."

엄마는 마치 남의 이야기를 하는 것처럼 덤덤했다.

"그러면 그 이모는? 아빠 장기 출장 가면 우리 집 놀러 오곤 했던 엄마 친구 있잖아."

나는 무의식에 '아빠'를 말할 때 목소리를 작게 했다.

"한번은 우리 집에서 자고 가기도 했는데. 나한테 용돈도 두둑하게 주고. 지금은 목포 산다던……."

"이미 이모?"

오랜만에 들은 그 이름이 무척 반가웠다. 이미 이모의 진짜 이름은 이미리다. 엄마와 이모는 이름이 같아 어렸을 때 친구들에게 '투미리'로 함께 엮여 불리며 친해졌다고 했다. 긴 인연의 시작이 고작 이름이 같다는 우연에서 시작했다는 건 언제 들어도 신기했다. 엄마와 구분하기 위해 친구들이 엄마를 '박미', 이모는 '이미'라고 불렀다. 그래서 나도 이미 이모라고 불렀다.

이름만큼이나 두 사람은 분위기가 닮았지만, 이모는 엄마보다 시원시원하고 박력 있는 사람이었다. 어린 시절 사고의 후유증으로 왼 다리를 약간 절었지만, 우리 모녀를 끌고 나와 차에 태워 영종도에 놀러 간다든가, 비행기를 타지도 않을 거면서 새벽에 인천공항에 가서 돈가스를 먹고 온다거나 항상 재미있는 일을 꾸몄다. 그녀는 집안일을 하며 대개의 시간을 집에서만 보냈던 엄마를 밖으로 끌어낼 수 있는 유일한 사람이었다. 물론 이모의 그런 즉흥적인 성격 때문에 둘은 옥신각신하기도 했지만. 결국 못 이기는 척 이모의 말을 따라 밖으로 나가면 엄마는 셋 중 그 누구보다 즐거워했다. 내가 이미 이모를 떠올린 건 아마도 지금 그녀가 엄마에게 가장 필요하다고 생각했기 때문일 것이다.

"이제 못 보게 됐어."

엄마는 양팔로 무릎을 안고 몸을 양옆으로 가볍게 흔들었다. 바람 한 점 없는 날씨였지만, 엄마 주위에만 선들선들 미풍이 부는 것 같았다.

"안 보는 것도 아니고 못 보는 건 또 뭐야?"

과즙이 줄줄 흘러내려 손등으로 입가를 훔쳤다. 단감인 줄 알았는데 살짝 익어 과육이 물렀다. 내 것과 달리 엄마는 아삭한 감이 걸려 사과처럼 깔끔하게 베어 먹었다.

"다 그런 일이 있는 거 아니겠니."

그때 나는 엄마의 말을 이해하지 못했다. 목포 이모와 관계가 소원해질 수밖에 없었던 '그런 일'에 대해서. 나는 아직 불행과 불행을 연결 짓는 데 서툴렀다. 하나의 불행이 삶의 도미노를 하나씩, 그러나 확실하고 빠르게 무너뜨리는 그 연쇄적인 반응에 대해서 알지 못했다. 당시에는 그런 식으로 엄마가 나에게 비밀을 만들어 아직 말해주긴 이르다는 투로 애 취급하는 것이 싫기만 했다. 내가 아무리 물어도 엄마는 무상한 표정으로 고집스레 대답을 피했다. 감을 씹으며 규칙적으로 움직이는 엄마의 약간 각진 턱이 고집스러워 보였다.

"감 잘라 오지 그랬어. 먹기 불편하게."

나는 괜히 툴툴거렸다.

"그러게, 감 잃었네."

오랜만에 듣는 엄마의 우스갯소리였다. 어이가 없어 웃음이 나왔다. 이내 엄마도 나를 따라 가볍게 미소 지었다.

◎◎◎

엄마는 시장 상가 이 층에 있는 횟집에 일자리를 구했다. 엄마는 식당 동료들이나 단골이 남편에 관해 물으면 죽었다고 거짓말로 처신했다. 왜 그렇게 말하냐고 묻는 나에게 엄마는 이렇게 답하면 사람들이 더 이상 아무것도 묻지 않아서 편하다고 했다. 물론 지금이야 큰 상실을 설명하고 싶지 않은 그 마음을 이해하지만, 당시에 나는 그 거짓말이 싫었다. 아빠가 용서받지 못할 일을 저지르고도 엄마의 거짓말로 보호받는다는 것이 어쩐지 분했지만, 어느새 나도 자연스럽게 엄마와 입을 맞추게 되었다. 반복해서 말하다 보니 거짓말이 진실로 느껴지기도 했다. 나의 관념 속에서 아빠라는 사람은 그렇게 죽었다. 아직 젊고, 남들보다 강한 심장을 가졌다는 그 사람을 떠올리면 약간의 죄책감을 느꼈다. 하지만 낯설고 새로운 바닷가 마을에 적응하기 위해서 나는 거짓말에 익숙해져야 했다.

엄마는 자신의 거짓말에 속아 넘어가듯 점점 남편의 부재에 익숙해지는 듯했다. 그러나 저장 강박은 쉽게 고칠 수 있는 병이 아니었다. 솔직히 나는 외할머니 집을 청소할 때 엄마의 청결에 대한 감각이 되살아났다고 기대를 품었다. 기대의 끝은 실망이었다. 엄마는 다시 쓸모없는 물건들을 사거나 주워 오기 시작했다. 안양에서보다 그 정도가 심해졌다. 주택은 주민들의 시선이 덜했고 엄마는 빠른 속도로 집을 엉망으로 만들었다.

채 석 달밖에 다니지 않은 초등학교에서 졸업을 맞이했다. 사진을 같이 찍을 친구는 사귀지 못했다. 엄마는 내가 말한 꽃의 색을 기억해 졸업식에서 보라색과 하얀색이 섞인 풍성한 꽃다발을 품에 안겨주었다. 그걸 나에게 건네주는 엄마의 손톱에는 검은색 때가 옅게 껴 있었다.

"이 꽃 아닌데."

엄마는 아무런 대꾸도 하지 않았다. 아빠라면 어떤 꽃을 선물해 줬을지 생각하며 나는 꽃다발이 으스러질 듯 꽉 쥐었다.

사진을 찍기 위해 엄마와 바짝 붙었을 때는 정체를 알 수 없는 시큰한 냄새와 옅은 담배 탄내가 섞인 악취가 났다. 불현듯 스팀다리미로 잘 다린 셔츠에서 나던 아빠의 따뜻하고 풋풋한 섬유 향이 그리웠다. 나는 아빠에게 그리움을 느끼는 나에게 더 실망하고 말았다. 졸업식 내내 불시에 눈시울이 뜨거워졌다. 그럴 때마다 손톱으로 손바닥 살이 붉게 패일 정도로 눌러 눈물을 겨우 참을 수 있었다.

긴 겨울 방학이 싫었다. 모두 겨울잠에 빠졌을 때 실수로 일어나 혼자 긴 겨울을 나야 하는 어린 털 동물이 된 것처럼 방학을 어떻게 보내야 할지 막연하기만 했다.[*]

집 전체가 하나의 거대한 쓰레기장이 되었다. 천장 끝까지 택배 상자가 쌓였다. 가득 찬 냉장고에서는 음식물이 부패해

---

[*] 토베 얀손의 무민 연작소설 『무민의 겨울』에서는 동면 중이던 무민이 혼자 일찍 깨어나, 겨울 숲의 다른 친구들과 함께 긴 겨울을 나게 된다.

지독한 냄새가 났다. 그 누구도 초대하지 않으면서 두 명이 사는 집에 의자가 아홉 개나 있었다. 잠을 자기 위해선 침대 위 물건들을 아래로 치워 누울 자리를 만들어야 했다. 삭은 가구들과 상한 음식들은 바퀴벌레를 유혹했다. 저녁에 집에 돌아와 조명을 켜면 빛을 피해 서둘러 숨는 두세 마리의 바퀴벌레를 쉽게 볼 수 있었다. 이름 모를 벌레들이 어디선가 튀어나왔고 쓰레기가 쌓여 지층을 이뤘으며 정글처럼 습해졌다. 인간의 손때가 묻은 물건들로 가득한 집은 신비하게도 점점 자연과 비슷해졌다.

그 나이에 나는 다른 아이들처럼 매일 성장도 해야 했지만 생존도 해야 했다. 쓰레기 집에 살며 해충을 잡는 법과 악취를 견뎌내는 법을 터득했다. 특히 벌레와의 싸움은 진력이 났다. 밤이 되면 주변에서 스스슥 빠르게 움직이는 벌레의 기척이 느껴졌다. 몸 위로 스멀스멀 올라오는 대담한 벌레도 있었다. 머리맡에 박스 테이프를 두고 자야 했다. 벌레를 테이프 접착제 부분으로 찍어 눌러 죽이기 위해서였다. 테이프는 내가 발견한 가장 유용하고 전투력이 높은 도구로, 접착제에 시체가 달라붙으므로 처리도 간편했다. 나는 내가 던전에서 벌레와 싸우는 모험가이고, 테이프는 낫이나 도끼라고 상상하면서 밤을 맞이했다. 신은 믿지 않았지만, 가끔 내가 아는 세상의 모든 신에게 기도했다. 두 주먹을 꼭 쥐고 인간에게 상상이라는 능력을 주신 것에 감사하다고 속으로 중얼거렸다.

  혼자서 그 집을 치워보려고 노력도 해봤다. 그러나 엄마 몰래 물건이나 음식을 버리는 건 불가능에 가까웠다. 내가 몰래 음식을 버리면 엄마는 그걸 귀신같이 알아차렸고 또 금방 상해버리고 마는, 식당에서 받아온 해산물을 냉장고에 채워 넣었다. 엄마는 자신이 주워 온 물건에 손대는 것을 극도로 싫어했다. 내가 가죽 안 구석구석까지 바퀴벌레에 잠식당한 의자를 버리려고 했지만, 엄마는 다 쓸데가 있다면서 나의 손에 들린 의자를 빼앗아 제자리에 두었다. 내가 할 수 있는 건 물건이 없는 공간을 쓸고 닦는 것뿐이었지만, 엄마가 어지르는 속도를 따라잡지 못했다. 아니, 솔직히 말하면 나 역시 무기력해져 청소에서 점점 손을 놓기 시작했다. 엄마에게 조심스럽게 심리 상담을 여러 번 권했지만, 매번 단호하게 거절당했다. 엄마는 이 쓰레기장 속에서의 삶이 지극히 일상적이라고 믿고 싶은 것도 같았다. 그 믿음을 깨버린다면 그녀가 정말 무너질 것 같아 "엄마는 지금 이상해"라든가 "이건 정상이 아니야" 같은 말은 꿀꺽 삼켜야 했다.

유독 집에 들어가기 싫은 날이면 동네를 혼자서 오래오래 산책했다. 고작 삼 개월 만에 눈에 익어버려 이제는 곁에 있는 것이 당연하다고 느껴지는 광활하고 푸른 바다. 어두운 골목의 가로등 아래 빛이 만든 둥근 카펫. 꼬리가 짧은 검은 길고양이를 마주칠지도 모른다는 기대감으로 꼭 들르던 놀이터. 작은 동네였기에 두 바퀴를 돌아야 겨우 한 시간이 지났다.

방학 동안 나는 밖에서 시간을 보내기 위해 몇 가지 놀이를 고안해 냈다. 첫 번째는 횡단보도 놀이였다. 횡단보도를 건너는 사람들 모두가 나와 반대 방향으로 갈 때까지 몇 번이고 같은 길을 오갔다. 그들 사이를 뚫고 나아가면 마치 물살을 거스르는 대담한 연어가 된 듯한 기분이 들었다. 몇 번 만에 사람들의 물살을 거스르는 것에 성공했는지 어제의 나와 시합했다.

눈이 멎는 것을 볼 때까지 집에 들어가지 않겠다고 오기를 부린 적도 있었다. 눈이 내리기 시작하는 장면은 종종 봤어도 눈이 그치는 장면은 한 번도 본 적이 없다는 생각에서였다. 눈들이 살며시 후드집업 모자 위에 쌓이며 나의 귀가를 재촉하는 것 같았다. 코가 더 빨개지지 않도록 얼른 들어가, 하고. 나중에 바지를 벗어보니 허벅지가 빨갛게 부어 있을 정도로 추웠지만 무섭게 내리던 함박눈이 천천히 그리고 고요히 멎어가는 장면은 꽤 멋있었다.

그러고도 겨울부터 봄까지 이어지는 방학의 하루는 너무 길었다. 한번은 가로등이 켜지는 시간에 흥미가 생겨, 동네의 가로등이 켜지는 시간을 매일 기록하기 시작했다. 가로등 점화는 따로 정해진 시간 없이 매일 일몰에 맞춰 몇 분씩 늦춰지거나 빨라진다는 비밀을 알아냈다. 그러나 나는 점화 시간을 한 번도 정확히 예측하지 못했다. 한번은 동네를 빙빙 돌다가 작동하지 않는 가로등을 찾아냈고 다음 날 주민센터에 민원을 넣은 적도 있었다. 직원은 기특하다며 청포도 맛 사탕을 주었다.

그렇게 종아리 뒤가 뻐근하게 당길 때까지 동네를 배회하다가 거리에 사람들이 거의 없을 때야 귀가했다. 내가 그 집에 들어가는 걸 아무도 보지 않았으면 했다. 집으로 돌아가는 발걸음은 무거웠다. 내가 사는 곳은 집이 아니라 엄마의 가슴속 같았다. 그 집은 쇠락해 무너져 내린 엄마 그 자체였다. 집은 사는 사람을 그대로 투영해 보여주므로. 나는 그 집 벽에 묻은 수많은 거무튀튀한 얼룩 중 하나였다. 그 얼룩은 아무리 걸레로 닦아도 사라지지 않고 시간이 지날수록 면적을 키워나가다가 결국 집과 하나가 되었다. 나는 오직 딸이라는 이유만으로 엄마의 집에 함께 갇힌 것이다. 엄마가 나를 당신의 몸처럼 아끼고 사랑하기 때문에 머리카락을 묶듯 모녀 사이를 단단하게 묶어버린 것 같았다.

  시골의 밤은 정말 어두웠다. 세상의 모든 어둠이 이곳에 있고, 빛은 전부 바다 깊은 곳에 가라앉은 것 같았다.

가을 방학

학창 시절에 대해 말하는 것을 좋아하지 않기에 나는 간혹 사람들에게 과거를 말해야 할 때면 기억을 축약하고 변형해 말하곤 했다. 그때는 좋았지만 싫어진 것, 그때는 싫었지만 좋아진 것 중에서 전자가 훨씬 많기 때문이었다. 싫은 건 대체로 시간이 지나도 그대로 싫었으니. 그런 나에게 수오와 수국은 거의 유일하게 그때도 좋고 지금도 좋은 사람이었다. 수오와 수국은 내가 고흥으로 이사 오고 처음 사귄 친구들이었다. 물건들이 퇴적되어 지층을 이뤘던 쓰레기 집에 살면서도 웃는 일이 있었다면, 그건 전부 그들 덕분이었다. 성인이 된 후로 둘 모두와 연락이 끊겼지만, 간혹 그들과의 추억이 생각나면 훈훈한 미소가 떠올랐다.

수오와 처음 말을 섞은 날은 아직도 기억난다. 새 교복에 적당히 주름이 지기 시작한 사월 마지막 주 체육 시간이었다. 스탠드까지 날아온 농구공을 줍기 위해 빠르게 뛰어오던 남자아이와 부딪혔다. 같은 반이지만 말 한번 섞어보지 않았던 수오였다. 우리는 살짝 안는 듯한 자세가 되었고 눈이 마주쳤다. 나는 여자애들 사이에서 드물게 거의 백칠십 센티미터에 이르는 큰 키로 웬만한 남자아이들과도 눈높이가 맞았다. 나는 정글같이 음습한 집에서 경쟁자보다 햇빛을 더 차지하려는 열대지방 식물처럼 키를 쭉쭉 키웠다.

신기하게도 그 아이에게서는 체육 시간에 남자애들에게서 나곤 했던 꿉꿉한 땀 냄새가 나지 않았다. 보통 집 냄새가 옷에 묻어나기 마련이었지만, 그 아이는 놀랍도록 완전한 무취였다. 나와 달리 피부도 부드러워 보였다. 중학교에 올라가며 나는 피부가 두꺼워졌다. 세수한 지 두 시간만 지나도 금방 피지가 올라와 피부가 번들거리곤 했다. 그러나 그 아이에게서는 얼굴 기름 냄새조차 나지 않을 것 같았다. 단지 머리카락에서 달콤한 살구 샴푸 향만 희미하게 났다. 나에게서 냄새가 날지도 모른다는 생각이 화살처럼 머리를 스쳐 내가 먼저 수오를 살짝 밀쳤다. 그 시절 내가 무서워했던 건 냄새와 소문 같은 무형의 것들이었다. 집의 악취가 교복에 밸까 봐 걱정했고, 그 냄새 때문에 아이들이 쓰레기 집에 대해 알게 될까 봐 두려웠다. 나는 매일 섬유유연제를 정량보다 두 배를 넣어 옷을 세탁했다. 백팩 안에는 휴대용 분사형 섬유 탈취제를 넣고 다녔다.

그는 "미안해!" 하고 경쾌하게 말하며 고개를 돌리고 뛰어갔다. 그 아이의 눈 위에서 찰랑거리던 옅은 갈색 생머리가 그날 하교할 때까지 내내 신경 쓰였다. 나의 먹물같이 진한 검은색 곱슬머리와 아주 달랐기 때문일 것이다.

그 후로 한동안 그 아이와 접점을 이루지 못했다. 교실을 오가며 가끔 눈이 마주치면 누가 먼저랄 것도 없이 빠르게 시선을 거두고 각자 걸음을 뗐다. 첫 번째 중간고사 성적이 나온 날 그 무취의 남자아이가 잔뜩 상기된 얼굴로 나에게 찾아와 말을 걸었다. "서울에서 왔다면서? 거기서 어디까지 예습하고 왔어?" 나는 내가 서울이 아니라 경기도 남부의 안양이라는 도시에서 왔다고 그의 말을 교정했다.

"그래? 너도 여기가 원래 동네가 아니구나. 우리 둘 다 멀리서 왔네."

수오가 말끝의 음을 올리며 산뜻하게 말했다.

외지인이라는 투명한 동질감이 그와 나를 얼싸안아 주는 것 같았다. 그래서 나는 묻지도 않은 나의 과거에 대해 말했던 걸지도 몰랐다.

"서울에서 온 것도 아주 틀리진 않았어. 나는 서울에서 태어났거든. 비록 몇 년 안 살고 또 다른 도시로 이사 갔지만. 여기가 다섯 번째야, 놀랍지?"

나와 수오는 전교에서 일, 이 등을 다퉜다. 우리는 성적 이야기를 하며 자연스럽게 가까워졌다. 수국은 성적에는 별 관심이 없었지만, 늘 수오 옆에 있었기에 자연스럽게 셋이 어울리게 되었다. 수오와 수국은 아파트 이웃으로 처음에는 부모님끼리 친분이 생겨 친해졌다. 둘의 교집합은 특별해 보였다. 최상위권 성적과 캐나다에서 유년 시절을 보내 영어를 자유자재로 구사하는 능력 그리고 하얀 얼굴에 언뜻 비치는 적요는 언제 어디서나 수오를 돋보이게 했다. 한창 이차 성징이 시작되고 정신이 몸의 변화를 따라가는 것이 벅찬 시기였다. 어른스러움에 대한 동경과 성장을 향한 갈급함을 누구나 갖고 있었다. 남자아이들은 먼저 어른이 된 것처럼 보이는 수오에게 질투심과 조바심을 느꼈다. 여자아이들은 마치 동경하는 아이돌을 보듯 그를 향해 눈을 반짝였다. 수국은 그런 수오와 친한 것을 자랑처럼 여겼다. 함께 보낸 시간이 길어서인지, 그 둘은 남매 같은 분위기를 풍겼다. 이름도 수국과 수오, 마치 돌림 자를 쓰는 가족 같았다. 그 무렵 사춘기에 접어든 아이들은 연애 이야기를 가장 흥미로워했는데, 꼭 붙어 다니는 수국과 수오를 두고 짓궂은 소문을 속살거리곤 했다. 그러나 내가 그 둘 사이에 등장하며 소문은 서서히 잠잠해졌다.

처음에 수국과 나는 상극의 성격으로 서로 호감이나 반감 심지어 호기심마저 쉬이 가지지 못했다. 그러나 서로 다른 것에 이끌리듯 우리는 빠른 속도로 사이를 좁혀 나갔다. 그녀는 셋 중에서 가장 활발했고 생각을 말하는 데 거침이 없었다. 그런 저돌적인 면이 이상하게 공격적이지 않았고, 나와 달리 솔직한 수국이 마음에 들었다. 수국은 학교에서 주로 시니컬한 얼굴을 했지만, 자신의 울타리 안에 들어온 사람이라 생각되면 당황스러울 정도로 순식간에 사랑스러운 아이로 돌변했다. 나는 그녀의 울타리 안 사람이라는 사실에 안심했고 수국이 뮤지컬 동아리에서 활동하며 무대 위에 있는 모습을 보면 나의 어깨도 조금 펴지는 것 같았다.

◉◉◉

 여름이 되었을 때 나는 수오와 수국을 정말 친밀하게 여기고 있었다. 아마 그들도 그랬을 것이다. 정말 엄마의 말대로 여름은 친구를 사귀기에도, 관계가 깊어지기에도 더없이 좋은 계절이었다. 옷이 가벼워지는 만큼 친구들과 맨살이 맞부딪히기도 쉬워졌고 서로의 땀 냄새를 맡으며 자연스럽게 가까워졌다.

 우리는 여름마다 같은 노래를 몇 번이고 반복해서 들었고 지지 않을 것 같은 커다란 해를 함께 바라봤다. 물놀이를 하고 젖은 손으로 모래를 단단하게 뭉쳐 각색경단을 만들었다. 햇볕에 몸을 말리면서 수다를 떨며 만들다 보면 어느새 모래 경단이 한가득 쌓였다. 코끝부터 한기가 돌기 시작하면 발부터 종아리까지 고운 모래가 잔뜩 달라붙은 상태 그대로 수오 아버지의 작업실로 향했다. 아무것도 없는 부지에 덩그러니 자리 잡은 커다란 조립식 단층 작업실은 마치 동화 피노키오 속 제페토 할아버지의 집 같았다. 이건 비밀이지만, 나는 수오의 아버지를 '아저씨'라고 불렀지만, 속으로는 앞에 '제페토'를 붙여 불렀다.

 아저씨의 작업실에는 작은 욕실이 있어 우리는 그곳에서

자잘한 안개꽃처럼 피부 위에 피어난 소금을 씻어낼 수 있었다. 씻는 순서는 항상 나와 수국이 먼저였고, 수오는 발바닥을 수건으로 감싼 채 차례를 기다려야 했다. 가끔 물소리를 뚫고 수오가 아버지와 두런두런 대화를 나누는 소리가 들리기도 했다.

해수욕은 보통 즉흥적이었기에 여벌 옷이 없는 경우가 대부분이었다. 우리는 다 마르지 않아 퀴퀴한 냄새가 나는 티셔츠를 그대로 입어야 했다. 셋에게서 똑같은 냄새가 나는 유일한 순간이었다. 나는 냄새에 예민했지만, 이상하게 다 같이 구질구질한 냄새를 풍기는 건 괜찮았다. 나는 그들과 있으면 상황이 썩 나쁘지는 않다고, 최악은 아니라고 착각했다. 그들에겐 그런 힘이 있었다. 그리고 나는 될 수만 있다면 오래도록 착각하고 싶었다.

몸이 보송보송하게 마를 때쯤에는 뒤늦게 허기가 몰려왔다. 그러면 아저씨는 딱딱한 복숭아를 잘라주거나 편의점에서 아이스크림을 사주었다. 때때로 갖가지 빵에 꿀을 발라주기도 했다. 다양한 꿀을 모으는 것은 아저씨의 유일한 취미였다. 아저씨는 꿀이 기관지에 좋다며 건강을 위해서 매일 한 숟가락씩 아침저녁으로 먹는다고 했다. 꿀은 종류마다 약간씩 다른 황금빛을 냈다. 나는 꿀이 담긴 유리병을 햇빛에 비추며 가만히 바라보는 걸 좋아했다.

아저씨가 바게트를 얇게 썰어 그 위에 꿀을 종류별로 발라주면, 수국과 나는 마다하지 않고 꿀맛을 음미했다. 수오가 단것은 싫다고 고개를 내저으면 아저씨는 꼭 어렸을 때 자신을 보는 것 같다며 기억을 더듬는 것처럼 눈을 가느다랗게 떴다. 수오와 달리 나는 어떤 꿀이든 맛있게 먹었다. 꿀의 달콤함에는 기분을 좋게 만들어주는 힘이 있었다. 오돌토돌한 혀에 진득하고 부드러운 꿀이 퍼지면 온몸의 긴장이 녹아내렸고 눈꺼풀이 무거워져 왠지 나른해지는 기분이었다.

언젠가 아저씨가 나에게 유칼립투스 꿀을 선물했다. 위로 갈수록 좁아지는 모양의 유리병에 커스터드 크림색 꿀이 가득 담겨 있었다.

"곧 다시 무더위가 시작된다는데, 상하지 않을까요?"

우아한 모양의 병을 두 손으로 소중히 감싸 쥐며 내가 물었다.

"꿀벌들이 직접 채밀한 꿀은 쉽게 부패하지 않는단다."

"여름이 끝날 때까지도요?"

"이번 여름, 그다음 여름까지 거뜬해. 만약 아껴 먹는다면, 네가 어른이 될 때까지 이 꿀을 꺼내 먹을 수 있을 거야. 지구가 멸망할 때까지 멀쩡할 수도 있어."

그날 아저씨는 나에게 꿀과 함께 직접 만든 작은 나무 숟가락을 주었다.

꿀은 높은 당분과 약간의 수분으로 구성되며 스스로 살균 효과를 낸다. 나는 부패하지 않는 음식이 있다는 것을 처음 알았고 꿀이 좋아졌다. 집에 있는 음식들은 전부 썩어가며 냄새를 풍겼지만, 꿀은 언제까지고 다디단 향을 낸다는 사실이 나에게 위로를 주었다. 나는 지치는 날이면 유칼립투스 꿀을 꺼내 나무 숟가락으로 한 숟가락씩 떠먹었다. 더도 말고 딱 한 입씩 아껴 먹느라 사 년에 걸쳐 그 꿀을 다 먹었다. 정말 아저씨의 말대로 꿀은 바닥을 보일 때까지 상하지 않았다. 개봉 후 시간이 꽤 지났을 때 꿀 위에 하얀 포도당층이 생기기도 했지만, 따뜻한 물에 중탕하니 금방 본래 모습으로 돌아왔다.

처음에 목공방은 물놀이 후 몸을 씻고 덥히는 휴식처였지만 점차 우리만의 아지트가 되었다. 구름이 움직이는 속도가 심상치 않은 날이면 우리는 물놀이를 포기하고 곧바로 아저씨의 작업실에 갔다. 그곳에 있는 우아하고 효율적인 가구들을 구경하는 재미가 있었고, 아저씨는 수국과 나를 위해 즉석에서 작은 나무 인형을 깎아주기도 했다. 대부분 고양이와

새, 펭귄 같은 동물들이었다.

하루는 아저씨가 수국과 나에게 나무 십자가를 하나씩 주었다. 진열장 한편에는 수많은 나무 십자가와 성모 마리아상이 있었는데, 마치 성물방 같았다. "이 정도는 우리도 만들 수 있죠, 아저씨?" 나무 십자가를 이리저리 만져보던 수국이 자신만만하게 말했다. 그녀의 말을 계기로 우리는 이따금 아저씨에게 목공을 배우게 되었다. 처음에는 남는 자투리 나무 조각으로 인형을 만드는 수준이었다. 차근차근 나무의 종류별 특징과 재단 그리고 간단한 기계 사용 방법을 배웠다. 금방 책갈피나 냄비 받침, 도마 정도를 만들 수 있게 되었다. 같은 재료와 도구를 사용했는데도 세 명 모두 각기 다른 디자인으로 만든 것이 신기했다.

처음에는 육중하고 큰 소리를 내며 나무를 자르는 기계가 무서웠다. 그렇지만 안전 수칙만 잘 지킨다면, 그리고 뒤에 제페토 아저씨가 있다면 무서워할 필요가 없다는 것을 알게 되었다. 목공을 배우는 동안 뒤에서 어른이 지켜봐 준다는 것의 든든함과 안정감을 오랜만에 느꼈다. "솔미는 손이 야무지구나." 클램핑을 하고 있으면 어느새 아저씨가 내 뒤에 다가와 이렇게 말하곤 했다. 그러면 왠지 귀가 뜨거워졌고 제페토 아저씨와 엄마가 연애하는 상상을 하곤 했다. 나는 머릿속에서 엄마와 제페토 아저씨의 손을 여러 방식으로 잡게 했다. 손가락만 살짝 닿게 하거나 깍지도 껴보게 하고 가볍게 얹어도 봤다. 이런 상상은 나의 습관 중 하나였다. 만약 누군가 아빠의 공백을 채워준다면, 평범했던 옛날로 돌아갈 수 있을 거라고 생각했다. 나는 학교에서도 엄마 또래로 보이는 서글서글한 선생님을 보면 상상 속에서 그녀 옆에 세워두곤 했다. 하지만 엄마는 아저씨는 물론이고 학교 선생님들의 얼굴조차 본 적이 없었다. 엄마는 오전 내내 집에서 잠을 자거나 물건을 줍기 위해 동네를 돌았고 점심이 지나 횟집에 출근해 자정쯤 돌아오는 일과를 반복했다. 엄마는 이 마을에서 이웃이나 친구를 사귀려고 하지 않았다. 고흥에 돌아왔다는 것조차 동창들에게 알리지 않았으니. 얼마 뒤 수오 어머니의 고향이 고흥이라는 걸 알게 되었을 때 그녀와 엄마가 아는 사이일까 봐 두려웠다. 엄마가 사람들과 어울리면 좋겠다고 생각하면서도 모순되게 그녀에 대해 내 주변 아무도 몰랐으면 했다.

어느 정도 목공 기술이 손에 익자 아저씨는 마지막 단계라며 의자 만드는 법을 가르쳐주었다. 이전에 만든 것과 달리 훨씬 복잡하고 어려운 작업이었다. 이번만큼은 아저씨의 지도하에 셋 다 똑같은 모양의 의자를 만들었다. 아저씨는 누락자 없이 셋 모두 초보 목공인 과정을 수료한 기념으로 맛있는 걸 만들어주겠다면서 집으로 초대했다. 수오의 어머니는 이모와 함께 서울의 큰 병원에 가 집이 빈 날이었다. 익숙하게 수오의 집에 들어가는 수국과 달리 나는 현관에서 쭈뼛거렸다. 수오의 집에 처음 가보는 것이었다.

곧 이사를 가는 집처럼 느껴질 정도로 살림살이가 적고 깔끔한 집이었다. 그나마 있는 가구와 물건 들은 전부 정연하게 정리되어 있었다. 아저씨가 만들었을 목가구는 전부 차분한 월넛색이었다. 원래부터 그 자리였다는 듯 가구들은 공간과 완벽하게 조화를 이루었다. 나는 가구와 가구 사이 아무것도 없는 벽을 물끄러미 바라봤다. 큼직큼직한 여백에 감동이 일었다. 수오의 집은 붉은 벽돌집과 비슷한 평수였지만 군더더기 없는 가구 배치와 청결함 때문인지 훨씬 더 넓어 보였다.

우리는 아저씨가 해준 닭볶음탕을 맛있게 먹었다. 밥을 먹으며 나는 아저씨에게 왜 목수가 됐냐고 조심스럽게 물었다.

"어렸을 때 방 두 개짜리 집에 다섯 명이 함께 살았거든."

아저씨가 이야기를 시작하자 수오는 이미 안다는 듯 약간 지겨운 표정으로 시선을 돌렸다.

"밤마다 동네를 배회했어. 문을 열면 현관에는 신발이 겹쳐 쌓여 있었지. 식구당 신발 두 켤레씩만 있어도 열 켤레잖아. 따로 신발장을 둘 수도 없을 정도로 작은 집이었다니까. 학교에 가건 어디를 놀러 가건 집으로 돌아가야 하는 시간이 다가올수록 숨이 막히는 기분이었어. 저녁이 되면 돌아가고 싶은 그런 집에서 사는 것이 내 평생의 소원이었지. 젊었을 때 인테리어 쪽에서 직군을 조금씩 바꿔가며 일하다가 여기까지 오게 된 거야."

"그러면 소원을 이루신 거네요?"

집중해서 듣던 내가 물었다.

"그렇지. 거창한 꿈이라고 생각했는데 어느새 도달해 있었어."

아저씨의 어린 시절이 나와 겹쳐 보였다. 훗날 나도 아저씨처럼 살고 싶은 집에서 살 수 있을까. 그때까지만 해도 내가 나무를 만지게 되리라고는 예상조차 못 했지만, 그의 이야기를 듣는 것만으로도 뜨거운 여름 햇빛을 피할 수 있는 나만의 나무 그늘을 찾은 것처럼 기분이 들떴다. 앞으로 일주일 동안은 배가 고프지 않을 것 같은 느낌이었다.

집으로 돌아가는 길에는 난감했다. 그동안은 아저씨의 목공방에서 만든 것들을 집에 보관하고 싶지 않아 학교 사물함에 보관했다. 집에 두면 엄마의 물건들에 깔려 금방 못 찾게 될 것이 뻔했다. 그러나 의자는 너무 커서 사물함에 들어가지 않았고 학교 어디에도 마땅히 둘 만한 곳이 없었다. 어쩔 수 없이 의자를 들고 집에 가는 길에 통제할 수 없는 눈물이 터져 나왔다. 내 모습이 꼭 물건을 줍는 엄마 같았다.

이후 나는 종종 수오의 집에 가고 싶었지만, 그 집에 간 건 그날이 마지막이었다. 수오의 어머니는 병원에서 안 좋은 결과를 들었고 아저씨와 수오는 집에 누군가를 부르는 걸 꺼렸다. 그러나 그 한 번의 방문으로, 나에게는 꿈이 생겼다. 방 어디든 한 명 누울 수 있을 정도의 여백이 있고, 의미를 알 수 없는 물건이 배달 오지 않으며, 해가 지고 나면 그 어떤 좋은 장소에 있더라도 문득 집으로 돌아가고 싶다는 기분을 느끼게 해주는 안락한 집에서 살고 싶다는 꿈이.

가을 방학

고흥에서 맞는 두 번째 겨울이었다. 크리스마스이브에 수오 부자를 따라 성당에 나갔다. 처음 아저씨가 성당에 가보겠냐고 제안했을 때 선뜻 따라나선 이유는, 단순히 수오의 꿈이 있는 장소라 궁금한 것도 있었지만 그것보다 신에 대해 개인적인 호기심이 있었다. 하느님, 부처님, 알라신, 그리스·로마 신…… 아는 신도 많이 없었지만, 나는 밤마다 벌레에 시달리며 잠을 설칠 때면 내가 아는 세상의 모든 신에게 말을 걸곤 했다. 기도라고 하기엔 비명과 한탄에 가까웠지만. 신은 나의 불행에 귀 기울이기에는 너무 바쁘고 애초에 존재하지 않는다고 생각하면서도, 나는 절박해질 때면 신을 찾게 되는 인간의 유약함에 대해 항상 궁금했다.

성당에 처음 간 날에는 성탄 전야 미사가 있었다. 나는 입구에 서 있는 성모 마리아상의 엄숙하고 고요한 분위기에 압도당했다. 그러나 주눅 들게 만드는 위압적인 느낌은 아니었다. 심장을 적당히 압박했을 때 잠이 솔솔 잘 오는 것처럼 마음을 편안하게 만들어주는 구석이 있었다. 수오와 아저씨가 마리아상을 보고 꾸벅 묵례를 하기에 나도 엉겁결에 고개를 숙였다. 수국은 관심 없다는 듯 마리아상을 힐끗 봤을 뿐 그냥 지나쳤다. 수오와 아저씨는 고해성사를 하고 오겠다며, 로비에서 기다리라고 했다. 낯선 공간에 긴장이 되어 화장실에 갔다. 짧은 소변을 누고도 변기에 더 앉아 힘을 줬지만 배만 아플 뿐 아무것도 나오지 않았다. 손을 씻고 나오자, 수국은 어느새 성물방에 들어가 알록달록한 묵주 팔찌를 구경하고 있었다. 수국에게 가려는데 신부복을 입은 남자와 정면으로 마주쳤다. 내가 아는 신부의 이미지와는 아주 다른, 건강한 체격을 가진 구릿빛 피부의 젊은 남자였다. 수오가 크면 이 사람처럼 되는 걸까. 나는 어른이 된 수오가 사제복을 입은 모습을 상상했다.

자신을 부주임 신부라고 소개한 그는 나에게 성당에 처음 왔냐고 물었다. 나는 작게 고개를 끄덕였다.

"제가 청소년부 담당인데 못 본 얼굴이라 궁금했어요. 성당에는 어떻게 오게 되셨어요?"

낯선 사람의 친절함과 어른의 존댓말에 익숙하지 않은 나는 딱딱하게 굳어버렸다. 그런 나를 보고 신부는 느긋하게 눈웃음만 지을 뿐 대답을 재촉하지 않았다. 어떤 이유에서인지 구릿빛 피부의 신부에게 나의 지저분한 집에 대해 말하고 싶은 충동이 일었다. 그는 나에게 잘못된 상황을 바로잡는 방법을 알려줄 것만 같았다. 입이 벌어지고 앞니가 살짝 말라갔다.

"저는 요즘 좀 우울해서 왔어요. 이럴 때 종교를 가지면 좋다고들 하잖아요. 의지할 데를 만들라면서."

등 뒤로 들린 수국의 목소리에 나는 깜짝 놀랐다. 수국은 성물방에서 산 파란 묵주 팔찌를 손에 들고 있었다.

"우울하다고?"

뜻밖의 말에 내가 되물었다. 지금껏 그녀만큼 발랄한 아이를 본 적이 없었는데.

"그냥, 다 뜻대로 안 될 거 같아서. 이 시골에 있으면 나는 아무것도 못 될 거 같아. 그런 예감 때문에 종종 슬퍼져."

수국은 배우를 꿈꿨다. 그것도 뮤지컬과 스크린을 오가는, 연기와 노래 모두 우수한 만능 배우를. 수국의 연기는 다른 뮤지컬부원들과 확연히 달랐다. 모두 진중하게 배역에 임했지만, 관객들은 친구들의 진지함을 너무 쉽게 오그라든다고 비하했다. 그러나 수국이 무대에 등장하면 객석에서 그런 말이 쏙 들어갔다. 배우가 아니라 이야기 속 실제 인물이 튀어나와 말하고 노래하는 것 같았다. 연기하는 것 같지 않은 연기를 하는 것이 수국의 강점이었다. 무엇보다 수국은 사람들의 시선을 끌어들이는 눈빛을 가졌다. 고동색 눈동자는 새카맣다고 느껴질 정도로 깊고 아름다웠다. 진하고 굵은 눈썹은 그 눈을 더욱 돋보이게 했다. '이런 사람이 아니면 누가 배우가 되는 거지?' 무대 위에서 빛나는 수국을 보면 이런 생각이 절로 들었다. 그녀와 비교하면 나는 어중간한 사람이었다. 꿈도 없고 재능도 없고 기세도 없었다. 무대 위의 수국을 보는 일은 즐거웠지만 동시에 그녀의 재능에 기가 눌려 나는 조금 막막해지곤 했다. 언젠가 저렇게 나를 빛나게 해줄 일을 찾게 되겠지, 하고 스스로를 다독여야 했다.

"너도 서울로 대학 가서 여기를 뜨려고 공부 열심히 하는 거 아니야?"

"그렇게 생각해 본 적은 없지만……."

그녀의 말이 전부 맞을지도 몰랐다. 나는 이사를 할 때마다 이곳이 나의 고향이 되지 않을까, 은근히 기대하곤 했다.

부모님의 고향이기 때문에 내가 살았던 다른 도시들과 달리 진짜 고향처럼 느껴질 수도 있다고 생각했다. 그러나 정이 붙지 않았다. 엄마는 이곳에서 철저하게 망가졌고 더러운 집은 진절머리가 났다. 수국의 말을 통해 내가 이 남해 마을을 떠나길 간절히 바라고 있다는 사실을 처음으로 직시했다. 누구보다 솔직한 수국은 가끔 입심이 세다 싶지만, 이렇게 내가 외면하고 있던 감정들을 집게손가락으로 꺼내 내 눈앞에 툭 던지곤 했다. 그러면 나는 어퍼컷을 맞은 것처럼 머리가 얼얼했다.

신부가 호탕하게 웃음을 터뜨렸다. 한 마디 한 마디가 당찬 수국은 어른들을 웃게 만들곤 했다.

"사람들은 다양한 이유로 성당에 오는데, 특히 위안이 필요하면 많이들 와요. 얘기를 들어줄 사람이 필요하거나 심심할 때 언제든 성당에 와요. 저는 들어주는 사람이니, 무엇이든 말해도 좋아요."

신부는 수국의 묵주 팔찌를 축성해 줬다. 그녀는 팔찌를 바로 끼고 내 눈앞에서 흔들어 보이며 하나 사라고 부추겼다. 나의 심드렁한 표정에도 수국은 아랑곳하지 않고 나에게 팔짱을 끼면서 "진짜 안 사?"라고 말하며 깐족거렸다. 곧 사람들의 웅성거림을 뚫고 나와 수국을 부르는 수오의 목소리가 들렸다. 수오를 따라온 거였군요. 신부의 말에 나는 작게 그렇다고 답했다.

미사가 시작되기 삼십 분 전에 수오에게 미사 의례를 속성으로 과외받았다. 성호경을 긋는 방법이나 기도하기 위해 두 손을 모을 때 왼손과 오른손의 엄지를 겹치는 순서라든가, 언제 일어나고 앉아야 하는지 등 알아야 할 것이 많아 시작도 전에 진이 빠졌다.

"아까 고해성사한다고 했잖아. 그건 뭘 하는 거야?"

주보를 눈으로 훑으며 내가 수오에게 물었다.

"신부님에게 잘못을 고백하는 거야."

"신부님과 마주 보고 죄를 말하는 거야? 그건 너무 부끄러울 거 같은데."

"마주 보고 있지만, 가림막이 있어서 서로 얼굴은 안 보여."

"아무리 얼굴을 안 본다고 해도 신부님이 신자들의 목소리를 알 수도 있잖아."

"그래서 고해를 볼 땐 용기가 필요한 거야."

수오는 매주 용기를 내고 있구나, 나는 속으로 조용히 감탄했다.

나는 고해하는 공간을 상상하며 미간을 찌푸렸다. 아주 작은 나무 상자 같은 곳에 들어가 천막 너머의 신부를 향해 나의 죄를 낱낱이 고백하는 장면을. 나는 자신이 없었다. 내가 저지른 잘못을 솔직하게 말하는 방법도 알지 못했다. 작은 죄부터 나열하자면 끝이 없겠지만 가장 무거운 죄를 말하자면 엄마를 방치하고 있는 것이지 않을까. 나는 그녀의 우울을 손톱만큼도 거둬주지 못했고 오히려 방관하고 있었다. 이렇게 말하면 신부는 그 이유를 물을까. 안양에서의 일부터 이야기를 시작해야 하는데 그러면 너무 긴 시간이 걸리지 않을까. 내 뒤로 고해를 기다리는 사람이 얼마나 많든 신부는 내 이야기를 들어줄까. 나는 아까 부주임 신부에게 모든 것을 털어놓고 싶었던 충동을 기억했다.

"죄를 고백하면 신부님은 다 용서해 주셔?"

"아니. 보석을 내려주셔."

"보석?"

내가 눈을 동그랗게 뜨고 되물었다. 당시 나의 어휘력 수준에서 '보석'이라는 단어는 반짝이는 돌이라는 뜻만 가졌다.

"죄를 용서받기 위해 어떤 행동을 해야 하는지 알려주시는 거야. 신부님이 내려준 보석을 행하면 죄가 씻어지는 거지."

"말하면 다 용서해 주는 줄 알았는데, 의외로 엄격하구나. 너도 방금 보석을 받았어?"

"응."

"뭘 하라고 하셨는데?"

"묵주기도 다섯 번."

"에계, 하긴 네가 죄를 지어봤자 작은 죄겠지."

나는 김이 빠져 발목을 꼬고 다리를 흔들었다. 수오의 죄라고 해봤자, 남들은 잘못됐다고 생각도 하지 않을 가벼운 죄일 것이다. 혼자서만 양심의 가책을 느끼고 있는 것이 분명했다.

"내가 이제껏 받은 것 중에 최고로 엄한 보석인데? 묵주기도는 한 번에 5단까지 있거든. 묵주기도 다섯 번 하려면 시간도 오래 걸려."

수오가 나를 똑바로 바라보고 억울한 투로 말했다.

"무슨 죄였는데 그래?"

그는 어깨만 으쓱댔다.

"안 알려줄 거야?"

"고해는 다른 사람에게 말하는 거 아니야."

수오와 대화하는 사이 어느새 강당에는 사람들로 가득 차 어수선했다. 면사포같이 하얀 미사보를 머리에 쓰고 있는 할머니들은 마치 늙은 신부 같았다. 서로 조용히 인사를 나누는 그 할머니들도 먼저 신부에게 죄를 고백하고 이곳에 들어

온 걸까. 아무리 작은 죄라도 용기 내 말하고, 그것을 씻어내기 위해 보석을 성실히 행하는 마음은 어디서 오는 걸까.

나는 절차에 지나치게 신경 쓰느라 미사에 내내 집중하지 못했다. 단상 위에는 아까 본 젊은 신부가 주임 신부를 도와 미사를 진행하고 있었다. 수국은 옆에서 졸다가 일어나야 할 타이밍에 내가 깨우면 한 박자 늦게 일어나고 앉길 반복했다.

영성체를 모실 때 나는 신부에게 세례를 받지 않았다고 말하고 강복만 받았다. 수국은 하얗고 동그란 모양의 빵을 받아 입에 넣었다. 신부가 그녀 손목의 묵주 팔찌를 보고 신자로 착각한 것 같았다. 다들 성체를 모시러 줄을 서 있어 어수선한 틈을 타 나는 수국에게 빵 맛이 어떤지 물었다. 그녀가 맛대가리 없다며 얼굴을 찡그려서, 나는 웃음을 참아야 했다. 우리의 대화를 들은 수오 아저씨가 그것이 전분 빵이라고 설명했다.

미사를 마치기 전 마지막으로 성호경을 그어야 했다. 그런데 갑자기 손가락으로 이마를 찍은 후 왼쪽 어깨가 먼저인지 오른쪽 어깨가 먼저인지 헷갈렸다. 수국을 엿봤지만, 그녀는 성호경도 긋지 않고 두 손을 모으고 있어 도움이 안 됐다. 뒤늦게 수오를 봤을 땐 이미 기도하는 손 모양을 만든 후였다.

가벼운 표정의 수국과 너무 진중해서 나이가 서너 살 많아 보이기까지 하는 수오의 옆얼굴을 번갈아 봤다. 그러다가 그냥 내 방식대로 기도하기로 했다. 양손의 주먹을 꽉 쥐고 가슴께에 모았다. 매일 밤 자기 전에 꼭 그러는 것처럼.

그 뒤로 우리는 겨울이 아니더라도 종종 성당에 갔지만, 수국과 나는 세례를 받지 않았다. 예비자 교리 과정은 반년이 걸렸다. 수국은 지루한 건 질색이라고 딱 잘라 말했고, 나 역시 무신론자로 남길 택했다. 신은 우리 집을 청소해 줄 수 없었고 나를 대신해 엄마를 치료해 줄 수도 없었다. 결국 내 손으로 바꾸는 수밖에 없었다. 나에게 신은 가끔 원망을 듣는 이 정도로 충분했다.

가을 방학

고흥에 온 지 삼 년이 훌쩍 넘었고 교복이 바뀌었다. 남색의 고등학교 교복은 중학교의 것과 비슷해 전혀 새롭지 않았다. 수오와 수국과는 이변 없이 같은 학교에 진학했다. 우리 셋은 반이 뿔뿔이 찢어졌다. 하지만 과학 토론 자율 동아리를 만들어 격주 금요일 5교시부터 7교시를 함께 보냈다. 과학 토론은 명목에 불과했다. 우리는 동아리 활동은 거의 하지 않고 자습만 했다. 나는 아직 학과는 정하지 못했지만 서울에 있는 대학에 가고 싶었고, 수오는 신학을 공부하겠다는 뚜렷한 목표가 있었다. 반면에 수국은 졸업하고 공무원 시험을 준비할 거라며 진학을 하지 않겠다고 선언했다. 나는 갑자기 공무원이 되겠다고 돌연 변심한 그녀를 이해하지 못했다. 수국이 연기로 대학에 가리라고 믿어 의심치 않았다. 왜 배우가 아닌 공무원이냐는 나의 질문에 수국은 "현실은 그런 거야"라고 모호한 답을 했다. 연기 입시 학원에 다니기 위해서는 위의 도시로 올라가야만 했다. 그러나 그녀의 부모님은 비용을 지원해 줄 의사가 전혀 없다고 했다. "무엇보다 연예인 체형도 아니고 얼굴이 안 돼"라고 수국은 자조적으로 웃어넘겼다. 되고 싶은 것과 될 수 있는 것의 간극이 있다면서. 내가 보기에 수국이 말하는 외적인 문제는 핑계에 지나지 않았다. 공무원은 배우라는 꿈의 차선도 되지 않는 대체재였다. 배우의 꿈을 깨끗하게 포기했다고 말했지만, 수국은 여전히 동아리 시간마다 뮤지컬 영상을 보고 노래를 흥얼거렸다. 가끔은 화려한 색의 매니큐어를 가져와 네일 아트를 했다. 그러다 나와 수오의 집중력도 흐트러지면 함께 수다를 떨곤 했다.

그즈음 우리는 이제 서로에 대해 가장 잘 아는 친구라고 자부할 수 있게 되었지만, 나는 친구들에게 계속 한 가지 거짓말을 해야 했다.

수오와 수국은 거의 매번 나를 집까지 데려다주었다. 둘은 같은 아파트에 사니 함께 가면 되지만 솔미는 혼자 집에 가는 길이 외로울 거라면서. 친구들은 나를 위해 그런 거였지만, 그들의 배려는 나를 불편하게 만들었다. 티 없는 선의를 선의로만 받아들이지 못할 만큼 나는 여유가 없었고 매 순간 조마조마했다.

나는 단지 내에서 쓰레기 집과 가장 멀리 있는 단층 주택이 우리 집이라고 거짓말을 했다. 나의 밑바닥을 들킬까 봐 두려웠고 친구들이 악취를 풍기는 삭은 물건들 사이에서 먹고 자는 나를 경멸할 것 같아 겁났다. 코튼 향이 나는 멀끔한 교복 그리고 매번 다르게 알려주는 집주소. 나의 거짓말에 속고 있었다는 것을 알면 친구들은 나에게 실망할 것이었다.

나는 매일 남의 집 앞에 서서 친구들에게 손을 흔들었다. "너희들 가는 거 보고 들어갈게" 그러면 친구들은 의심 없이 내일 보자며 손 인사를 하고 등을 보였다. 그들의 등이 완두콩만 해졌을 때야 나의 진짜 집까지 달음박질했다.

한번은 거짓말을 들킬 뻔한 적이 있었다. 바닷가 마을에서 맞이하는 나의 네 번째 생일이었다. 여름을 싫어하는 나는 한여름에 태어났다. 우리는 서로의 생일마다 홀 케이크를 챙겼다. 케이크 종류는 항상 똑같았다. 수국의 부모님이 운영하던 빵집에서 팔던, 초코 시트 사이사이에 생크림과 체리가 담뿍 들어간 포레누아 케이크였다. 그날도 제페토 아저씨가 수국의 어머니를 통해 그 케이크를 미리 받아 목공방의 냉장고에 넣어두었다. 수국이 휴대폰 카메라로 동영상을 녹화하며 소원을 빌라고 나를 재촉했다. 나는 민망해하면서도 그녀의 말대로 소원을 빌고 초를 불었다. 셋이 홀 케이크 한 판을 남김없이 다 먹었다.

소소한 생일 파티가 끝나고 수오와 수국이 나를 집까지 데려다주는 길에 저녁 출근을 하는 엄마를 마주쳤다. 친구들은 엄마를 처음으로 보는 거였다. 나와 마찬가지로 엄마는 외출할 때 쓰레기 집에 산다는 것을 절대 상상할 수 없을 정도로 깔끔하게 입고 다녔다. 그날도 엄마는 딱 달라붙는 검정 스키니진에 꽈배기 니트를 입고 갈색 롱부츠를 신고 있었다. 잔뜩 멋을 부린 차림이었다. 엄마의 옷에서 미처 지워지지 못한 냄새가 날까 봐, 이제껏 집 위치를 속여왔던 것을 친구들에게 들킬까 봐 두려웠다. 불안한 나의 마음을 알 리 없는 엄마는 깍듯하게 인사하는 친구들에게 부드러운 미소를 지으며 반가워했다.

"아, 네가 수오니? 이야기 많이 들었어."

엄마는 유독 수오를 찬찬히 뜯어봤다. 나는 엄마에게 수오에 관해 이야기한 적이 없었다. 딸의 남자 친구 정도 된다고 멋대로 착각해 괜히 아는 척을 하는 것 같았다.

엄마가 눈웃음을 지으며 나에게 미역국을 데워 먹으라고 하고 먼저 발걸음을 뗐다. 나는 냉장고에서 썩어가는 음식물들을 생각했다. 아까 먹은 케이크의 미끈한 생크림과 초콜릿이 목구멍으로 솟구치는 것 같았다.

"솔미 어머니 처음 뵙는데, 진짜 예쁘시다. 옷도 잘 입으시고. 나도 너희 어머니처럼 나이 들고 싶어."

수국은 나의 팔뚝 안쪽에 옅은 소름이 돋은 줄도 모르고 이렇게 말했다.

내가 보기에도 엄마는 예쁘장했다. 작은 얼굴에 오밀조밀한 이목구비 그리고 길고 가는 목과 이어지는 고운 몸 선을 가졌다. 엄마는 식당에서 할아버지들의 꽃사슴이라고 불렸다. 늙은 남자 손님들은 술에 잔뜩 취해서는 엄마에게 만 원씩 팁을 주곤 했다. 홀과 주방을 정신없이 오가는 엄마를 붙잡고 술을 한잔하자고 채근하기도 했다. 그러면 엄마는 그들이 주는 소주를 사장 몰래 한입에 털어 넣고 "이제 됐죠? 우리 같이 술 마신 거예요"라고 능청을 떨었다. 엄마는 밖에서만 쾌활하고 명랑했다. 사람들에게는 혼자서도 딸을 잘 키우는 씩씩한 젊은 엄마 이미지 정도로 비치는 것 같았다. 고운 꽃사슴이 맑은 숲이 아닌 정글 속에 산다는 것은 아무도 몰랐을 것이다. 엄마는 집 밖에서 권태에 한 번도 정복된 적 없는 것 같은 화사하고 말간 웃음을 지을 수 있는 사람이었다. 그런 엄마를 보고 있으면 꼭 내가 친구들과 함께 있을 때의 얼굴 같다는 기묘한 착각이 들었다. 엄마가 나 같았으며 내가 엄마 같기도 했고 엄마가 내가 미래에 낳을 딸 같기도 했다.

◎◎◎

수오와 재회한 후 며칠 연락을 주고받으며 고흥에서의 추억담을 나눴을 때 당연히 쓰레기 집에 대해서는 일절 이야기하지 않았다. 어떤 비밀은 평생 말하고 싶지 않다. 밝히면 부끄러움과 함께 이에 버금가는 속 시원함을 느끼는 것이 아닌, 오로지 수치심만 남는 비밀이 있기 마련이었다. 무엇보다 수오에게 나의 비밀을 절대 말할 수 없는 이유는 수오가 더러운 집에 사는 사람들을 경멸한다는 것을 알았기 때문이었다.

고등학교 일 학년 겨울 엄마는 갑작스럽게 이사 소식을 전했다. 부동산에서 돌아온 그녀의 얼굴은 거칫했고 무언가에 홀린 사람처럼 얼이 빠져 보였다.

"무슨 일 있었어?"

"아니, 그냥 누구를 좀 만나고 왔어. 정신이 없네."

그래도 같이 사는 사람한테 미리 말 정도 해줄 수 있는 거 아닌가, 너무 통보잖아. 따져 묻고 싶었지만, 나는 아랫입술을 깨물어 참았다. 태연한 척하며 다시 참고서로 시선을 돌렸다.

"……누구 만나고 왔는지 안 물어봐?"

갑자기 나는 배가 고파졌고 짜증이 확 솟구쳤다. 이상하게 엄마 때문에 기분이 상하면 허기부터 졌다. 상한 음식밖에 없는 이 집에서는 무엇을 먹어도 배가 부르지 않았기 때문이었을까.

"엄마는 나한테 밥 먹었는지 안 물어봐?"

"저녁 안 먹었어? 뭐 먹을래?"

엄마가 온화한 어조로 물었다. 시급하게 뭐라도 입에 넣어줘야 할 것 같은 엄마의 마른 몸을 바라봤다. 그즈음 그녀는 사십이 킬로그램밖에 나가지 않았다. 엄마는 저체온증에 시달렸고 한여름에도 전기장판을 틀고 잤다.

"됐어. 엄마나 챙겨 먹어."

"아, 오늘 이혼했어."

엄마는 마치 아빠가 곧 출장에서 돌아오는데 갖고 싶은 것은 없냐고 묻는 듯한 말투로 그 소식을 전했다. 엄마는 부동산에 가기 전에 마지막 이혼 절차를 마쳤다. 그 과정에서 아빠의 얼굴은 한 번도 보지 않았다. 아니, 볼 수 없었다. 여전히 연락조차 닿질 않았으니.

"갑자기 왜? 지금까지 버텼잖아."

"사실 네 아빠가 처음 사라졌을 때부터 나는 알고 있었다? 다른 사람이 생겼다는 걸."

엄마는 콧노래를 부르는 것처럼 말에 리듬을 주었다.

나는 머리가 아팠다. 엄마는 아빠가 우리를 떠난 이유가 무엇인지 다 알면서도 나를 데리고 경찰서에 갔으며 아무것도 모른다는 얼굴로 실종 신고를 했다. 내가 엄마와 아빠의 애정을 의심하지 않았던 것은, 보고 싶은 것만 보고 알고 싶은 것만 알던 나의 어린 마음 때문일지도 몰랐다.

"나한테 이복동생이 있을 수도 있겠네."

나는 당혹스러움과 노여움에 엄마에게 상처를 주고 싶었다. 그러나 엄마는 침묵을 지키며 부엌으로 향했다.

"왜 화를 안 내는 거야?"

내가 엄마의 등을 향해 짜내듯이 외쳤다.

나는 이렇게 스스럼없이 지독한 말을 내뱉으며 괴롭다는 것을 온몸으로 표출하는데 도대체 왜, 엄마는 나에게 아무것도 표현하지 않는 걸까. 어린 시절 엄마에게 상처 주는 말을 했던 건 고의가 아니었다. 속상한 내 감정을 혼자서 추스르는 데 서툴러 그런 말이 입 밖으로 비어져 나왔다. 그러나 이제는 고의로 엄마에게 상처를 주기 위해 못된 말을 했다. 나는 그녀의 침묵이 지겨웠다. 제발 엄마가 분노하며 물건을 던지고 아플 정도로 울거나 차라리 나에게 분풀이라도 하길 바랐다. 속에 있는 게 악독한 것이든 치졸한 것이든 일단 밖으로 꺼내길 바랐다. 나는 엄마가 끌어안고 있는 커다란 상실이라는 공을 빼앗아 보고 싶었다. 그러나 엄마는 그것을 소중하다는 듯이 꼭 껴안고 내가 손대는 것조차 거부하고 있었다. 진실한 감정을 공유해 주지 않는 엄마를 어떻게 도와줘야 할지 알 수 없었다.

이사 간 집은 조금 더 작은 평수의 빌라였다. 안양에서 고흥으로 이사 왔을 때와 달리 엄마는 물건을 버리지 않았다. 변하겠다는 다짐조차 하지 않았다. 미처 챙기지 못한 짐들은 그 붉은 벽돌집에 그대로 버리고 도망치듯 나왔다. 내가 최소한의 청소는 해야 하는 것이 아니냐고 다그쳤지만, 엄마는 귀가 먹은 사람처럼 내 말에 답하지 않았다. 괜찮아지기를 포기하는 것은, 이제 더는 악화될 것도 없는 최악을 의미했다. 무기력만큼 무서운 건 없었다.

그즈음 수오가 자신도 곧 이사를 한다고 했다. 이사가 결정된 지는 좀 되었지만, 청소와 리모델링 때문에 입주를 잠시 기다리고 있다고 했다.

"솔미 살았던 동네로 이사 가. 그런데 전에 살던 사람이 그 집을 엄청 더럽게 썼나 봐. 공사하기 전에 전문 청소 업체를 불러야 할 정도였어. 청소 전에 나도 한번 봤는데 진짜 구역질이 날 정도로 더럽고 냄새나더라. 거기서 사람이 살았다는 게 믿기지 않았다니까. 그렇게 집을 방치하고 사는 사람들은 인간이길 포기한 걸 거야. 그런데 정말 부끄럽지도 않은가? 왜 청소도 하지 않고 도망치듯 이사 가버린 걸까? 아니, 애초에 부끄러워해야 할 일에 부끄러워하지 않는 사람이니까 그렇게 쓰레기 집을 만든 거겠지."

나는 엄마와 내가 버리고 온 집들을 떠올렸다. 수오가 이사 가는 집이 나의 옛집이라는 것을 알 수 있었다. 동네가 너무 좁았다. 내가 살았던 집에 친구가 이사 오는 우연이라니. 반면에 엄마는 지금까지 동창을 한 번도 마주치지 않았는데……. 수오가 이렇게까지 분노하는 것을 처음 봤다. 수오의 가족은 기관지 폐포암으로 오랫동안 투병 중인 엄마 때문에 항상 청결에 예민했다. 특히 공기 질과 냄새에 대해. 그의 주먹에 힘이 들어가는 게 보였다. 나는 비밀을 들킬까 봐 가승을 졸였다.

"초등학교 마주 보고 있는 집 말하는 거지?"

수국이 넌지시 물었다. 그 집에서는 아침에 샤워하고 옷을 벗고 나오는 것이 꺼려졌다. 혹시 일찍 등교한 초등학생 아이가 창을 통해 내 벗은 몸을 볼 것만 같았다. 그 정도로 집이 학교와 붙어 있었다.

"응."

"거기 원래 더럽다고 소문나 있던 집 아니야?"

이사를 하기 바로 직전에 집 마당에도 물건이 쌓이기 시작했고, 동네에 스멀스멀 소문이 퍼지고 있던 시점이었다.

"사실 이모 집이라서 나도 이모가 왜 하필 그 집을 선택했는지 잘 몰라. 엄마의 병간호를 위해 이모랑 같이 살게 되었거든. 어쨌든 어디 멀리 이사 간 거였으면 좋겠다. 그런 사람들, 우리 동네에서 안 살았으면 좋겠어."

나는 숨이 턱 막혔다. 무자비하지만, 맞는 말이었다. 그런 쓰레기 집이 동네에 있으면 여러모로 민폐였다. 끌끌, 쯧쯧. 안양 이웃들이 혀를 차던 소리가 고막에서 팽창하는 것 같았다. 사라져 버렸으면 하는 지저분한 사람 취급을 받는 일이 처음은 아니었지만, 좋아하는 사람에게 그런 말을 듣는 건 상상도 못 할 고통이었다.

수오가 나의 옛집에 입주하고 얼마 지나지 않아 그는 아버지와 단둘이 여행을 갔다. 수오가 없는 자율 동아리 시간에 나는 왠지 마음이 붕 떠 공부는 하지 않고 수국과 수다를 떨며 시간을 보냈다. 학교가 파하고 수국과 헤어진 뒤 나는 수오의 집으로 발길을 돌렸다. 전에 집으로 걸어갈 때면 주위를 살피느라 신경이 곤두서 있었지만, 이제 그러지 않아도 됐다. 그 집은 이제 더는 쓰레기 집도 아니었고 우리 모녀의 집도 아니었으니.

손가락으로 가볍게 밀자 힘없는 소리를 내며 대문이 열렸다. 수오에게 들킬까 봐 두려우면서도 한편으로는 그 집이 어떻게 변했을지 궁금했다. 마당에서부터 나던 악취는 사라지고 대신 싱그러운 꽃 내음이 침입자를 반겼다. 화단에 이름 모를 보라색 꽃이 빼곡하게 피어 있었다. 작은 꽃 한 송이의 향은 약했지만, 모여 있으니 마당 전체를 휘감을 정도로 강한 향을 풍겼다. 이 집이 원래 이렇게 아름다웠다는 것을 처음 알았다. 어떤 사람이 사느냐에 따라 아예 다른 집이 될 수도 있다, 이 말을 속으로 되뇌며 나는 조금 슬퍼졌다.

거실은 암막 커튼으로 가려져 있어 아무것도 보이지 않았다. 현관문 앞에 서서 한참을 망설이다가 도어락 번호 키를 눌렀다. 전에 살 때 쓰던 비밀번호였다. 도어락은 파란 불빛을 깜빡이며 비밀번호가 틀렸다는 것을 알렸다. 집에게 거부당한 기분이었다. 갑자기 분노에 휩싸여 버튼을 아무렇게나 눌렀다. 정신을 차려보니 거의 주먹으로 버튼을 치고 있었고 도어락은 시끄러운 경고음이 울리고 있었다. 문 안에서 사람의 인기척이 느껴졌다. 수오는 이모와 함께 산다고 했는데……. 나는 몸을 틀어 그대로 도망쳤다. 내가 집을 거부했던 시절 이곳에 사는 걸 들키지 않기 위해 달음박질했던 것처럼.

그날 이후로 수오의 집에 찾아가는 일은 없었다. 그러나 고등학교를 졸업해 고흥을 떠나기 전까지 그 오래된 주택 단지를 지날 때마다 내 시선은 그 집에 머물렀다. 내가 가지지 못한 것을 탐내는 것처럼.

가을 방학

화창한 여름날에 수오 어머니의 장례를 위한 가족 미사가 치러졌다.

며칠 지나지 않아 수오가 가을이 오기 전에 캘거리로 돌아갈 거라는 소식을 전했다. 그날은 원래 나의 만 열일곱 생일을 축하하기 위해 모인 자리였다. 여느 때처럼 바닷가에 돗자리도 없이 앉았고 우리 가운데에는 단내가 진동하는 포레누아 케이크가 놓여 있었지만, 그 누구도 초를 꽂지 않았다. 잔인한 햇빛에 크림이 스멀스멀 녹아내렸다. 여름이 싫은 이유가 하나 더 늘어났다. 나에게 있어 헤어짐은 저주처럼 여름에 찾아왔다.

언젠가 떠나겠구나, 예상은 했지만, 그날이 이렇게 빠르게 다가오리라고는 생각하지 못했다. 막연히 그가 한국에서 대학까지는 마칠 거라고 믿었다. 나중에 알게 됐지만, 아저씨는 지난 여행을 통해 수오에게 곧 캘거리로 돌아간다는 것을 알렸다고 한다. 그것은 수오 어머니의 임종이 다가왔다는 것을 의미했다. 수오가 이모의 붉은 벽돌집에 살게 된 것도 캘거리로 떠나기 전까지 집 계약 기간이 애매해져 임시적인 거주를 위해서였다. 수오는 남모르게 천천히 고흥을 떠날 준비를 하고 있었다.

그에게 어떤 말을 해줘야 할지 몰라 이로 입술만 잘근잘근 깨물다가 겨우 이런 말을 내뱉었다.

"캘거리는 어떤 도시야? 밴쿠버나 퀘벡은 알아도 캘거리는 들어본 적 없어."

나는 2010년 밴쿠버에서 열린 동계올림픽을 기억하며 물었다. 그때 우리 가족은 아직 세 명이었고 유행하던 파닭을 먹으며 밤마다 중계를 함께 봤었다.

"캘거리에서도 1988년에 동계올림픽이 열렸어, 큰 도시야."

나는 수오의 뒷말을 기다렸으나 그의 입은 열릴 기미가 보이지 않았다. 내가 포털사이트에 검색했을 때 바로 나오는 뻔한 정보 같은 걸 물어본 게 아니라는 것을 그도 알았을 것이다. 그러나 수오는 그 도시에 대해 말하고 싶지 않은 것 같았다. 그즈음 그는 말수가 적어졌고 자신에 대해 말하는 걸 꺼렸다. 마치 수국과 나에게 정을 떼려는 듯이. 아니, 이 마을 자체에 정을 떼려고 노력했을 것이다. 그에게 고흥에서의 매일은 천천히 엄마를 잃어가는 시간과도 같았을 테니.

"그러면 추석쯤에 가는 건가?"

"응. 거기는 추수감사절 방학이라고 가을 방학이 있어. 처음에 한국 와서 추수감사절 방학을 기념하지 않는 게 신기했었지. 그때까지만 해도 가을 방학이라는 게 없었잖아."

중학생 때까지는 봄, 여름, 겨울 방학만 있었다. 고등학생이 되고 가을에 추석을 전후로 단기방학이 시행됐다. 물론 추석 연휴를 낀 짧은 휴일이었지만 긴 여름 방학이 끝나고 학기에 적응하지 못할 때 찾아오는 일주일의 방학은 학생들에게 고마울 따름이었다.

"그러면 대학도 거기서 진학하겠네?"

"그렇지. 한국에 돌아올 계획은 없으니까."

마치 내가 수오를 인터뷰하고 있는 것 같았다. 나의 질문에 수오는 한결같이 재미없는 답만 내놓았지만.

"너 사람 되게 서운하게 만드는 재주가 있다?" 내내 말이 없었던 수국이 시비조로 말했다. "우리가 너 못 가게 붙잡기라도 하니? 그냥 평소처럼 좀 해. 거기 가는 게 뭐라도 되는 것처럼 유세 떨지 마."

"야, 왜 그래? 상황극이라도 하는 거야?"

나는 장난스럽게 상황을 무마하려고 수국의 어깨를 감쌌다. 수국의 눈에는 노기라기보다는 슬픔이 어려 있었다. 떨떠름해하던 수오가 아버지의 전화를 받더니 이만 집으로 가보겠다고 했다. 무슨 일이 있냐는 나의 물음에 수오는 그냥 준비할 게 많네, 라고 말하고 도망치듯 갔다. 그가 급하게 일어나며 케이크에 모래가 튀었다. 내 입에서 탄식이 흘렀다. 아직 초도 붙이지 못했고 한 입도 안 먹은 케이크인데. 그보다도 수오에게 생일 축하한다는 말을 듣지 못했다는 사실에 서글펐다.

나와 수국만 남고 잠시 어색한 기류가 흘렀다. 곧 수국이 나를 붙잡고 펑펑 울기 시작했다. 아까까지 매섭게 화를 냈으면서. 그녀의 갑작스러운 감정 변화에 나는 어찌할 바를 몰랐다. 옆에 있어주는 것 말고는 해줄 수 있는 것이 없었다. 아무래도 기분이 싱숭생숭하리라고 짐작할 뿐이었다. 나는 빨리 해가 졌으면 좋겠다고 생각했다. 수국을 보내고 오랜만에 혼자서 긴긴 산책을 하고 싶었다.

"수오가 떠나는 게 그렇게 슬퍼?"

수국의 눈물이 약간 멎었을 때 내가 물었다.

"그게……."

"걔가 영영 떠나는 것도 아니니까 이제 그만 울어."

지금 가장 슬픈 건 아무래도 수오겠지.

뒷말은 생략했다. 집에서 죽은 그의 어머니를 처음 발견한 것은 수오였다. 그 충격이 어떨지 나로서는 상상도 되지 않았다. 수국도 그의 슬픔에 대해 모르지 않을 터였다. 우리는 장례 미사에 참석하지 못했지만, 그 시간 동안 함께 있었고 그녀는 나보다도 많은 눈물을 흘렸으니.

수국은 목젖까지 말이 차오르는 것 같았지만 계속 침과 함께 그것을 삼켰다. 눈물이 입술까지 적셨고 말을 질질 끄는 수국이 조금 답답했다.

"……수오를 좋아해."

수국의 말에 아까부터 눈물이 나올 듯 뜨겁고 찌르르 떨리기까지 하던 나의 눈가가 차게 식었다.

"알아."

그녀가 수오를 좋아한다는 건 처음 만났을 때부터 어렴풋하게 눈치채고 있었다. 하지만 그 말을 수국에게 직접 듣자 왠지 불편했다. 수국의 입에서 그런 말을 들으려고 지금까지 그녀 옆을 지키며 달래준 것이 아니었다. 왜 그 말이 그리도 듣기 싫었을까. 손으로는 계속 수국의 등을 쓸어내렸다. 나는 수오가 가기 전에 마음을 전해보는 것이 어떻겠냐고 수국에게 물었다. 그녀는 힘없이 고개를 저으며 말했다. "너도 수오를 좋아하면서 왜 그런 말을 해? 상황극은 내가 아니라 너랑 수오가 하는 거겠지." 나는 당황해서 그녀의 몸에서 손을 서둘러 뗐다.

사실 모른 척해서 그렇지 내가 그를 좋아하는 걸지도 모르겠다고 생각한 적이 있었다. 가장 먼저 생각나는 것은…… 동아리실에서의 입맞춤이었다.

나와 수오는 중학교 시절부터 우등생이었기에 선생님들의 신뢰를 한 몸에 받으며 학급 임원이나 봉사를 함께 도맡곤 했다. 수오는 늘 나보다 석차가 조금 앞섰기에 선생님이 학급 일을 수오에게 맡기면 그가 함께할 사람으로 나를 선택하는 식이었다.

고등학교 일 학년 학기 초 재활용 교복 봉사를 하게 된 것도 그가 도우미로 나를 선택했기 때문이었다. 삼월 한 달 동안 점심시간을 할애하는 대가로 우리는 봉사 시간을 받았다. 수국은 뮤지컬 동아리였고 점심시간마다 연습에 참여해야 했기에 함께할 수 없었다.

생각보다 할 일이 많은 봉사였다. 선배들이 기증한 중고 교복을 치수별로 분류하고 스팀다리미로 다린 후 학생들에게 저렴하게 판매하는 일이었다. 학기 초에는 방문자가 많아 조금 정신이 없었다. 신입생 중 미처 교복을 사지 못했거나 일 년 새 훌쩍 커버려 교복 치수가 달라진 아이들이 신관 건물의 작은 동아리실 앞에 길게 줄을 섰다. 그러나 일주일이 지나자, 교복을 구하는 학생이 확 줄어 복도는 고요했고 우리는 점심시간 대부분을 다림질하며 보냈다. 이미 다렸던 옷이라도 괜히 한 번 더 다리고, 개키거나 옷걸이에 걸어 정리했다. 그러면 사각사각 나뭇잎이 서로 부딪히며 내는 소리만이 동아리실을 메웠다. 낡은 책상 위로 나뭇잎의 그림자가 너울거렸고 그것이 그와 나를 함께 덮었던 순간에 나도 모르게 숨을 참았다. 분명 한낮이었고 창문과 복도로 난 작은 창을 통해 간간이 아이들의 목소리가 들려오는데도 방과 후 아무도 없는 학교에 단둘이 남아 규칙에 벗어난 일을 하는 것만 같아 내 몸은 늘 투명한 긴장감에 휩싸여 있었다.

나는 점심시간을 기다리게 되었다. 하루의 나머지 동안 그 팔 평 남짓한 작은 교실에서 수오와 단둘이 있는 한 시간을 기다리는 건 꽤 지치는 일이었다. 그렇게 질색하는 땀 냄새 나는 체육복과 지저분한 옷더미 안에 있어도 기분이 나쁘지 않았다. 싫어하는 것을 감내하게 되는 것. 당시에는 그것이 누군가를 좋아하는 마음이 할 수 있는 가장 신비로운 일이라는 것을 알지 못했다.

봉사 기간 내내 꽃샘추위가 기승을 부렸다. 창밖으로는 동복 셔츠를 걷어 올리고 농구를 하는 남자아이들의 우렁찬 목소리가 들렸다. 유독 땀 냄새가 진동하는 백십오 치수의 체육복을 수오에게 내밀었다. 세탁이 필요한 옷을 따로 분류하기 위해서였다. 수오가 체육복을 건네받으며 장난스럽게 집게손가락으로 코를 막으며 콧잔등을 찡그렸다.

"이렇게 큰 치수도 있었구나. 거인 옷 같네. 냄새도 장난 아니다. 확실히 남자애들 교복에서 땀 냄새가 많이 난단 말이지."

수오가 키들거렸다.

"너한테는 그런 남자애들 냄새가 안 나. 무취 인간 같아."

아차, 싶었을 땐 이미 말이 툭 나온 후였다.

"이상해?"

나는 고개를 도리질했다.

"그냥…… 깔끔하다는 거지."

"엄마 때문에 아빠가 청결에 무척 신경 쓰거든."

수오가 가벼운 말투로 말했다. 수오는 아빠가 매일 무균

실처럼 집을 청소한다고 했다.

"아빠도 강박이야, 이 정도면. 그렇게 쓸고 닦는다고 해서 엄마가 나아지는 것도 아니고, 그렇지 않는다고 해서 더 나빠지지도 않을 텐데."

수오는 전혀 슬퍼 보이지 않았다. 슬픈 이야기를 하는데 웃고 있는 건 감정의 작동 체계가 어딘가 고장이 났기 때문이었다. 혹은 슬픔을 그대로 표현하면 무너질까 봐 겁이 났을 것이다. 나는 수오를 보며 애틋하다는 단어의 뜻을 몸으로 이해하게 됐다. 애틋함은 물에 젖은 옷을 입는 것 같았고 한없이 몸을 무겁게 만들었다.

"있잖아, 나 고흥에 오기 전에 아빠가 돌아가셨어. 그래서 여기로 온 거야. 안양에 있으면 엄마는 아빠가 자꾸 생각날 거고, 그러면 너무 괴로울 테니까."

수오를 위로해 주고 싶다고 생각했을 뿐인데 이런 말이 나왔다. 고흥에 오고 친구에게 아빠 이야기를 꺼낸 건 처음이었다. 수오 혼자만 속이야기를 털어놓으면 아무래도, 말하지 말걸, 하고 후회가 들기 마련이니까. 나도 비밀 하나를 주어야겠다고 생각했다. 물론 거짓말이었지만. 아빠에게 찜찜한 죄책감을 느끼면서도 나는 거짓말을 멈추지 않았다. 내 거짓말 속에서 아빠는 갑작스러운 사고로 목숨을 잃은 온후

한 사람이었다. 스스로 뻔뻔하다고 생각하면서도, 나는 수오를 어떻게든 위로하고 싶었다. 그것이 나를 깎아내리는 가혹한 방식이더라도.

속이야기를 나눈 후부터 수오는 나를 가까이 느끼게 된 것인지 엄마의 건강 상태에 대한 무거운 이야기나 아침에 깜빡하고 침구를 정리하지 않아 아버지한테 혼났다는 시시콜콜한 일상을 말해줬다.

내가 성당에 처음 간 날 수오가 고해했던 내용을 들은 것도 교복 봉사를 하면서였다.

"나는 엄마가 이기적이라고 생각했어. 그날 그걸 고백했었어. 솔직히 아직도 그 생각을 떨치지 못했지만."

수오의 어머니는 아들에게 자주 죽음에 대해 말했다. 그 말이 수오에게는 경고 내지는 협박처럼 들렸다. 그녀는 꽤 오래전부터 무기력에 빠졌고 나을 생각조차 하지 않았다. 오직 당신을 위해 수오 아버지는 어렵게 이민 간 캘거리에서의 삶을 등졌는데도. 수오 역시 그의 어머니를 볼 때마다 자신이 포기한 것에 대해 생각하게 됐다. 나는 그 말을 들으며 엄마를 떠올렸다. 사람은 몸이든 마음이든 견딜 수 없을 정도로 아프면 삶에 맞설 생각조차 못 하고 무기력해진다. 그리고 무기력은 전염성이 짙고 결국 가족마저도 집어삼키고 만다.

"너마저 무기력에 빠지면 안 돼. 무기력은 우리가 제일 경계해야 하는 거야."

"그렇지만 엄마에게는 시간이 얼마 없어. 이제는 나랑 대화도 잘 안 하려고 하셔."

"너에게는 아직 시간이 있잖아."

나는 아빠와의 이별을 준비 없이 받아들여야 했지만, 수오 너에게는 아직 시간이 있으니, 나처럼 후회하지 않았으면 좋겠다고 말했다.

"후회? 내가 무슨 후회를 한다는 거야?"

"하고 싶었던 말을 다 하지 못하면 정말 큰 후회가 남거든, 나처럼. 그러니까 어머니한테 먼저 말을 걸어봐. 원망이나 미움이든, 고마움이든 뭐든."

수오는 점심시간에 전날 밤 그의 어머니와 나눈 대화를 나에게 알려주기 시작했다. 그와의 대화 중에 내가 가장 마음이 쓰였던 것은 어떤 이야기를 하든 그가 웃는다는 거였다. 수오는 늘 입부터 웃었다. 그리고 이 초 정도 뒤에 다소 억지로 눈이 반달로 접혔다. 눈과 입이 웃는 시차에서 그가 노력하고 있다는 것이 티가 났다. 하루는 수오가 나에게 이렇게 말했다. "솔미야, 어제 엄마가 기침을 너무 많이 해서 아예 폐를 들어내고 싶다더라. 내가 뭐라고 답해야 했을까. 엄마는 무슨 말을 듣고 싶어서 그런 말을 아들 앞에서 한 걸까. 아무것도 모르겠어서 그냥 외면해 버렸어." 이어서 수오는 어렵다면서 빙긋 웃었다.

"어쩌면 어려운 게 아니라 무서운 거 아닐까." 나는 그의 입꼬리를 검지로 내렸다. "그리고 그런 이야기를 할 때는 웃지 않아도 돼."

내가 손가락을 떼자, 그의 입술이 아래를 향해 힘없이 일그러졌다.

"그래. 차라리 이게 낫다."

그때 그는 나에게 짧게 입을 맞췄다. 눈물이 나오려는 걸 막으려고 했는지도 몰랐다. 그의 입술은 내 것보다 따뜻했고 무른 감처럼 물렁했다. 그날 나는 내가 수오를 좋아하는 걸지도 모르겠다고 어렴풋이 생각했다. 그러나 그 후로 우리는 약속이라도 한 듯 그날의 입맞춤에 대해 다시 이야기를 꺼내지 않았다.

그동안 수오를 향한 나의 마음은 정체를 몰라 멜로디는 흥얼거릴 수 있지만, 제목은 절대 기억나지 않는 노래 같았다. 그러나 나의 만 열일곱 생일날 수국이 나에게 해준 말을 통해 그것이 첫사랑이었음을 깨달았다. 나는 첫사랑에 들끓지 않아서 좋았다. 수오를 향한 나의 마음을 깨달았을 때, 가슴께가 뜨거워지려는 찰나에 그가 떠나서 차라리 다행이라고 생각했다. 나는 늘 사랑을 경계했으니까. 너무 사랑해서 마음이 상해버린 엄마처럼 되고 싶지 않았다. 시작도 못하고 재가 된 첫사랑이었지만, 가끔 수국과 수오에 관해 대화를 나누며 첫사랑의 잔열을 충분히 느낄 수 있었다. 잔열, 나에게 사랑은 그 정도로 충분했다.

◦◦◦

수오 부자가 떠난 후 시간이 조금 느리게 흐르는 것 같았다. 삶이 아예 멈출 정도로 슬프진 않았지만 공허함을 면밀하게 느낄 수 있을 정도로 시간은 얄궂게 천천히 흘렀다. 아저씨의 작은 작업실은 굳게 문이 닫힌 채 먼지가 쌓여갔다. 나는 더 이상 나무를 만질 수 없게 되었다.

캘거리와 한국의 시차는 열여섯 시간이었다. 우리 셋은 종종 스카이프로 영상통화를 했다. 수국에게는 말하지 않았지만, 나는 수오와 단둘이 영상통화를 하기도 했다. 한국이 밤 열한 시일 때 캘거리는 아침 일곱 시였다. 나는 일과를 마치고 집에 돌아와 씻고 난 후였고 수오는 막 일어난 직후였다.

수오의 등교 전까지 우리는 서로의 얼굴을 볼 수 있었다. 우리에게 열여섯 시간의 시차는 아무 문제가 되지 않았다.

한창 밤늦게 영상통화로 연락을 주고받을 때 수오가 바우터 하멜이라는 재즈 가수를 알려줬다. 바우터 하멜은 밝은 금발 머리에 청회색 눈을 가진 네덜란드 가수였다. 화면 속 저화질의 수오는 휴대폰으로 노래 'Breezy'를 틀었다. "솔미는 끈적한 재즈는 안 좋아하잖아. 그런데 이 사람의 재즈는 산뜻해."

그는 이 노래를 듣다 보면 이불에 몸을 돌돌 말고 등부터 시작해 빠르게 온몸을 덥히는 전기장판 위에 누워 있던 한국에서의 겨울이 떠오른다고 했다. 캘거리의 겨울은 한국보다 따뜻하다고 했다. 눈도 오지만 여름처럼 비가 더 많이 오고 네 시면 해가 져버려서 지루하다고 했다. 연결이 불안정해서 중간중간 오디오가 튀었다. 그럴 때마다 수오는 잘 들리는지 물었다. 그러면 나는 마치 LP 플레이어로 음악을 듣는 것 같아 오히려 더 좋다고 답했다. LP 플레이어를 들어본 적도 없으면서 허풍을 떨었다.

사실 나는 네덜란드 가수가 부른 팝송풍 재즈가 한국을 떠오르게 한다는 그의 말이 이해되지 않았다. 바다 비린내를 맡으며 함께 듣곤 했던 조빙의 보사노바나 학교 쉬는 시간마다 여자아이들이 휴대폰으로 크게 틀어놓곤 했던 케이팝 아이돌의 잘 알려지지 않은 수록곡이나 시장과 가게들에서 흘러나오던 트로트가 아니라 바우터 하멜의 노래라니.

나는 영어에는 젬병이었다. 혹시 가사가 한국을 떠오르게 하는 것 아닐까. 통화가 끝나고 포털사이트에 노래 'Breezy'의 가사 해석을 검색했다. 그리고 유독 마음에 드는 가사를 발췌해 노트에 옮겨 적었다.

눈송이가 떨어지기도 전에 녹게 만들어봐요.
더 이상의 괴로운 고난들은 없어요.
불행했던 어린 시절도 기억나지 않아요.
슬프고 침울한 겨울밤이 따뜻하고 밝게 느껴져요.
조디가 웃으면 주변이 하얀 별 가루로 환해져요.

마지막 문장을 쓰는데 화면 속 수오의 얼굴이 떠올랐다. 가끔 우리는 밤낮을 뒤집어 캘거리가 한밤중일 때 통화를 하기도 했는데, 그러면 그는 항상 방의 불을 끄고 노트북 앞의 새하얀 스탠드 조명만을 켜냈다. 그러면 스포트라이트를 받은 무대 위 배우처럼 그의 얼굴만 하얗게 빛났다. 특히 수오의 눈동자에 스탠드 조명이 반사되어 하얗게 반짝거렸다. 눈동자가 마치 하얀 스프링클이 뿌려진 초콜릿 도넛처럼 보였다. 무척 달 것 같은 그런 초콜릿 도넛. 도넛을 떠올리게 된 건 그가 종종 통화하며 팀홀튼에서 사 왔다는 도넛을 흰 우유와 함께 먹었기 때문일 것이다. 애플 프리터와 허니 크룰러 그리고 보스턴 초코 크림 도넛, 그는 늘 이 세 가지 도넛을 먹곤 했다.

◦◦◦

고등학교 이 학년이 끝나갈 무렵 나는 수오에게 이제 연락을 그만하고 싶다고 말했다. 셋이 하는 영상통화의 횟수도 눈에 띄게 줄어들어, 겨울이 된 후로는 아예 하지 않고 있었다.

"왜? 영상이 어려우면 전화로 할까? 보이스톡은 요금이 없으니까 그걸로 할까?"

"아니. 너는 캘거리에 있고 나는 고흥에 있잖아. 이렇게 애매하게 연결되어 있는 건 아무 의미가 없는 거 같아."

"이해가 잘 안 돼."

"어차피 종국에는 끊어질 관계라면 더는 힘을 들이고 싶지 않아."

나 스스로 놀랄 정도로 냉정하게 말이 나왔다.

"왜 우리가 끊어질 관계라 생각하는데?"

"앞으로 우리가 계속 시차를 계산해 가면서 연락하는 건 불가능하다는 걸 알잖아. 어차피 이제 만나지도 못하는데 계속 연락해서 뭐 해."

"다음에 한국에 갈 수도 있어."

저음질의 오디오로 들리는 수오의 목소리는 흐릿하기만 했다.

"이다음에 언제?"

수오가 섣불리 답하지 못하는 사이 한숨이 흘러나왔다.

"언제인지 확신할 순 없어."

"확신할 수 없는 게 난 싫어."

일부러 지겹다는 말투로 말했다.

"그냥 이렇게 가끔 연락해서 대화 나누면 안 돼?"

"……미안."

"네가 말했잖아. 무기력에 지면 안 된다고. 우리가 가장 경계해야 할 게 그거라고. 그런데 너는 지금…… 으려고 하고 있어."

중간에 연결이 불안정해 소리가 지지직거렸다.

"나는 무기력에 진 게 아니라 최선을 다해 몸부림치고 있는 거야. 넌 모르겠지만."

"내가 뭘 모르는데?"

수오의 말에 아무 말도 할 수 없었다.

그즈음 나의 일상은 엉망이었다. 이 학년 여름 방학을 마치고 학교에 돌아갔을 때 아이들의 시선이 묘하게 달라져 있었다. 드라마나 영화에나 나오는 이야기인 줄 알았지만, 사실 따돌림이라는 건 사람이 모이는 장소라면 흔하게 생기는 현상이었고 누구나 겪을 수 있는 자연재해 같은 일이었다. 수오를 떠나보내고 허전함 속에 여름을 다 소진할 동안 내가 동네에서 유명한 쓰레기 집에서 산다는 소문이 일파만파로 퍼졌다. 곧 소문이 아니라 사실이라는 것도 알려졌다. 아이들은 두 부류로 나뉘었다. 내가 지나가면 섬유 탈취제를 뿌려대거나 책상 서랍 안에 바퀴벌레 트랩과 끈끈이를 놓아두며 노골적으로 싫은 티를 내는 아이들과, 나를 투명 인간 취급하며 무시하고 방관하는 아이들로. 그렇지만 수국은 갖은 부정적인 소문에도 이전과 다름없이 나를 대해줬다. 그러나 그녀가 나를 괴롭히는 아이들에게 과할 정도로 적대적으로 대응했을 때 보복이 두려워 "겁도 없이 그런 짓 하지 마" 하고 되려 수국에게 화를 낸 이후 우리는 데면데면해졌다. 그 후 나는 그녀에게 더욱 모질게 굴었다. 심지어 어차피 더 도전도 하지 않을 거면서 그렇게 뮤지컬부 마지막 공연 연습에 매진하는 그녀에게 한심하다고 말했다.

  이런 일을 수오에게 절대 말할 수 없었다. 그와의 통화가 버거웠고 때로는 집에 돌아가 노트북을 켜야 한다는 것에 압박을 느낄 정도였다. 수오에게 또 일과를 지어내 말해야 한다는 것이 부담되었기 때문이었다. 귀갓길에 수오와 영상통화를 할 수 있을지 캘거리의 시간을 계산하며 손가락을 세는 일조차 더는 즐겁지 않았다. 무엇보다 그의 생각과 달리 나는 졸업이 다가올수록 무기력하긴커녕 엄마를 어떻게 바로 세워야 하는지 고민하느라 분주해졌다. 더 이상 사람들의 멸시를 받는 집에서 살고 싶지 않았다.

  하루는 야간자율학습을 마치고 집에 돌아왔는데 소파에 앉아 있는 엄마를 봤다. 어쩐 일인지 조금 일찍 퇴근한 것 같았다. 다음 날은 일주일 중 유일하게 식당이 쉬는 날이었다. 엄마는 짜임이 큰 진녹색 니트를 반쯤 벗은 상태였다. 양팔은 겨우 빼냈지만, 목 위로 넘기지 못하고 스웨터를 목도리처럼 두르고 있었다. 창문 앞에 쌓인 물건 때문에 희미하게 스미는 달빛마저 엄마를 공격하듯 비추고 있었다. 그녀는 미동조차 하지 않았다. 아침에 일어나니 엄마는 여전히 같은 자세였다. 한숨도 자지 않은 것 같았다. 이제는 강한 햇빛이 엄마를 비추었지만, 그녀와 그 주변만 시간이 멈춘 듯했다.

엄마에게 어떤 말을 해야 할지 몰라 나는 그냥 집을 박차고 나왔다. 불편한 마음에 야간자율학습을 빠지고 곧장 집으로 돌아왔다. 엄마는 같은 자리에 앉아 있었다. 대신 복면이라도 쓴 것처럼 이마에 스웨터를 걸치고 있었다. 그 시간 동안 엄마는 가만히 앉아 있던 것이 아니라 스웨터를 벗으려고 노력한 거였다. 그 사실을 생각하자 조용히 눈물이 흘렀다.

교복 와이셔츠 소매로 눈물을 훔치고 엄마 옆에 앉았다.

"엄마, 내가 벗겨줄게. 이리 와."

스웨터에 시야가 가려진 엄마가 아주 느리게 소리 나는 쪽으로 고개를 돌렸다.

"솔미야······. 이거 왜······, 왜 이러지. 옷을 버······ 벗을 수가 없어. 옷이 너무 무거워서, 팔을 들 수도 없어······. 목구멍이 이렇게 작았나 싶을 정도로······. 숨이 막혀······. 머리를 빼내지 못하겠어······."

나는 스웨터를 천천히 위로 잡아당겼다. 같이 말려 올라간 내의를 정리해 주었다. 엄마는 가쁜 숨을 내쉬었다. 마치 전속력 달리기라도 한 사람처럼. 당시 엄마에게는 옷을 벗는 일조차 숨이 가쁠 정도로 힘든 일이었다. 처음 스웨터조차 벗지 못하는 엄마를 봤을 때 가장 먼저 든 생각은 '도망가고 싶어'였다. 그러나 다음 날 엄마가 그것을 벗을 노력을 했다는 걸 알게 되자 생각이 바뀌었다. '지켜주고 싶다'로.

"그거 알아? 엄마 지금 진짜 엉망이야……."

내가 스웨터를 개키며 말했다.

"그런데 괜찮아. 괜찮아, 정말."

나는 재촉하지 않아. 엄마는 조금씩 움직이고 있었다는 걸 아니까. 어쨌든 이 스웨터를 벗으려고 시도했던 거잖아. 그 작은 의지를 봤으니 됐어. 아주 손쓸 수 없는 건 아니라는 걸 확인시켜 줬으니 그걸로 충분해. 나는 속엣말을 했다.

다음 날 엄마는 아무렇지 않게 출근했다. 여전히 물건을 모았고 나에게 학교생활이나 수험생으로서 힘든 일은 없는지 다정하게 물었다. 그러다가도 엄마는 불시에 그날처럼 고장나 작동하지 않기도 했다. 그럴수록 나의 마음은 조급해졌고, 멈춘 인형의 태엽을 감듯 엄마에게 괜찮다는 말을 반복했다.

그날 이후로 모든 것이 명확해졌다. 엄마의 상한 마음을 치료하는 것이 나의 목표가 되었다. 엄마에게 마음을 써주는 사람, 엄마를 가여워하며 쓰레기 집에서 구해줄 수 있는 사람은 나뿐이었다. 나는 엄마와 나를 분리해 생각하지 못하게 되었다. 엄마의 고통이 곧 나의 고통이었고 엄마와 나를 거의 동일 인물 수준으로 느끼게 되었다. 언제부터 이렇게 된 건지 기억을 추적하다 보면 한 이미지가 선명하게 떠올랐다. 고흥에 처음 내려와 내가 엄마의 머리를 묶어주던 장면이…….

 엄마를 마음 한가운데 두기 위해 나는 주변 사람들 모두에게 등을 보여야 했다. 이것은 내가 쓰레기 집에서 살며 터득한 마지막 생존 방식이었다. 누구에게도 의지하지 않을 것. 그래서 수국에게도 모질게 굴 수 있었다. 그러나 연락을 나눌수록 나는 수오가 점점 더 좋아졌다. 첫사랑을 잔열로 남기고 싶었지만, 막상 화면 속 그의 얼굴을 보면 그런 생각이 금방 옅어지며 서로 의지하는 관계가 될 수 있을 거라는 기대를 걸게 되었다. 하지만 다른 사람에게 의지하게 되면 나약해지기 마련이었다. 목표를 하루라도 빨리 이루는 데 방해가 된다. 또 마음이 수오 쪽으로 기울수록 나의 모든 비밀을 말하고 싶은 욕구가 울컥울컥 치솟았다. 네가 그렇게 멸시하던 쓰레기 집에 살던 사람이 나라고. 우리 아빠는 사실 가족을 유기한 사람이며 아직 살아 있다고. 홀가분하게 말한다면 그가 따뜻하게 위로해 줄 수도 있다는 헛된 기대를 하는 나를 보는 일이 지겨웠다.

 서로 좋지 못한 표정을 지은 채 수오와 마지막 연락을 끝냈다. 하지만 나는 귀갓길에 그곳과의 시차를 계산하며 손가락을 세는 습관을 오랫동안 버리지 못했다.

엄마를 키우는 방법

가을 방학

진학 상담 종이의 희망 학과 란에 심리학과를 적었다. 이제 나에게는 엄마밖에 없었다. 내가 그 지난한 시간을 통과해 어른이 된 건 오직 엄마보다 크고 힘이 세지기 위해서였다. 수능을 치르자마자 아르바이트를 시작했다. 생선구이 집에서 아침 열 시부터 밤 아홉 시까지 주 육 일 근무를 했다. 첫 월급을 받고 가장 먼저 한 일은 쓰레기 집 전문 청소 업체를 부른 것이었다.

청소 업체가 빌라 앞에 도착하자, 나는 악을 쓰며 물건들을 못 버리게 하려는 엄마를 붙잡아 억지로 집 밖으로 내보냈다. 물건들이 어떻게 될지 몰라 불안에 떠는 엄마를 카페에 데려갔다. 따뜻한 고구마라테를 시켜 앞에 놔주었지만, 엄마는 한 입도 마시지 않았다. 엄마는 손을 부들부들 떨고 있었다.

"그냥 내가 치우게 해줘. 내 손으로."

"여기서 기다리고 있으면 그 사람들이 알아서 해줄 거야."

"그 사람들은 필요한 물건까지 버리고 말 거야. 버리면 안 되는 것들까지도!"

나는 잠시 말문이 막혔다.

"그래서 안 된다는 거야. 엄마, 그 집에 지금 필요한 물건은 없어. 단 하나도."

물건들은 모두 너무 낡았거나 상했거나 쓸모가 없었다. 혹은 더는 추억할 가치가 없었다. 나로서는 버리는 방법밖에 없었다.

하늘이 가뭇하게 변해갈 즈음에야 청소가 끝났다고 연락이 왔다. 집에 돌아오니 그 작은 빌라는 처음 이사 왔던 날, 아직 물건이 들어오지 않았던 상태처럼 깨끗해져 있었다. 그렇게 나를 괴롭힌 것들이 반나절 만에 사라졌다는 사실에 허탈했다. 업체 직원은 아직 바퀴벌레 같은 해충들이 전부 없어진 건 아니라면서 집 곳곳에 약을 쳐주는 것으로 작업을 마무리했다.

엄마는 깨끗한 집이 낯선 듯 방 안과 거실, 부엌 구석구석을 두리번거렸다. 그런 엄마를 멍하니 바라보는 나에게 청소업체 직원이 조심스럽게 다가왔다.

"혹시 어머니께서 정신과 치료를 받으신 적이 있나요?"

"아뇨, 받지 않겠다고 고집이에요. 당신이 아프신 걸 인정하지 않으세요."

"치료를 꼭 받을 수 있게 따님이 옆에서 잘 도와주세요. 쓰레기 집은 재발률이 정말 높아요. 저희 업체에 단골손님 리스트가 있을 정도예요."

"……네."

그는 머뭇거리더니 낮은 목소리로 말했다.

"쓰레기 집마다 유독 많이 나오는 특정 물건이 있어요. 예를 들면 속옷, 정신과 약, 책, 라면 혹은 가구들…… 집마다 다양해요. 우연인 경우도 있지만, 때로 그 물건이 쓰레기 집이 된 이유를 설명해 주기도 해요. 댁에서는 신발이 가장 많이 나왔어요. 그중에서도 남성 정장 구두요. 뜯어보지도 않은 택배 상자가 쌓여 있었죠? 80퍼센트 이상이 구두였어요."

"구두요? 그게 왜……."

갑자기 눈물이 터져 나왔다. 나는 눈물을 흐르게 두었고 입에서 나오는 비명 같은 울음소리를 그대로 표출했다. 아빠를 떠올리면 포마드로 넘긴 머리와 잘 다려진 정장 그리고 성실함을 증명하는 적당히 낡고 가죽이 부드러워진 구두가 가장 먼저 생각났다.

엄마가 놀라며 우는 나에게 다가왔다. 덫에 걸린 동물처럼 손과 발을 허공에 마구 뻗대는 나를 저지하면서 엄마는 흐느끼며 사과의 말을 했다. 미안하다고. 잘못했다고. 세상에서 내가 제일 불쌍한 여자라고 생각했다고. 나한테는 네가 있는데. 내가 나빴다고. 엄마의 눈물은 아빠가 사라진 후 처음 봤다. 엄마와 나는 아빠에 관해서라면 절대 울지 않았다. 가끔 미처 정리하지 못한 아빠의 물건이 집에서 발견되었을 때도 절대. 나는 화만 냈고 엄마는 화조차 내지 않았다. 우리 모녀가 제때 눈물을 흘리고 서로를 부둥켜안았다면 조금은 달라졌을까? 우리는 그때까지 흘리지 못했던 눈물을, 아주 뒤늦게 쏟아냈다.

눈물이 멎고 감정이 진정되었을 때 나는 엄마의 어깨를 붙잡았다. 어느새 그녀를 내려다볼 정도로 키가 컸다. 엄마를 바라보면 가슴 한구석이 너무 쓰라려서 그곳을 찾아 도려내고 싶었다. 내가 아는 가장 가녀리고 안쓰러운 사람. 불행하게 두고 싶지 않은 사람. 바람이 불면 휙 날아갈 것 같은 사람. 나는 이제 엄마에게서 눈을 떼는 법을 알지 못했다.

"엄마, 나한테 미안해? 정말 미안해? 그러면 이제는 정말 내 말 들어, 내 말만 잘 들어. 알겠어?"

엄마는 눈물범벅이 된 멍한 얼굴로 나를 올려다봤다. 딸에게 항의할 모든 의지를 소진한 것처럼 보였고 눈빛에선 이제 그 어떤 고집스러움도 보이지 않았다.

"이제부터 난 엄마의 엄마가 될 거야. 내가 엄마를 다시 키워내고야 말 거야."

나는 주먹을 부르쥐며 엄마에게 선언했다.

◉◉◉

원하는 대학에 턱걸이로 합격했다. 엄마와 나는 서울로 이사를 갔다. 내가 태어났다는 도시에 돌아왔지만, 아무런 감흥이 없었다. 열 평짜리 투룸이었다. 작은 평수였지만 필요한 물건만 두니 둘이 살기에 부족함은 없었다. 엄마가 마음대로 집을 어지를 수 없도록 나는 정리 정돈과 청결에 엄격하게 굴었다. 엄마가 의자를 버리지 말라고 하면 순순히 내려놓던 어린아이는 이제 없었다.

나의 설득으로 엄마는 일을 잠시 쉬기로 했고 나는 대학에 다니며 계속 아르바이트를 전전했다. 월급의 절반을 엄마의 정신 병원 치료에 사용했다. 나머지 절반은 생활비로 사용했다. 엄마에게는 필요한 물건만 살 수 있도록 매달 용돈을 주었다. 나는 엄마가 일을 할 수 없는 상태라는 정신과 진단서를 들고 주민센터에 가서 기초생활수급자로 등록하려고 했다. 치료비 지원과 약간의 보조금을 받을 수 있다고 들었기 때문이었다. 만 열여덟 살이 하기에 쉬운 일은 아니었으나 나는 해내야 했다. 그러나 직원은 내 앞으로 소득이 잡히기 때문에 불가하다고 했다. 내가 애걸복걸 사정하자 직원은 엄마와 나의 주소지를 분리하면 된다고 방법을 알려줬다. 주소지를 옮길 만한 친척이 있냐는 물음에 나는 신청하지 않겠다고 맥없이 답하고 주민센터를 나왔다. 엄마와 나는 정말 오직 단 둘뿐이라는 사실을 확인받은 꼴이었다.

엄마가 기초생활수급자 자격을 받지 못해 나는 한동안 암울했다. 나의 눈치를 본 것인지 엄마는 치료받은 지 고작 한 달이 지났을 때 또다시 일을 구하려고 했다. 저녁 식사를 하면서 엄마는 나에게 말하지 않고 면접을 봤었고 다음 주부터 출근하라는 확답까지 들었다고 고백했다. 엄마는 "이제 다 괜찮다"라는 말로 나를 안심시키려 했고 치료를 원치 않는다고 했다. 그러나 나는 엄마의 강박증이 재발할 거라는 의심을 거둘 수 없었다. 아빠가 떠난 후 우리 모녀는 세 번의 이사를 했지만, 세 번 다 쓰레기 집이 되었었다. 칠 년의 시간이 한 달 만에 청산될 순 없었다. 그 과거는 너무 생생해서 꼭 현재 같고 어쩔 땐 코앞으로 다가온 미래 같기도 하기에, 단순히 지나온 일로만 생각할 순 없었다. 나는 더 이상 과거가 여전히 날뛰도록 방치할 수 없었다.

무엇보다 엄마의 감정 상태에는 분명 이상 신호가 켜져 있었다. 그녀의 마음 상태를 정리하자면 케케묵은 저장 강박과 뒤늦게 터져버린 우울증이었다. 가장 큰 문제는 엄마가 자신이 아프다는 사실조차 인정하지 못한다는 것이었다. 한 달 동안 엄마는 병원 예약에 맘대로 가지 않았고 상담사와의 약속도 지키지 않았다. 나는 엄마가 약을 변기에 버리거나 쓰레기통에 그대로 버리는 등 제대로 먹지 않는다는 것을 알았다. 치료는 아직 시작되지도 않았는데, 벌써 사회에 복귀시킬 수 없었다. 나는 차근히 조금 더 시간을 두고 치료에 전념하라고 엄마를 설득했다.

"엄마는 아픈 거야. 쉬어야 한다고."

"내가 뭐가 아파. 이렇게 사지 멀쩡한데. 네가 착각하는 거야. 진짜 괜찮다니까. 의사가 하는 말 믿지 마. 너한테도 부담이잖아."

나는 숟가락을 내려놓고 싱크대 하부 장을 열어 엄마가

숨겨둔 택배 상자들을 꺼냈다.

"엄마 이번 달 용돈 벌써 다 썼잖아. 쓰지도 않을 물건 사는 버릇이 여전하잖아. 뭐가 나아졌지? 이 물건들이 왜 필요한지 나한테 설명해 봐, 설명해 보라고!"

나도 모르게 또 입심이 세게 나갔다. 엄마는 아무 말 없이 젓가락으로 깨작거렸다.

"……큰소리 내서 미안해." 내가 식탁에 다시 앉으며 말했다. "엄마가 잘 낫는 게 나한테 부담 덜어주는 거야, 정말로. 우리 하나씩 하자. 우선 쉬고 그다음에 낫고 다시 움직이자. 그래도 늦지 않아."

"내가 너한테 어떻게 의지하고만 사니."

"엄마 모아둔 돈도 있잖아. 당장 굶어 죽는 일 없어. 치료받을 때 제대로 하자. 또 넘어지지 않게."

엄마는 대답 대신 나의 밥 위에 제육볶음을 올렸다. 식사를 시작한 지 꽤 됐지만 엄마의 밥은 도통 줄지 않았다. 애초에 엄마는 밥을 간장 종지에 담아왔다. 성인의 식사량에 한참 미달됐다. 나는 죄 없는 반찬들을 노려봤다. 엄마에게 맛있는 음식을 만드는 건 쉬운 일이었다. 하지만 그 음식을 맛있게 먹는 일은 어려워했다. 나 역시 엄마가 해주는 맛있고 신선한 음식을 먹는 일이 편하지 않았다. 전에는 엄마가 식당에서 일했기 때문에 저녁에 집에 있던 적이 거의 없었다. 나는 악취 속에서 밥을 먹고 싶지 않아 아침은 걸렀고 학교에서 주는 점심을 무리해서 많이 먹었다. 저녁까지 배가 안 고프면 다행이었다. 그럼에도 저녁 늦게 허기가 몰려오는 날에는 편의점 음식을 사 먹었다. 우리 가족이 셋이던 시절 이후로 엄마와 함께 제대로 밥을 먹은 기억이 거의 없었다. 깨끗한 식탁에서 상하지 않은 음식을 엄마와 함께 먹는 날이 온다면 정말 기쁠 것 같다고 생각했는데, 막상 그런 날이 오니 어색하기만 했다. 게다가 나만을 위한 식탁을 차리는 엄마를 보는 일은 나를 슬프게 만들었다.

"붉은 고기는 입에도 안 대면서 왜 맨날 사는 거야? 왜 나를 위해 이 반찬들을 맨날 만드는 거냐고! 제발 엄마만 생각해! 엄마 지금도 노력하고 있는 거잖아. 엄마 지금도 뭔가를 참고 견디고 연기하고 있는 거잖아. 나는 딸이라 다 보인단 말이야."

방금 사과했으면서, 결국 또 화를 내버렸다. 엄마가 젓가락을 내려놓더니 손에 얼굴을 묻고 울기 시작했다. 한번 시작한 울음은 꽤 길게 이어졌다. 나는 엄마 앞에 휴지를 갑째 내려놓고 잠자코 기다렸다. 그러는 동안 음식이 식어갔다. 엄마는 휴지로 눈 밑을 꾹꾹 눌렀다.

"네 앞에서 눈물을 흘리지 않고 진심을 내보이는 법을 알고 싶어. 늘 그랬어. 너한테 하고 싶은 말이 많았는데 눈물부터 나올 거 같아서, 그런 모습 보이고 싶지 않아서 말을 자꾸 삼켜왔어."

나야말로 엄마 앞에서 화내지 않고 진심을 내보이는 법을 알고 싶었다.

"네 말이 맞아. 나 힘든 것 같아. 하루하루 숨 쉬는 일도 벅찬 것 같아. 옛날에 식당에서 쉬지 않고 서빙하고 설거지하고 손님들 대했던 것보다 지금 아침에 눈 뜨는 게 더 고된 노동처럼 느껴져."

"그래, 지금 엄마가 해야 할 일은 쉬는 거야."

저장 강박에 사로잡혀 있던 시간 동안 엄마는 자신을 잃어버렸다. 엄마는 나에게 그동안 괜찮은 척 연기를 해왔다. 엄마는 제때 깊이 슬퍼하고 넘어졌어야 했다. 엄마는 이제야 괜찮지 않은 자신을 마주하는 단계에 왔다. 치료의 시작이었다.

◎◎◎

엄마는 자신의 병을 인정하는 순간부터 많은 것이 달라졌다. 우선 감정에 솔직해졌다. 걱정될 정도로 마음껏 우울해했고 전처럼 나에게 다정하려고 노력하지 않았다. 엄마는 마음껏 늦잠과 낮잠을 자고 넷플릭스를 보고 뉴스를 보며 세상의 소식에 귀를 기울이기도 했다. 잘 쉬는 것도 엄마에게는 일이었다. 밤늦게 퇴근하고 집에 돌아오면 엄마는 나를 대강 반기고 곧 다시 침대에 축 늘어졌다. 이어폰을 귀에 꽂고 휴대폰으로 유튜브만 보는 엄마는 영락없는 '전업 자녀'였다.

부모 자식 간에 역할이 바뀌는 때는 언제일까. 부모가 일정 나이를 넘어가 허리가 굽어 키가 작아지고 힘이 약해질 때일 것이다. 엄마는 아직 허리가 곧았고 목주름은 희미한 두 줄뿐이었으며 사슴같이 생기 있는 눈망울은 여전했지만, 그 시기가 우리 모녀에게는 조금 일찍 왔다. 그렇게 나는 육모育母를 시작했다. 육모는 육아처럼 아예 모르던 지식을 알려주는 것이 아니라, 한때 그 사람이 잘하고 또 즐겼던 것을 다시 일깨워주는 일이었다. 청소는 한때 엄마가 가장 좋아하는 일 중 하나였고, 엄마는 계절마다 집의 인테리어를 바꾸는 것을 즐겼다. 나는 엄마에게 청결한 생활을 유지하는 방법을 알려줬다. 가령 쓰레기 재활용 방법부터 기본적인 살림과 경제관념 그리고 물건이 우리에게 생각보다 큰 기쁨이나 위안을 주지 않는다는 사실을 일깨워줘야 했다. 물건을 옆에 쌓아둬도 그것은 우리에게 말을 걸어주지 않는다는 것을. 사람과 다채로운 표정을 지으며 대화하고 공감하고 때론 다투며 외로움을 달랠 수 있다는 사실을.

나는 엄마의 병원에 동행하기 시작했다. 정기 심리 상담 예약 날인 토요일, 아침을 먹고 내가 설거지를 끝낼 때까지 엄마는 늦장을 부리곤 했다. 엄마는 자신의 병을 인정했지만, 여전히 정신과에 다니는 것을 부끄럽게 여겼다. 그러면 나는 칫솔에 치약을 짜 소파에 늘어져 있는 엄마에게 내밀었다. 안 씻어도 되니까 양치만 하고 나가자고 엄마를 어르고 달랬다. 엄마가 양칫물을 뱉으러 화장실에 가면 그녀가 얼굴을 가리기 위해 쓸 모자와 마스크, 옷가지를 소파 위에 가지런히 개켜 두었다. 예약 시간에 늦지 않도록 신발도 미리 꺼내 현관 방향으로 돌려 두었다. 나란히 놓인 엄마와 나의 신발을 보면 기분이 묘했다. 나의 발 치수는 250이지만 엄마는 220밖에 안 된다. 그녀가 즐겨 신는, 리본 달린 납작한 플랫 슈즈는 꼭 어린아이의 것 같았다. 작고 둥근 앞코 때문에 소꿉놀이용 같아 보이기도 했다. 발이 작아서인지 아니면 조심성이 없어서인지 엄마는 자주 발을 헛디뎠다. 거리를 걸을 때면 나는 엄마가 넘어지지 않도록 팔짱을 꼭 꼈다. 상담사는 매주 엄마에게 감사 일기와 감정 일지를 작성해 오라고 숙제를 내줬다. 나는 알림장을 확인하고 아이의 준비물과 숙제를 챙기는 엄마의 마음으로 매일 밤 그녀에게 글을 썼는지 넌지시 물었다. 지나치게 관섭하는 것처럼 느끼지 않도록 조심하면서. 엄마의 글을 읽고 싶었지만, 그녀만의 사생활을 지켜주기 위해 나는 참을성을 발휘해 공책에 손을 대진 않았다.

육모가 늘 침착함과 다정함 그리고 깊은 이해심 속에 행해진 것은 아니었다. 엄마 세계의 균열을 메꾸는 작업은 쉽지 않았다. 특히 나는 엄마가 집 안을 조금이라도 어지르면 불같이 화를 냈다. 또 쓰레기 집을 만들 작정이냐고 엄마를 나무랐다. 그 말을 하는 나의 목소리에는 겨울 한기가 서려 있었다. 여름의 태어난 나는 모순되게도 상대를 춥게 만들고 마는 겨울의 목소리를 내는 데 능했다. 엄마 역시 내가 너무 예민한 것뿐이라고 맞부딪쳤다. 내가 무언가를 인내한다는 표정으로 청소를 시작하면 엄마도 이내 나와 함께 어지른 물건을 치웠다. "안 그러면 되잖아. 화 풀어." 엄마가 용기 내 나에게 화해를 청해도 나는 쉽게 표정을 풀 수 없었다. 자식의 "다시는 안 그럴게요"라는 말을 부모가 진심으로 신뢰하지 못하는 것처럼. 다투고 토라지다가도 다시 꼭 붙어 있는, 일희일비의 나날이었다.

이렇게 엄마를 보살피는 일은 사그라드는 불씨를 지키는

것처럼 외로운 일이었다. 종종 나의 퇴근을 기다리지 못하고 잠들어 버린 엄마를 보는 날이 있었다. 그날도 나의 귀가를 반겨주는 사람이 없다는 사실에 조금 적적함을 느끼며 집으로 들어갔다. 놀놀한 조명이 켜진 채로 엄마는 곤히 잠들어 있었다. 휴대폰에는 건강 기능 식품을 협찬하는 아침 프로그램이 재생되고 있었다. 혹여나 자는 사이 엄마의 목을 감을까 봐 줄 이어폰을 정리하면서, 블루투스 이어폰을 사줘야 할까, 생각했다. 아직 저녁을 안 먹었을 엄마를 깨워 뭐라도 간단하게 먹여야 하는지 잠시 고민하다 이내 엄마의 발가락이 비어져 나오지 않도록 이불을 끝까지 덮어주었다. 엄마의 매끈하고 둥근 발뒤꿈치는 하얀 각질이 잔뜩 일고 거칠어진 나의 것과 비교되었다. 여름 캠퍼스에서 샌들을 신은 친구들의 발뒤꿈치도 엄마의 것처럼 선홍빛에 무척 부드러워 보였다.

부러웠다.

하지만 이런 생각은 묻어둬야 했다. 다른 친구들과 나를 비교하지 않기로 다짐했으니. 다음 해에는 이십 대가 진정 재밌어질까, 같은 생각은 하지 않기로 했다. 나를 챙기는 데 할애할 시간은 없었다.

◉◉◉

한번은 엄마가 병원을 바꿔달라고 떼를 쓴 적이 있었다. 처음에 나는 병원과 상담사를 바꾸는 건 치료를 더디게 만든다고 생각해 단호하게 반대했다. 내가 보기에 현재 상담사는 유능해 보였기에 엄마가 괜한 응석을 부리는 것 같았다. 우울증은 심한 변덕과 기분 변화를 일으키곤 하니까. 계속되는 엄마의 불평불만에 결국 내가 다니는 대학 부속 병원에 상담 예약을 잡았다. 매일 집에 있는 것보다는 일주일에 한 번씩 시내로 콧바람을 쐬러 가는 것도 좋을 것 같았다.

엄마의 치료가 끝나길 기다리며 나는 병원의 베이커리 카페에 앉아 있었다. 계산대에서 작은 소란이 있었다. 아르바이트생이 줄을 선 순서를 보지 못하고 뒷사람을 먼저 계산해 준 모양이었다. 키가 큰 젊은 엄마는 노기 띤 눈으로 아르바이트생을 잡아먹을 듯이 노려보며 소리쳤다.

"내가 먼저 줄을 섰는데 왜 저 사람 먼저 계산해요? 이름이 뭐예요? 본사에 항의할 거니까 이름 말해봐요!"

아직 나의 또래로밖에 보이지 않는 아르바이트생은 얼굴이 상기됐지만 침착하게 대처했다.

"미처 확인하지 못했습니다. 죄송합니다."

카운터 뒤에서 포장을 도맡아 하던 매니저가 아르바이트생을 대신해 성난 여자에게 고개를 조아리며 사과해 상황은 일단락됐다. 여자는 마저 빵을 계산한 후 데워달라고 요청했고 흥분이 가시지 않은 얼굴로 나의 옆 테이블에 앉았다. 일곱 살 정도로 보이는 여자아이가 환자복을 입고 앉아 있었다. 아까 그 아르바이트생이 데운 빵을 직접 여자의 테이블로 갖다주며 다시 한번 사과했다. 보통이라면 픽업대에서 주문 번호를 큰 소리로 외쳤을 텐데. 젊은 엄마는 아까의 노기는 어디 가고 "괜찮습니다"라고 작은 목소리로 말했다. 여자가 그저 아픈 아이 때문에 예민했다는 것을 알 수 있었다. 화를 내는 와중에도 습관처럼 존댓말을 했으니. 병원의 보호자들은 예민할 수밖에 없다. 더구나 동네 병원도 아닌, 하루에도 몇 번이나 큰 수술을 집행하는 이런 종합 병원에서는 더욱이. 줄곧 신나는 팝송이 나오는 카페에서조차 사람들의 예민함에 주눅이 들어 주말에 한 번씩 엄마를 이곳에 데리고 올 자신이 사그라들었다.

상담이 끝나고 나온 엄마도 왠지 기운이 없어 보였다. 병원을 나가려는데, 일 층 로비에 거대한 트리가 있었다. 벌써 크리스마스가 다가오고 있다는 사실에 놀랐다. 트리에는 메모지가 주렁주렁 달려 있었다. 사람들의 소원을 적은 종이였다.

"우리도 소원 적을래?"

내가 묻기 무섭게 엄마는 얼굴을 찡그리며 고개를 저었다.

"그래도 적어보자."

엄마는 못 이기겠다는 듯 트리 앞으로 와 메모를 몇 개 읽었다.

"이게 무슨 소원 트리니. 아픈 일, 힘든 일, 다 모여 있으니 불행 트리지."

내가 우물쭈물하는 사이 엄마는 메모지에 글씨를 휘갈겨 쓰고 트리의 가운데에 달았다.

메모지를 보니 '이 트리가 사라지게 해주세요'라고 적혀 있었다.

"엄마 왜 저렇게 적었어?"

앞서 출입구로 향하는 엄마에게 종종 뛰어가 팔짱을 끼며 물었다.

"앞으론 사람들이 소원을 바라지 않아도 될 정도로 충만하게 좀 살았으면 좋겠어서."

"신박하네."

"그리고 나 그냥 원래 병원 다닐게. 여기 상담사 선생은 아무 고생 없이 커서 뭘 모르는 거 같아. 너무 젊기도 하고.

거의 솔미 네 또래 같더라."

"그래."

평소라면 엄마의 변덕에 짜증이 났겠지만, 나 역시 다음 주에 이 병원에 오고 싶지 않았기에 별말 없이 엄마의 뜻을 따랐다. 솔직히 오히려 잘됐다고 생각했다.

집에 가는 버스에서 나는 원래 다니던 동네 병원 상담사의, 어린 시절부터 돈이 부족해 뒤늦게 대학에 가 기적처럼 꿈을 이룰 수 있었던 사연을 들어야 했다. 상담사가 이런 말도 해주나 싶었지만 엄마는 삶의 우여곡절을 겪을 만큼 겪었으며 나이도 자신과 비슷해 말도 잘 통한다고 연신 그 상담사를 칭찬했다.

내가 "나는?" 하고 묻자, 엄마는 아무 표정도 짓지 않고 입을 꾹 다물었다. 엄마에게 나는 그 멋모르는 젊은 상담사와 별반 다르지 않은 어린애라는 걸 알았다. 엄마 앞에서는 기세등등 어른인 척하지만 나는 종종 학창 시절에서 더 이상 자라지 않은 기분이 들곤 했다. 상황을 바꿀 힘이 없었던 그 무기력한 아이가 아직 마음에 사는 것 같았다. 엄마 역시 아빠가 사라졌을 때, 그러니까 아직 삼십 대 중반밖에 되지 않았던 시절에 멈춰 있을 것이다. 큰 상처는 성장을 멈추고 그 시절에 사람을 가둬버리니까.

가을 방학

행동 치료의 효과는 빠르게 나타났다. 치료를 시작한 지 반년이 채 되지 않았을 때 엄마는 물건에 대한 기이한 집착을 거의 보이지 않았다. 가끔 어떤 물건에 꽂히면 비슷한 것을 여러 개 사긴 했지만, 이건 다른 사람들에게도 흔히 나타나는 가벼운 강박 증세 정도였다. 엄마는 집을 물건으로 채우지 않는 대신 소리로 공간을 메꾸기 시작했다. 보든 안 보든 엄마는 온종일 텔레비전을 틀어 놓았다. 집 가장자리까지 예능에서 나오는 사람들의 웃음소리로 꽉 채워져 있었다.

문제는 우울증이었다. 저장 강박 역시 우울증으로부터 기인한 문제 행동이었다. 모든 원인은 가슴 더 깊은 곳에 있는 썩은 감정이었다. 치료가 예상보다 더 난항을 겪기 시작했다. 의사는 나에게 그동안 꾹꾹 눌러온 감정들이 시냇물처럼 졸졸 흐르다가 호수를 만든 거라고 쉽게 설명했다. 그리고 이건 마음이 부패한 사람들이라면 한 번씩 거쳐야 하는 과정이라고 덧붙였다. 그 사이에 엄마는 잠시 병동에 입원했고 상담조차 거부하고 삼 개월 동안 히키코모리 생활을 하기도 했으며 자해 시도를 두 번 했다. 상처는 깊지 않았지만 나에게 충격을 주기에는 충분했다.

대학교 이 학년을 마쳤을 때 엄마는 대학 부속 병원에 두 번째 입원을 했다. 엄마의 치료 과정 중 가장 힘들었던 시기였다. 그녀는 약을 먹으면 억지로 토해냈다. 갑자기 다 지쳐 버렸다며 치료 자체를 하지 않으려고 했다. 그간 쌓아 올렸던 노력이 한순간에 무너졌다. 의사는 원래 이 병은 나아지다가도 안 좋아지는 거라며, 점차 그 주기를 늘리고 진폭을 줄이는 것이 우리의 목표라며 나를 격려했다.

이 고비에도 나는 엄마가 나아지지 않을 거라고 단념하지 않았다. 엄마가 포기하지 않았기 때문이었다. 그녀는 몇 번이고 삶의 의지를 잃었지만, 딸의 노력에 응답하려는 것처럼 주말이면 나와 팔짱을 끼고 병원에 갔으며 플랫슈즈 앞코를 보며 넘어지지 않도록 주의했다. 죽고 싶어 하면서도 길거리에서 넘어지고 싶어 하진 않은 건 왜일까. 무의식중에 엄마가 보여주는 아주 사소한 몸부림을 볼 때마다 그녀가 우울에 완전히 잠식당한 건 아니라고, 희망을 걸 수 있었다. 때로 그 희망은 화살이 되어 돌아와 나를 애태웠고 가슴에 물이 찬 것처럼 묵직한 슬픔을 느끼게 했다. 엄마를 돌보기 위해 어디까지 할 수 있는지 그 한계에 대해 의혹이 들 때마다 나는 반대를 가정했다. 내가 엄마와 똑같은 증상의 강박증을 가지고 우울에 빠져 있다면, 내가 엄마에게 그러했듯 나를 돌봐줬을까? 이 질문의 답은 의심의 여지 없이 '그렇다'였다. 그래서 나도 포기할 수 없었다.

병동에 입원한 엄마의 면회를 마치고 돌아가는 길이었다. 큰 병원에 오면 언제나 기가 빨리는 것 같아 힘들었다. 점심을 해결하기 위해 베이커리 카페에 갔다. 아르바이트생이 빵을 데워주지 않고 포장만 벗겨 차가운 상태로 접시에 올려 나에게 내밀었다. 갑자기 신경이 곤두섰다.

"왜 빵을 안 데워주세요? 아까 계산할 때 데워달라고 했잖아요."

큰 소리는 내지 않았지만, 공격적인 말투였다.

"손님, 이거 안에 크림이 들어 있어서 데워드릴 수 없는

데……."

 겉에 설탕이 뿌려진 페이스트리 빵이었다. 크림이 있는 것과 없는 것 두 가지 종류가 있었는데, 나는 이 병원에 올 때마다 크림이 없는 것을 먹었다. 항상 똑같은 메뉴를 먹는데 내가 잘못 골라 왔을 리 없다고 확신했다.

 "무슨 소리예요, 이거 크림 없는 빵인데. 저기 네임택 보고 고른 거예요."

 아르바이트생이 안절부절못했다. 내가 거칠게 맨손으로 빵의 반을 가르자, 미색의 크림이 접시에 흘러나왔다. 손에 설탕과 크림이 묻어 지저분해졌다. 아르바이트생이 물티슈와 냅킨을 내밀었다. 아르바이트생은 전부 이해한다는 표정이었다. 나 같은 사람을 얼마나 많이 봤을까. 나는 손을 닦으며, 사과한 후 그대로 카페를 나왔다.

 큰 보폭으로 로비를 가로질러 병원에서 나가려는데 우뚝 서 있는 소원 트리가 보였다. 작년과 똑같이 오너먼트를 대신해 사람들의 소원을 적은 색색의 종이들이 잔뜩 걸려 있었다. 저런 소원 트리 같은 거 사라졌으면 좋겠다고 생각하면서 병원을 나왔다.

 그 무렵 나는 학교에서 배우는 것들의 쓸모를 전혀 느끼지 못했다. 그해 이 학기 전공 탐색 수업의 오리엔테이션 시간이었다. 교수는 아이스브레이킹으로 사람이 정말 힘들 때 어떤 증상을 보이는지 한 명씩 돌아가며 말하게 했다. 광범위한 질문이었기에 누구는 호르몬 변화에 대해 말했고, 누구는 자해나 극단적 선택을 촉발하는 자기혐오에 대해 말했다. "사람이 너무 힘들 땐 옷을 벗을 힘도 없습니다." 나는 이렇게 답했다. 그다음에 교수는 각자가 답한 유형의 사람들에게 어떤 솔루션이 필요한지 말해보라고 했다. 학생들은 이번에도 다양한 답을 내놨다. 나는 지속적인 치료를 위한 경제적 기반이라고 답하고 싶었지만, 대신 잘 모르겠다고 말하고 자리에 앉았다. 나는 오리엔테이션 수업부터 지루함을 느꼈다. 내가 치료하고 싶은 사람은 저장 강박이나 우울증에 걸린 이들이 아니었다. 그저 엄마였다. 심리학을 배우고 싶었던 것은 오직 엄마를 위해서였다. 하지만 내가 학교에서 배우는 것만으로는 엄마를 절대 낫게 할 수 없다는 것을 깨달았다.

그즈음 슬슬 돈의 압박이 시작됐다. 겨울 방학 동안 내장 인테리어 목수 팀에서 일을 했다. 벌이가 좋다고 들었기 때문이었다. 엄마의 치료를 위해 다양한 방법을 시도할수록 더 많은 돈이 필요해졌다. 결국 삼 학년 학기가 시작되기 전에 학교를 관두었다. 겨울 방학 때 인연이 되었던 인테리어 목수 팀에서 정식으로 일하기 시작했다. 엄마는 나의 선택을 지지하지 않았다. 힘들면 자신이 치료를 포기하면 된다고도 말했다. 돈이 필요한 거면 어떻게든 자기도 일을 구해보겠다고. 대학 홈페이지에 들어가 학사지원팀 번호를 알아내 이것저것 정보를 수집한 모양인지 "몇 년까지는 자퇴 정정하고 재입학할 수 있다더라" 같은 말을 나에게 흘렸다. 그러나 이 선택은 엄마만을 위한 것은 아니었다. 나에게는 인간의 심리를 공부하는 것보다 공간을 전부 헐어버리고 새롭게 단장하는 일이 더 즐거웠다. 아직 아무 물건도 들어오지 않은 텅 빈 곳을 물끄러미 바라보고 있으면 희열을 느꼈다. 여백은 나에게 무엇이든 새롭게 시작할 수 있다는 가능성을 선사했다.

◉◉◉

또다시 이 년의 시간이 지났다. 엄마의 치료도 나의 직장도 격정의 시기를 지나 안정기에 돌입했다. 엄마는 몇 번의 악화와 호전을 반복했지만, 마이너스 주기에 있는 기간이 점차 짧아졌고 증상도 완화되었다. 더 이상 스스로 몸에 상처를 내지 않게 되었고 어느 정도 활기를 되찾아 내가 출근할 때 아침에 함께 나가 혼자 동네 산책을 다녀오기도 했다. 엄마는 느리지만 착실히 나아졌다.

　엄마의 치료 의지가 더욱 강해진 만큼 나 역시 노력을 게을리하지 않았다. 양질의 음식으로 엄마를 살찌우는 것은 보호자에게 주어진 가장 중요한 임무였다. 배를 곯은 길고양이처럼 말랐던 엄마는 천천히 살이 쪘다. 엄마는 기운차게 살기 위해서 하루 세끼를 꼬박꼬박 챙겨 먹는 일이 중요하다는 것을 다시금 깨달았다. 이제는 내가 잔소리하지 않아도 끼니를 제때 챙겨 먹었다. 눈으로 보기에도 이쑤시개 같던 엄마의 팔다리에 힘이 생겼다는 걸 알 수 있었다. 여전히 토요일이면 병원에 함께 갔고 처방받은 약은 바로 일 회분으로 소분해 때마다 잊지 않고 먹을 수 있도록 챙겨주었다. 일요일에는 함께 대청소를 했다. 계절이 바뀌면 제철 해산물을 먹을 수 있게 미리 주문했다. 여름과 겨울에 한 번씩 동해나 서해로 짧은 여행을 함께 갔다. 점차 생활이 안정되었고 엄마가 웃는 날이 많아지는 것이 느껴졌다.

　상담사는 이제 엄마의 상담을 종료해도 될 것 같다고 진단했다. 의사와 상의해 기분을 조절해 주는 약은 계속 처방받아야 한다고 했지만. 보통 육 개월에서 일 년 정도 지속적이고 집약적인 상담 치료를 행하지만, 그동안 엄마는 상담을 간헐적으로 다녔다. 한 달에 한 번 아니면 아예 삼 개월을 통으로 가지 않은 시기도 있었다. 남들보다 길게 끈 만큼 반가운 소식이었다. 그러나 나는 '요즘 엄마가 좋아진 것이 느껴져요', '상담이 정말 효과가 있는 것 같아요', '감사합니다' 같은 말이 아니라 "왜요?"라고 반문 먼저 했다.

"그야, 최근에 어머님이 무척 빠른 속도로 좋아지셨거든요."

"정말 나아진 걸까요?"

나는 병의 경과에 대해 조금 더 확신의 답을 원하며 다시 물었다. 엄마의 팔에 그어진 붉은 상처가 생각났다. 스웨터를 벗지 못하고 구부정하게 앉아 있는 모습 역시 불쑥불쑥 생각나 나의 머릿속을 지배했다.

"그럼요. 따님이 이렇게 지극정성 신경 쓰니, 어머니도 더욱 힘을 낸 거 아닐까요? 이제는 어머님을 믿어보세요. 나중에 필요하면 상담은 언제든 다시 시작해도 되니까요."

지금껏 병원에 동행하며 엄마의 상담이 끝나고 상담사에게 경과를 들어온 시간이 빠르게 머릿속을 스쳤다. 그 시간은 대체로 슬펐고 종종 기뻤다. 방금까지 엄마가 앉아 있었을 의자에서 온기가 느껴졌다. 정말 이번에는 엄마를 믿어봐도 되는 걸까.

마지막 상담으로부터 삼 개월이 지났을 때 아주 오랜만에 엄마가 괜찮다고 말했다.

"솔미야, 나 요즘 괜찮은 것 같아. 왜 괜찮은지 이유는 모르겠지만, 이젠 정말 아무렇지 않아."

저녁 식사 후 함께 드라마를 보는 중이었다. 드라마에서는 주인공이 보는 사람이 괴로울 정도로 처연하게 울고 있었다.

"연기 잘한다, 그렇지?"

내가 대답을 못하는 사이 엄마가 말했다.

무엇이 괜찮은 것인지 구태여 묻지 않아도 알 수 있었다. 전처럼 나를 안심시키려고 억지로 내뱉는 말이 아닌, 진심에서 나온 말이라는 것도 엄마의 흔들림 없는 말투에서 충분히 느껴졌다.

"그러게, 잘하네."

내가 답했다.

엄마는 저장 강박과 우울에 칠 년을 헌납했다. 나는 칠 년보다 더 긴 시간이 치료에 필요할 것이라고 생각했다. 엄마가 치료를 시작한 지도 벌써 사 년이 되었다. 나는 엄마의 놀라운 회복력과 삶에 대한 의지를 인정하지 않을 수 없었다.

ⓞⓞⓞ

우리는 집에서 귤과 바람떡을 먹으며 조용히 새해를 맞았다. 서울 집의 계약 기간이 끝나가고 있었고, 우리는 이사 문제로 골머리를 앓았다. 나와 엄마는 또다시 떠나야 했다. 집을 구하는 일과 이사는 늘 스트레스였다.

어느 날 저녁 산책을 하며 나는 엄마에게 서울을 떠나 한적한 도시에서 작업실을 차리고 싶다고 밝혔다. 당연히 엄마도 함께 따라와 줬으면 좋겠다고. 내장 인테리어 목수 일이 손에 익을수록 욕심이 점차 부풀었다. 단순히 공간을 새것으로 만드는 것에서 멈추지 않고 그 공간을 훌륭하게 가꾸고 싶다는 욕구가 일었다. 0의 공간을 우아한 가구들로 채워나가 보고 싶었다. 어린 시절 제페토 아저씨가 꿈꿨던 것처럼, 그 이야기를 듣고 십 대의 내가 꿈꿨던 것처럼.

"그동안 네가 나를 위해 얼마나 많은 희생을 했는지 알아. 하고 싶은 걸 해" 엄마는 나의 선택을 존중해 줬다. 나는 내가 그동안 엄마를 위해 희생했다고 생각하지 않았다. 엄마와 나는 서로가 서로에게 유일한 가족이었다. 그 가족을 잃고 싶지 않았을 뿐이었다. 나를 위해서 엄마의 곁을 지킨 거였다.

우리는 서울과 가깝지만 비교적 집값이 저렴한 남양주를

선택했다. 내장 인테리어 목수로 일하며 모아둔 돈의 일부를 활용해 전세로 아파트를 구했다. 지어진 지 삼십삼 년이 넘은 아파트로 구조나 기본 타일 등 집 안의 모든 것이 구식이었다. 오 층이 최고층이었고 엘리베이터가 없었다. 그나마 최근에 외벽을 새로 페인트칠한 듯 아파트 외관은 그럴듯해 보였다. 이십 평은 여자 두 명이 살기에 충분히 넓었다. 현관문을 열면 왼쪽에 부엌이, 오른쪽에 거실이 길게 붙어 있는 구조였다. 현관을 마주 보고 화장실이 있고 양쪽에 각각 작은방과 큰방이 있었다. 도면을 그리면 가로가 긴 직사각형 모양이었다.

집을 구하는 데 경제적으로 큰 일조를 했기 때문에 나는 살림과 인테리어에 대해 전과 비교도 안 될 정도로 주도권을 갖게 되었다. 침구는 전부 호텔처럼 새하얀 것으로 샀다. 아직 투숙객이 체크인하지 않은, 막 청소를 마친 호텔 방 같은 상태를 유지했다. 아침에 일어나서 밤 동안 유령이 자고 간 것처럼 침구를 정리하는 일은 피곤했지만, 나에게는 더러운 방을 보는 것이 더 피곤했다. 가구 역시 꼭 필요한 것만 두었다. 엄마는 살풍경하다며 내가 사는 방식에 사사건건 볼멘소리를 했다. 꼭 귀신이 사는 집 같아서 정이 안 든다고 했다. 그러나 나는 최소한으로 꾸려진 이 집에 무척 흡족했다. 집은 삶으로 번역될 수 있다. 집이 변하면 삶이 변하고, 삶이 변하면 집이 변한다. 나는 집과 삶이 서로 대체될 수 있는 단어임을 믿어 의심치 않았다.

나는 대출을 받아 상가 지하에 작업실을 마련해 가구 목수로 전향했다. 내장 인테리어 일을 할 때와는 또 다른 기술과 디자인 감각이 필요했다. 그러나 기본적으로 목재를 다루는 방법은 다르지 않았다. 거기에 학창 시절 제페토 아저씨에게 배운 기술은 좋은 기본기가 되어주었다. 걸출한 재능이나 타고난 미적 감각은 없었기에 착실하게 모방부터 시작했다. 내가 추구하는 단순함과 단아함을 가구에 녹여내기 위해 부단히 노력했다. 팀으로 움직였을 때와 달리 개인 사업을 시작한 후엔 모든 걸 혼자 헤쳐 나가야 했다.

그러나 초짜 목수에게 제작 의뢰는 들어오지 않았다. 일일 강좌와 출장 수리로 그나마 작업실 임대료와 월세를 감당할 최소한의 생활비를 벌 수 있었다. 저렴한 조립형 가구 회사야말로 나의 적이었다. 평일 낮에 가끔 다국적 기업의 대형 가구점에 구경을 가기도 했다. 조악하지만 귀여운 가구와 싼값에 비한다면 좋다고도 할 수 있는 품질은 사람들을 매혹하기에 충분했다. 하지만 나는 조립식 가구에 거부감을 느꼈다. 쉽게 조립되는 만큼 쉽게 분해되는 가구는 이사가 잦은 사람들에게 유용했다. 나는 가구가 늘 공간을 떠날 준비를 하고 있다는 느낌에 반감을 느꼈다. 반면에 원목 가구에는 공간을 오래도록 지키겠다는 의지가 엿보였고 그 묵직함이 주는 안정감은 나에게 진한 감동을 줬다.

하고 싶은 일을 하며 나의 얼굴에는 활기가 돌기 시작했다. 정식으로 첫 번째 작업 의뢰를 받고 잔뜩 들떴던 날, 엄마와 팔당댐으로 드라이브를 갔다. 가구를 배송하기 위해 중고로 산 트럭이었다.

"꼭 이사 가는 것 같아."

엄마가 나를 거의 등지고 창밖을 바라보며 말했다. 말린 어깨와 가슴에 둔 양손 탓에 겁먹은 사람처럼 보이기도 했다. 단둘이 드라이브하는 것은 처음이었다. 엄마는 면허가 없었으므로 당연히 차도 없었다.

"이사 다니는 거 지치지? 우리도 집 사고 한 도시에 정착해서 살면 좋을 텐데."

"이제 이사라는 말만 들어도 심장이 뛰어."

"다음에 이사 가면 어디로 가고 싶어? 여기로 이사 온 지 두 달밖에 안 되긴 했지만."

"어디로 가든 좋을 것 같아. 이제 어디든 똑같다는 생각이 들거든."

엄마의 대답이 무기력에 의한 것인지 아니면 정말 어디든 상관없다는 뉘앙스인지 알 수 없었다.

"그러면 지금까지 살았던 도시 중에 어디가 제일 좋았어?"

"아직 못 찾은 거 같네."

"그래도 엄마는 고향인 고흥이 좋겠지?"

"고흥도 아닌 거 같아."

의외의 대답에 내가 옆을 곁눈질했다. 엄마는 여전히 똑같은 자세로 밖의 새카만 강을 보고 있었다. 이사 스트레스 여파인지 남양주로 오고 나서 엄마는 조금 울적해 보였다.

짧은 정적이 흐르고 나는 다른 주제를 꺼냈다.

"나 요즘 얼굴 좋아 보이지 않아? 엄마도 하고 싶은 거 해보자."

"내가 하고 싶은 거?"

"응, 운동이나 외국어도 좋고. 사람들이 외국어 공부하는 이유가 자신감 때문이래. 어디를 가든 소통할 수 있다는 자신감이 있으면 예상치 못하게 떠날 기회가 왔을 때 놓치지 않을 수 있잖아."

"떠날 기회?"

엄마가 몸을 틀어 앞을 봤다. 딱히 기분이 안 좋아 보이진 않았다. 그제야 나도 긴장이 좀 풀렸다.

"응. 준비된 자한테 기회가 오는 거 아니겠어? 그리고 엄마 어렸을 때 번역가 꿈꿨다면서. 이번에 한번 제대로 배워 보자. 내가 학원 보내줄게."

엄마는 진지하게 고민하는 것처럼 보였다. 무엇인가에 도전하기에 엄마는 충분히 젊었다. 나의 꿈을 위해 남양주로 이사 왔고, 엄마는 그런 나를 군말 없이 따라와 줬다. 나도 엄마에게 꿈과 가까워질 기회를 줘야지 공평하다고 생각했다.

"나는 솔직히 겁나. 그렇게 바랐던 일을, 바랐지만 시도조차 못 하고 좌절했던 일을 할 수 있게 됐을 때 생각보다 재미가 없을까 봐. 나랑 맞지 않을까 봐 무서워. 차라리 바라던 일 정도로 남겨두는 게 어떨까."

어쩌면 엄마는 몇 번이고 꿈에 다가설 기회가 있었지만 애써 무시해 왔을지도 몰랐다.

"못할까 봐 걱정돼서 겁 먹은 건 아니고?"

내가 익살스럽게 묻자, 엄마도 옅게 미소를 띠었다.

"맞아, 정말 겁을 먹었나 보다. 이제 파닉스도 기억이 안 나거든. 발음도 엉망이고."

"요즘은 파닉스 필요 없어. 처음부터 시작하는 거야. 그리고 영어 학습법이 얼마나 다양해졌는데."

나는 엄마에게 바로 영어 학원을 알아보겠다면서 신나게 열을 올렸다. 잘 찾아보면 집 주변에 기초부터 차근차근 배울 수 있는 성인반 수업이 있을 거라면서.

"대신." 나의 말을 끊고 엄마가 말했다. "나, 다시 일할래. 이제 답답해서 집에만 있기 싫어."

나는 입을 앙다물었다. 치료를 시작한 지 한 달도 되지 않았을 때 엄마는 다시 일을 하겠다고 나섰지만, 나는 격하게 반대했다. 그때와 지금은 달랐다. 지금의 엄마라면 충분히 일을 하고 사람들과 어울리고 돈을 벌며 일인의 몫을 해낼 수 있을 것 같았다.

"그래. 이제 엄마도 일할 때가 되었나 보다."

영어 학원을 등록함과 동시에 엄마는 건물 청소부로 근무하기 시작했다. 나는 남은 음식을 챙겨 올 수 있는 식당보다 청소 일이 엄마에게 더 좋을 거라고 믿었다. 엄마의 출근복 등판에는 'Cleaning service'가 큼지막하게 적혀 있었다. 그녀는 새로운 일에 씩씩하게 적응해 나갔다. 같은 건물을 청소하는 동료 한 명과도 꽤 친밀하게 지내는 것 같았다. 엄마가 친구와 통화하는 모습을 보는 건 이미 이모 이후로 처음이었다. 나는 남모르게 감격했다.

　엄마는 일주일에 네 번 근무했고 일을 쉬는 화요일과 목요일에는 영어 학원에 다녔다. 성인 기초 문법반과 동화책 번역 수업 커리큘럼이 있어 엄마에게 더없이 제격인 학원이었다. 처음에 자신 없어 하던 모습은 어디 가고 엄마는 원생 중 그 누구보다 열심히 공부했다. 수업이 끝나는 시간에 맞춰 밤 아홉 시 오십오 분에 학원 앞에 차를 끌고 가면, 한차례 많은 사람이 건물을 빠져나갔다. 그중에 엄마는 항상 없었다. 주차 단속을 피하고자 상가를 서너 바퀴 돈 후 다시 돌아오면 그제야 엄마가 나와 있었다. 성취감에 흠뻑 젖은 얼굴로. 엄마는 끝까지 남아 선생님에게 질문을 하느라 매일 가장 늦게 나왔다. 매번 나에게 기다리게 해서 미안하다고 했지만, 한 번도 제때 나온 적이 없었다. 그렇지만 나는 그녀의 학구열과 성실함에 흐뭇하기만 했다.

　학원에 다닌 지 한 달 정도 되었을 때 엄마는 나에게 시립 도서관 이용증을 만들어달라고 했다. 처음 남양주로 이사 왔을 때 한창 가구 디자인 관련 도서를 읽으며 공부하느라 만들어둔 것이 있어 나의 것을 엄마에게 빌려주었다. 엄마는 일요일 아침이면 동네 도서관까지 걸어가 동화책을 한가득 빌려 왔다. 엄마는 국문판을 보지 않고 먼저 영문판을 보고 번역을 했다. 그다음에 국문판을 보고 자신의 것과 비교하며 공부했다. 체계적인 공부 방식에 나는 엄마에게 칭찬을 아끼지 않았다. 그러면 엄마는 보는 사람이 기분이 좋아질 정도로 기쁜 표정을 지었다. 몇 살이든 주변 사람들로부터 칭찬과 관심을 받는 일은 중요했다. 나는 엄마가 번역가로 데뷔하는 것을 진심으로 기대했다. 역자로서 첫 책을 내는 날이 정말 올 수도 있다고 생각했다.

가을 방학

엄마는 동화책 영한 번역가 과정을 조기 수료했다. 학원에 다닌 지 일 년 만이었다. 다른 젊은 학생들보다도 먼저 수료해 학원을 졸업했다. 나는 엄마가 자랑스러웠다. 그날 나는 엄마에게 풍성한 꽃다발을 선물했다. 엄마에게 에이전시 번역 공고를 보여주며 이곳의 샘플 테스트를 치러보지 않겠냐고 물었지만, 그녀는 거절했다. 그렇게 열심히 공부했는데 왜 고지를 눈앞에 두고 도전을 포기하는 것인지 이해되지 않았다. 이유를 묻는 나에게 엄마는 불꽃놀이를 하자며 딴소리했다.

새해로 넘어가는 밤에 우리는 집 앞 공터에서 불꽃놀이를 했다. 다이소에서 산 스파클라 몇 개가 전부였지만. 공기 중에 알싸한 화약 냄새가 퍼졌다. 음울했던 작년 새해가 생각났다. 일 년 사이에 엄마와 나는 각자 일에 자리를 잡았고 더 많이 안정되었다. 남양주 집에서는 계속 좋은 예감을 받았고 엄마와도 더 잘 지내볼 수 있을 것 같았다. 나는 엄마에게 새롭게 배워보고 싶은 다른 일이 있는지 물었다.

"나 운전을 배우고 싶어. 네가 가르쳐주라."

나는 가구 목수가 되며 트럭을 운전하기 위해 면허를 땄다. 그 뒤로 엄마는 나의 차 키를 만지작거리며 자신도 운전을 배워보고 싶다고 넌지시 말하곤 했다. 하지만 나는 늘 단호하게 반대했다. 나는 엄마의 불안정하던 시절을 잘 알았다. 엄마는 스스로에게 상처를 내고 위험에 빠뜨리게 하는 법을 잘 알았다. 엄마가 남모르게 죽을 궁리를 했던 시절을 잊을 수 없었다. 물론 엄마는 이제 정신과 약에 의존하지 않고도 평범한 일상을 유지할 수 있지만, 혹시라도 우울의 그림자가 도로 위에서 갑자기 튀어나온다면……. 최악의 시나리오를 상상하는 것을 멈추고 싶지만, 그 방법을 도통 알 수 없었다.

"전에도 안 된다고 했잖아."

엄마가 약간 토라져서 따지듯 물었다. "운전이 그렇게 어려워? 너는 잘하잖아."

나는 엄마의 스파클라에 불을 붙여줘 건넸다. 스파클라가 타닥타닥 소리를 내며 불꽃을 튀었다.

"위험해. 젊었을 때부터 쭉 운전을 해온 게 아니라 이제와 엄마 나이에 배우려면 어려워. 몸도 머리도 익히는 데 오래 걸린다고."

엄마의 한계를 단정 짓는 말로 설득하고 싶진 않았지만 놀랍지도 않게 매번 실패했다. 게다가 나는 엄마를 젊다고 생각했고 실제로 엄마는 젊었지만, 운전에 대해서만큼은 그녀의 쉰 가까운 나이를 걸고 넘겨졌다.

"너는 차로 잘만 돌아다니면서, 치사해. 그리고 내 나이가 뭐 어때서, 영어도 금방 배웠잖아. 내가 학원에서 진도 제일 빠르게 수료한 거 모르니?"

"그냥 택시 타고 다녀. 필요하면 나 부르고."

대수롭지 않게 답하는 것이 나의 최선이었다.

"그런 날 있잖아. 저녁 어스름이 짙어질 무렵에 어딘가로 내달리고 싶어질 때. 나 혼자서 훌쩍 떠나고 싶을 때. 문득 그리운 장소가 떠오를 때. 그런 기분이 들면 무기력해지거든. 나는 누군가의 도움 없이는 가고 싶은 곳도 마음대로 못 가는구나. 참, 무거운 몸뚱이다 싶어서."

"그래도…… 정말 위험해서 그래."

어느새 스파클라 스틱 끝까지 불꽃이 탔고 나는 깜짝 놀라 손에서 놓치고 말았다. 불꽃은 땅에 닿자마자 사그라들었다. 다 탄 스틱을 주워 비닐봉지에 담았다. 엄마의 불꽃은 여전히 반짝반짝 빛나고 있었다.

"너 나를 묶어두려고 그러지?"

엄마가 장난스러운 어투로 말했다.

"무슨 소리야. 나는 엄마가 훨훨 날았으면 좋겠는데."

이렇게 말했지만, 사실 엄마의 말이 맞을지도 몰랐다. 나는 엄마의 기동성을 없애고 내가 편히 감시할 수 있는 곳에 그녀를 묶어두려고 했던 건 아니었을까. 엄마 역시 정말 운전을 배우고 싶다면 나 몰래 학원을 등록했을 테지만, 나의 눈치를 보며 그렇게는 하지 않았다. 운전이 왜 위험한지 끊임없이 설득하는 나 때문에 자신감을 잃은 것 같았다. 나쁜 딸이 되어서라도 엄마를 위험에 빠지게 할 수 있는 일을 원천 차단해야만 했다.

◎◎◎

엄마와 나는 한동안 따분할 정도로 평화로운 일상을 보냈다. 물론 그 속에 은은한 잡음도 있었다. 이제는 내가 엄마에 대해 신경 쓸 일이 거의 없었지만 그녀를 보살폈던 지난 시간 동안 쌓인 피로감은 사라지지 않고 남아 있었다. 엄마가 조금이라도 평소와 다른 언행을 보이면 바짝 긴장부터 했고, 긴장감은 곧 잔소리로 표현되었다. 엄마는 이제 쉽게 그때의 모습으로 돌아가지 않을 거라는 것을 알았지만, 그녀의 아팠던 시절이 뇌리에 박힌 탓이었다. 때로 나의 잔소리와 짜증이 말다툼으로 번지기도 했지만, 나는 이것이 자연스럽고 평범한 모녀의 모습이라고 여겼다. 큰소리는 내지 않지만 서로의 신경을 은근히 긁는 대화를 하고, 저녁에 각자 퇴근하고 집으로 돌아오면 아무 일도 없었다는 듯 마주 보고 앉아 밥을 먹는 것이 모녀라고 생각했다. 사소한 말다툼에도 균열이 가서 지겹기도 했지만, 하루 끝에 다다르면 우리의 관계는 어찌저찌 원상 복귀되는 것 같았다. 그러나 관계가 확 뒤틀려 버린 건 한순간이었다. 올봄 엄마는 나에게 숨겨둔 것을 들켰고 그건 우리가 그동안 은폐하려고 노력했던 과거를 들쑤셔 버렸다. 그날 나는 어렴풋이 느꼈다. 오늘부로 엄마와 나의 관계는 달라질 거라는 것을. 전과 비슷해 보일지라도 절대 원형은 아닐 것이라는 위화감을.

꽃샘추위가 유독 지독했던 봄날이었다. 나는 한창 종편 드라마의 세트장 가구를 도맡아 작업하고 있었다. 이름을 들으면 누구나 알 법한 중견 배우와 이번에 배우로 첫 도전을 하는 인기 아이돌이 캐스팅되어서 제작 확정 기사가 떴을 때부터 기대를 모으고 있는 드라마였다. 어렵게 손에 넣은 기회였다. 예상외로 드라마는 시청자들에게 외면당했고 시청률 일 퍼센트대에 머물며 종영했지만, 그때는 몰랐기에 다시는 그렇게 열심히 하지 못하겠다는 생각이 들 정도로 밤낮없이 일했다. 손마디가 두꺼워졌고 개구리처럼 손끝에는 굳은살이 박였다. 엄마는 밭매다 온 손 같아졌다고 속상해했지만, 나는 내 신체의 변화가 자랑스럽기만 했다.

작업이 끝나갈 즈음에는 길거리 어디를 가든 방울방울 맺힌 벚꽃 봉오리를 볼 수 있었지만, 큰 감흥을 느끼지 못했다. 드라마 가구 제작 건을 처리하느라 정말이지 예민했고 피곤한 날의 연속이었다. 마지막 배송을 마치고 꼬박 이틀 만에 집에 돌아왔다. 현관 앞에는 신발이 네 켤레나 나와 있었다. 신발을 벗고 신발장을 정리하고 있는데 안방에서 엄마가 나왔다.

"지금 온 거야?"

통화 중이었던 듯 휴대폰을 귀에 대고 있었다. 계속 통화하라는 의미로 나는 손을 팔랑팔랑 저었다. 신발장 정리를 마치고 안으로 들어가 보니 식탁에는 점심을 먹다 만 흔적이 있었다. 김치와 멸치고추볶음 그리고 마늘장아찌가 반찬 통째로 꺼내져 있었다. 하루살이 한두 마리가 날아다녔다. 오전 열 시였다. 아침으로 먹은 거라면 꽤 오랫동안 방치되어 있었을 것이다. 텔레비전에는 드라마 재방송이 틀어져 있었다. 밤새워 마신 커피 때문에 계속 심장이 둥둥 뛰었다. 작은 소리에도 신경이 긁혔다. 성의 없이 리모콘의 전원 버튼을 눌렀다. 순식간에 집이 고요해졌다.

엄마가 전화를 끊고 휴대폰을 소파에 가볍게 던졌다. 소파에는 옷가지들이 너저분하게 널려 있었다.

긴 콧숨을 내쉬고 소파에 나와 있는 옷들을 정리하며 엄마에게 물었다. "누구?"

궁금하지 않았지만, 사사건건 시비를 걸 태세로 물었다.

"팀장님. 이번 주에 청소 하루 더 나와줄 수 있냐고 해서 알겠다고 했어."

"밥 먹고 있었어?"

내가 턱짓으로 식탁을 가리켰다. 나의 말과 동시에 엄마가 식탁을 치우기 시작했다.

"응. 네가 바로바로 안 치웠다고 뭐라 할까 봐 그러는데, 삼십 분 전에 먹기 시작했어. 그런데 전화 와서 잠깐…….”

"그러면 치우지 말고 마저 먹지 그래?"

내가 엄마의 말허리를 잘랐다.

"너, 거기서 밤샌 거지? 아침 안 먹었을 거 아니야. 너도 앉아."

"너무 피곤해서 입맛도 없어. 그냥 씻고 자려고."

"몸 상하게…….”

엄마가 나를 걱정스럽게 쳐다봤다. 나는 그 시선을 피하며 일부러 정리에 집중하는 척했다.

"그거 오늘 출근할 때 입으려고 한 거야. 내버려둬, 좀."

"알아. 그냥 눈에 보여서 치우는 거야. 이렇게 개켜두면 안 구겨지고 얼마나 좋아. 그리고 반찬 먹을 때 덜어서 먹어. 침 섞이면 맛 버리고 일찍 상한다니까. 그릇 많잖아. 안 쓸 거면 왜 샀대?"

엄마는 밥을 그만 먹을 생각인지 식탁을 치우기 시작했다. 엄마가 냉장고에 반찬통을 넣고 문을 쾅 소리 나게 닫았다. 출근 준비를 하겠다며 화장실에 들어갔고 곧 물소리가 났다.

나는 꿈을 꾸는 듯 몽롱한 상태로 청소를 시작했다. 주말 대청소를 몇 주 미뤘더니 집이 전체적으로 너저분해졌다. 청소기를 돌리고 바짝 마른 빨래를 걷어 개켰다. 구연산을 뿌리고 싱크대에 낀 하얀 물때를 닦았다. 가끔 집이 지저분하다고 느껴지면 불안해서 도저히 가만히 있을 수가 없었다. 불안할 때는 생각하기보다 몸을 움직이는 편이 나았다. 마지막으로 설거지를 마치고 고무장갑을 벗는데, 손끝에 물기가 묻어났다. 장갑에 구멍이 난 것 같았다. 고무장갑을 쓰레기통에 버리고 손을 씻으며 청소를 마무리했다. 찌뿌듯한 몸을 스트레칭하며 고개를 빙빙 돌리는데 냉장고 위에 못 보던 오이 상자가 있었다. 의자 위에 올라가 상자를 꺼내 식탁에 올렸다. 프라카 그릇 세트가 깨진 채로 상자 안에 겹겹이 포개져 있었다. 깨진 조각을 하나 들어 유심히 바라봤다. 꽤 비싸 보였다. 이런 그릇은 지금까지 한 번도 본 적 없었다.

화장실에서 드라이기 소리가 멎었다. 끝이 젖어 있는 머리를 털며 소파에 개켜져 있는 옷을 가져가는 엄마에게 물었다.

"이게 뭐야?"

깨진 조각을 맞춰보며 손을 움직일 때마다 짤각 짤각 하고 기분 나쁜 소리가 났다.

"……지금 나가면서 버리려고 했어. 손 다치니까 놔둬."

"언제 샀어? 못 보던 그릇인데."

엄마는 나의 집요한 눈초리를 애써 무시하며 내 앞에 있는 상자를 그녀 앞으로 끌어와 입구를 다시 닫았다. "그냥 좀 내버려두라고."

"아니, 왜 성질을 내? 그냥 궁금해서 묻는 거잖아, 뭐냐니까? 선물이라도 받았어?"

엄마는 입술을 한참 우물거리다가 말했다. "옛날에 네 아빠가 해외 출장 갔을 때 선물로 사 온 거야."

엄마는 그릇을 정리하다가 상자째 떨어뜨려 이렇게 깨졌다고 말을 덧붙였다.

순간 숨이 턱 막혔다. 엄마는 지금까지 나의 눈을 교묘히 피해 가며 아빠의 선물을 소중히 간직해 온 걸까. 작은 동물이 추운 겨울을 대비하기 위해 식량을 비축하듯 엄마는 아빠와의 추억을 숨겨두었다. 씁쓸하고 서운하다가도 속에서 분통이 터졌다. 나는 엄마를 이해할 수 없었다.

"깨졌으면 바로 버리면 될 걸 뭐 그리 소중하다고 저기에 모셔놔? 여기에 음식이라도 담게? 여기에 뭘 담을 수 있냐고!"

"내가 알아서 한다고 했잖아, 좀!"

"내놔. 지금 바로 버려버리게."

상자를 내 쪽으로 끌려 했지만, 꿈쩍도 하지 않았다. 엄마가 상자를 잡은 손에 힘을 꽉 주고 있었다.

"미련해, 정말. 지금까지 왜 이러고 사는 건지 한심해."

엄마를 지키고 싶다고 생각하면서도 가끔 일부러 엄마에

게 상처 주고 싶다는 욕구가 들고 만다. 다른 사람이 엄마에게 상처 주는 것은 안 되지만 나는 괜찮다는 뻔뻔스러움. 엄마는 나의 것이니 오직 나만이 상처를 줄 수 있다는, 보통 부모가 자식에게 갖는 어긋난 소유욕이었다.

"내가 버릴게. 버리면 되잖아."

엄마가 뺨을 한 대 얻어맞은 듯한 표정으로 상자를 들었다. 꼭 엄마에게 혼나고 주눅 든 사춘기 딸 같았다.

"이러다가 떨어뜨린 거 아냐? 힘도 없으면서, 이리 줘."

현관으로 향하는 엄마에게 다가가 상자를 뺏어 들려고 하자 엄마가 경기를 일으키며 나에게서 몸을 팩 돌렸다.

"손대지 마!"

사춘기 딸의 성질머리는 이완했다가도 이렇게 예상치 못하게 수축하곤 한다. 상자가 엄마의 발치 위로 떨어졌다. 나는 눈을 꼭 감았다. 고막이 찢어질 듯한 소리가 몇 초간 지속됐다. 눈을 떠보니 상자에서 굴러 나온 그릇들이 여기저기로 튀어 산산조각이 났다. 엄마의 허벅지에서부터 피가 냇물처럼 졸졸 흐르고 있었다. 마치 다리 사이로 생리혈이 흐르는 것 같았다. 중학교 이 학년 나는 늦은 초경을 했다. 샤워할 때 다리 사이가 묵직하더니 다리 사이로 피가 흘러 발등까지 적셨다. 낯설지만 나의 것이 분명한 핏줄기를 바라봤다. 당혹스럽기보다는 드디어 올 게 왔다는 생각에 벌써부터 앞날의 지겨움을 느꼈다. 엄마는 흐르는 피를 바라보며 그날의 어린 나처럼, 바닥에 뿌리내린 나무처럼 우두커니 서 있었다.

"그러니까 내가 한다고 했잖아!"

염려나 걱정의 말보다 고함이 먼저 나갔다. 서툰 부모의 모습 그 자체였다. 황급히 수건을 꺼내 와 엄마 앞에 무릎을 꿇고 앉아 허벅지를 감싸 지혈했다. 내가 누우라고 해도 엄마는 다리에 힘을 꼿꼿하게 주고 서 있었다. 근육이 많이 빠진 종아리는 가늘고 말랑했다. 내가 일에 심취해 있는 사이 엄마는 착실하게 늙어가고 있었다.

하얀 수건 위에 엄마의 피로 빨간 나뭇가지 모양이 그려졌다. 나의 손도 엄마의 피로 척척해졌다. 무릎에 서늘하고 예리한 통증이 알싸하게 퍼졌다. 무릎을 꿇으며 작은 조각 하나가 박힌 모양이었다. 곰팡이가 피듯 얇은 청바지 위로 검붉은 피가 동그랗게 퍼졌다. 새 수건을 꺼내 엄마의 다리에 둘러 꽉 조이고 차 키와 휴대폰을 챙겼다. 차로 십 분 거리에 큰 병원이 있었다. 거기로 빨리 가야 한다는 생각밖에 들지 않았다.

"엄마, 병원 가자. 발 조심해서 이리 와."

엄마 앞에 실내 슬리퍼를 내려놓았다. 유리가 꽤 멀리까지 튀었다.

"나 혼자 갈게."

"무슨 소리야? 다리 좀 봐, 지금 엄마가 혼자서 뭘 할 수 있는데?"

이런 상황에서 무슨 말을 하는 건지 답답했다.

"빨리 이거 신어."

"나쁜 년."

"뭐라고?"

엄마의 발을 들어 억지로 슬리퍼를 신기다 말고 고개를 젖혀 그녀를 올려다봤다.

"너 없이도 다 할 수 있단 말이야……."

'혼자서 뭘 할 수 있는데?' 이 말이 엄마의 머리에 푹 박힌 모양이었다. 하지만 지금 상황에서 우리가 입씨름할 여유는 없었다.

"네 옆에 나를 묶어두려는 거야. 나중에 나 늙으면 집 바로 앞에 있는 그 요양원에 보내서 네 옆에서 못 벗어나게 하려고 그러는 거지? 이 나쁜 년!"

나는 기가 차서 말문이 막혔다. 아파트에 올라오는 길에 꼭 마주치게 되는 요양원을 볼 때마다 엄마는 그런 생각을 했던 걸까?

"그래, 맞아. 그게 왜? 뭐 어쨌는데?"

진실이 아니었음에도 지지 않고 고함을 쳤다. 나는 우악스럽게 마저 슬리퍼를 신기고 엄마를 잡아끌었다. 그녀를 거의 업듯이 부축해 계단을 내려갔다.

엄마는 뒷자리에 모로 누워 손등으로 눈을 가리고 있었다.

"운전을 배우고 싶어."

무거운 침묵을 깬 건 엄마였다. 조금씩 과속하고 있는 나의 조급함은 정말 모르겠다는 듯이 뜬금없는 말을 꺼내는 그녀가 미웠다.

주황불, 신호에 걸렸다. 초조함에 손가락으로 핸들을 톡톡 쳤다. 룸미러를 통해 엄마를 봤다. 수건은 이제 빈틈없이 새빨갛게 젖어 있었다. 나는 대답을 유보했지만 속으로 분주하게 고민했다. 또다시 엄마가 침묵을 깼다.

"만약 오늘 네가 다쳤다면 내가 할 수 있는 게 뭐가 있었을까. 어버버거리다가 택시를 부르거나 119를 불렀을 거야. 또 만약, 새벽 어디 멀리서 너에게 일이 생겼을 때 나는 뭘 할 수 있을까. 다른 사람이 나를 도와주기를 기다리다가 늦게 네 얼굴을 보고 미안해할 수밖에 없겠지. 나는 언제나 부축 받는 쪽이었어. 언제쯤 나도 누구를 부축해 줄 수 있을까."

아직 고민이 다 끝나지도 않았는데 이렇게 말해버리고 말았다.

"가르쳐줄게, 운전."

엄마를 믿기 때문이 아니었다. 엄마를 이 이상 슬프게 만드는 것이 힘에 부쳤다. 신호가 바뀌고 나는 액셀을 밟았다.

응급실에서 엄마가 처치를 받는 사이 엄마의 휴대폰 잠금을 네 번의 시도 만에 풀었다. 비밀번호 네 자리는 팔 월 십칠 일. 나의 생일이었다. '팀장님'이라고 저장된 연락처로 전화해 엄마가 며칠 쉴 수 있도록 양해를 구했다. 집에 돌아와 우리는 마치 아무 일도 없었다는 듯이 얼굴을 마주 보고 저녁을 먹었다. 잠을 안 잔 지 이십사 시간이 훌쩍 넘어 있었다. 당연히 아무런 맛도 느껴지지 않았다.

다음 날 엄마는 다리가 다 낫지 않았는데도 기어코 출근했다. 팀장은 쉬기로 했던 엄마가 붕대를 칭칭 감은 다리로 출근을 해서 꽤 놀란 모양이었다. 저녁 식사를 하며 엄마가 나에게 언제 회사에 전화했냐고 물었다. 나는 아프니 당연히 일을 쉬어야 하는 거라며 눙치려고 했지만, 엄마는 내일부터 정상 출근을 하기로 했다고 단호하게 말했다.

모든 것이 다시 평소로 돌아간 것처럼 보였다. 엄마와 나는 매일 출퇴근을 반복했고 아침에 이부자리를 정리하며 자주 다퉜으며 저녁이 되면 함께 밥을 먹으며 별것도 아닌 이야기에 열을 올려 수다를 떨었다. 하지만 부정할 수 없이 엄마와 나 사이의 분위기는 미묘하게 달라져 있었다. 전에는 엄마만 나의 눈치를 봤다면, 이제 나도 엄마의 눈치를 보게 되었다. 엄마가 나에게서 한순간에 튕겨 나갈지도 모른다는 불안감이 생겼다.

늦봄 엄마에게 운전을 가르쳐주기 시작했다. 엄마는 면허 시험에 여섯 번 낙방했고 일곱 번째에 붙었다. 응시 비용만 해도 만만치 않게 들었지만, 합격한 날 오랜만에 엄마가 정말 행복해 보였기 때문에 나도 따라 배시시 웃었다. 엄마는 할부로 중고 SUV를 샀다. 처음부터 너무 큰 차를 모는 것 아니냐며 걱정했지만, 엄마는 꼭 이 차여야만 한다고 했다. 차를 사고도 몇 주 동안 나는 운전 연수를 위해 주말을 엄마에게 헌납해야 했다. 엄마는 담당하는 건물 빌딩들을 몇 번이고 차로 왔다 갔다 하며 차선과 신호 체계를 익혔다. 곧 내비게이션만 있다면 혼자서 출퇴근을 할 수 있게 되었고, 점차 그 범위를 넓혀 혼자 카페나 마트에 가기도 했다. 운전을 시작한 이후 엄마는 집에 있는 것보다 밖에 있는 것이 더 편해 보였다. 내가 엄마를 그렇게 만들었을 것이다.

◉◉◉

엄마가 잠적하기 삼 일 전 주말, 우리는 집에서 점심을 함께 먹었다. 보통 퇴근 후 저녁을 함께 먹었기에 밝은 한낮에 식탁에 함께 앉은 것은 오랜만이었다. 묵은지와 시금치 그리고 냉장고에 남은 재료들을 아무렇게나 조합해 김밥을 만들었다. 엄마의 김밥은 언제나 속 재료가 제멋대로였지만 이상하게도 항상 맛있었다. 이제 엄마와 마주 보고 밥을 먹는 것이 영 어색하지만은 않았다.

엄마는 설거지를 하고 나는 평일에 하지 못했던 물걸레질과 화장실 청소를 했다. 집안일을 하고 난 뒤 노곤함에 젖어 있는데, 엄마가 아일랜드 하부 장에서 드립백을 꺼냈다. 하얀 호박 모양의 뚱뚱한 커피포트에 물을 끓였다. 엄마의 주방용품은 대체로 앙증맞고 굵직한 곡선이 지배적인 디자인이었다. 신중하게 드립백에 뜨거운 물을 붓는 엄마의 등이 나날이 작아진다는 생각에 잠겨 있는데, 앞에 블랙커피가 담긴 잔이 놓였다. 천사와 각종 꽃이 양각으로 장식된 화려한 잔이었다. 일관된 취향에 '역시'라고 속으로 중얼거리며 잔의 전을 손가락으로 매만졌다. 이제 엄마에게는 취향과 인테리어까지 고려할 여유가 생겼다.

"잘 마실게."

커피 향은 묵직했다. 후후 입바람을 불어 커피를 식히자, 표면에 파동이 일었다. 살짝 입술을 대고 마시자, 커피의 온기가 머무르며 식도가 뜨거워졌다. 입안이 데이지 않도록 천천히 나눠 마셨다. 콧잔등에 살짝 땀이 찼다. 뜨거운 커피가 꺼려지는 계절이 오고 있었다. 내가 가장 시들해지는 여름이.

엄마도 자기 몫의 커피잔을 들고 내 앞에 앉았다.

"솔미야."

어쩐지 들뜬 목소리로 나의 이름을 불렀다.

"응?"

"나 개명했어."

엄마가 허리를 사선으로 비틀며 나를 애교스럽게 바라봤다.

"개명? 이름을 바꿨다고? 그러니까 법적으로도?"

"응."

엄마는 뿌듯한 표정이었다. 그녀는 자신의 이름이 마음에 들지 않는다고 자주 말했었다.

"언제 했대?"

"신청은 진즉 했지. 몇 개월이나 걸리더라."

엄마가 개명을 한 건 놀랍지 않았지만 갑작스러웠다. 나의 허락을 받아야 하는 문제는 아니었지만, 그 과정에서 말해주지 않은 것에 대해 약간 서운함을 느꼈다.

"뭐로 바꿨는데?"

"박규리."

규리, 드물게 호명 출석을 고집하던 전공 교수의 수업에서 한두 번 들어본 이름이었다. 시대마다 세대마다 유행하는 이름이 있다. '규리'도 외국인이 부르기 쉽고 세련됐다면서 한때 아기 이름으로 유행했던 것으로 기억한다. 그렇지만 엄마와는 어울리지 않는 느낌이었다. 나는 가끔 엄마를 얄밉게 할 요량으로 '미리 씨'라고 부르기도 했는데 '규리 씨'는 입에 잘 붙지 않았다.

뜨뜻미지근한 나의 반응에 엄마는 부루퉁해졌는지 볼이 약간 부풀었다.

"그런데 왜 그 이름이었어? 이유가 있을 거 아니야."

엄마가 식탁에 양 팔꿈치를 괴고 나에게 몸을 기울였다.

"박규리를 빠르게 말해봐."

미심쩍은 표정을 지으면서도 순순히 엄마의 말을 따랐다.

"박규리, 박큐리, 박쿠리, 바퀴리, 박귀리?"

빠르게 말할수록 단어가 엉망이 되었다.

엄마가 고개를 가로저었다. "아니지. 자, 봐."

"박규리, 박귀리, 바뀌리…… 바뀌리! 어때?"

"어떻냐니……."

엄마는 전혀 빠르게 말하지 않았다. 완전히 억지라고 생각했지만, 잠자코 엄마의 다음 말을 기다렸다.

"이제부터 모든 게 바뀌리, 라는 뜻이야. 전의 이름은 버리고 삶을 완전히 바꿔버리겠다는 다짐 같은 거지. 어때, 괜찮지?"

"나쁘지 않네."

그새 커피가 식었다. 꼴깍꼴깍 소리를 내며 커피를 빠르게 마셨다. 개명으로 엄마의 삶이 어떻게 바뀔지는 알 수 없었지만, 계절이 바뀌고 있다는 것은 실감할 수 있었다. 그때 엄마에게 어떤 삶을 꿈꾸는지 물어보지 않은 것이 뒤늦게 후회가 되었다.

◎◎◎

마치 미래를 봤다는 듯 머지않아 엄마에게 차로 멀리 가야 할 일이 생겼다. 여름의 문턱, 엄마는 어린 시절을 고흥에서 함께 보낸 친구와 오랜만에 연락이 닿았다. 그 친구는 내가 아는 엄마의 유일한 친구인 이미 이모였다.

"둘만의 동창회를 열기로 했어."

"이왕에 열 거면 크게 열지 왜?"

"너무 오랜만이니까. 예행연습인 거지. 미리랑 둘이 할 얘기도 있고."

엄마가 이미 이모를 미리라고 말하는 것에 약간의 거부감을 느꼈다. 이제 엄마 이름은 규리였으니, 미리라는 이름을 저리 남처럼 말할 수 있는 거겠지. 그래도 한평생 불려 온 이름에 너무 정이 없는 거 아닌가. 속으로 시답잖은 생각을 하며 나는 흔쾌히 다녀오라고 했다. 미리 이모는 개명할 생각 없냐고도 물어봐달라고 능청스레 말하기도 했다. 느닷없는 상황이긴 했지만, 사람을 만나길 꺼리고 그녀 스스로 고립했던 옛날을 생각하면 이건 긍정적인 변화였다. 엄마는 아빠가 사라진 후 경조사에 참석하지 않았기에 동창들과 연락이 끊긴 지 오래였다. 이번 만남이 엄마가 옛 인연들과 관계를 회복하는 계기가 될 수도 있었다.

이미 이모는 목포에 살고 있었다. 엄마의 첫 장거리 운전에 걱정이 되었지만, 괜히 잔소리로 좋은 날의 기분을 망치고 싶지 않았다. 대신 응원의 말로 그녀를 배웅했다. 다음 날 저녁 엄마와 통화를 하기 전까지는 모든 것이 평범하게 일상이 흘렀다.

나는 샤워를 마친 후에 거울을 보며 스킨과 에센스 따위를 바르며 엄마에게 전화를 걸었다. 연결음이 끊어질 듯 아슬아슬할 때 엄마가 전화를 받았다.

"이제 출발해? 집에 몇 시 정도에 도착하려나?"

나는 엄마가 집으로 돌아오는 중이라는 것을 의심하지 않으며 물었다.

"나, 네 집으로 안 돌아갈 거야."

"……무슨 말이야?"

예상하지 못한 엄마의 대답에 피부를 두드리던 손동작을 멈췄다.

"나, 긴 여행을 가려고."

엄마가 경쾌한 목소리로 말했다. 오랜만에 만난 이미 이모는 어땠다든가 목포에서 어떤 음식을 먹었다든가 이틀간의 일에 대한 말은 전부 생략한 채.

"갑자기 여행이라니?"

"여행이 길어질지도 몰라. 그러니까 연락하지 마. 나도 안 할 테니까."

"정확히 어디로 여행을 간다는 건데?"

가져간 거라곤 여벌 옷과 속옷 두 장 그리고 중고차 한 대밖에 없으면서 갑자기 무슨 긴 여행을 가겠다는 건지, 엄마는 너무 무모한 행동을 하고 있었다.

"그건 나도 모르지."

"그런 게 어딨어. 여행이라면 출발과 도착이 있어야지. 그리고 연락을 하지 말라니, 그게 무슨 소리야. 최소한 어디에 있다, 뭐를 한다, 나한테 말을 해줘야 할 거 아니야. 지금 엄마가 뭔 말을 하는지 하나도 이해되지 않아."

당혹스러움 속에서 말이 속사포처럼 빨라졌다. 그러나 엄마는 나의 의문에 아무 답도 해주지 않았다. 대신 더욱 알쏭달쏭한 말을 했다.

"덕분에 너 없이 살아가는 방법을 배웠어. 고마워."

나는 엄마의 말을 해석해 보려 노력했다. 문장을 이리저리 쪼개어보고 단어를 치환해도 보았다. 그러나 어떤 뜻으로도 해석되지 않았다. 성인이 된 후로 엄마를 돌보며 엄마와 딸은 서로 다른 언어를 사용한다는 것을 알게 되었다. 두 언어는 문장의 구조, 문법, 뉘앙스 그리고 문화까지 다르다. 때로는 '안녕'이라는 말에 담긴 의미조차 달랐다. 심지어 엄마의 언어에서 부정문은 딸의 언어에서 긍정문이 되기도 했기에 우리는 서로의 말을 자주 오역할 수밖에 없었다.

"그러니까 나 없이 잘 살 수 있다는 뜻이지? 내 생각은 하나도 안 하고…… 이기적이야."

나는 최악의 해석을 내버리고 말았다.

"이런 건 보통 가출이라고 하지, 여행이 아니라. 나랑 사는 게 그렇게 힘들고 괴로웠어? 아니면 내가 의지가 안 됐나? 나는 엄마한테 가족도 아니야? 아니면 아빠라도 찾으려는 거야?"

똑딱똑딱. 침묵 사이로 자동차 깜빡이 점등 소리가 들렸다. 엄마는 차선을 바꾼 후에 깜빡이를 끄는 걸 자주 잊었다. 엄마가 아직 초보 운전자라는 사실이 떠오르자 덜컥 걱정되기 시작했다.

"이제 끊을게. 지금 운전 중이야."

통화가 끊긴 후에 나는 오랫동안 거울 속 나를 가만 바라봤다. 거울 속 나는 그날 스웨터에 갇힌 엄마처럼 구부정하게 앉아 있었다. 차라리 엄마의 말에 아무런 해석도 하지 않고 다른 대답을 했다면 어땠을지 뒤늦게 후회했다.

문득 엄마 목뒤에 있던 커다란 점이 생각났다. 나는 엄마가 사라지기 바로 며칠 전에 그 점의 존재를 알았다.

유월부터 덥다며 엄마가 뒷머리를 손으로 그러쥐고 부채처럼 펄럭거렸다.

"미리 씨, 여기 점이 있어."

"응? 몰랐어?"

엄마가 대수롭지 않다는 듯이 말했다.

"꽤 크네."

"옛날에 몇 번이고 레이저로 지웠는데 다시 생기더라. 지금은 포기했어."

그 병아리콩만 한 점을 보고 있으니, 기분이 묘했다. 어쩌면 내가 엄마에 대해 아는 건 그 점에 불과할지도 모른다는 생각에 그녀가 낯설게 느껴졌다.

처음에는 안일하게도 엄마가 잠시 여행을 떠난 걸지도 모른다고 생각했다. 엄마는 연락을 하지 말라고 했지만, 나는 하루에 아침저녁으로 계속 전화를 걸었다. 하지만 그녀는 한 번도 연락을 받지 않았다. 엄마의 회사에 전화를 걸어봤지만, 퇴사 처리되어 있었다. 그 시기를 따져 물어보니, 엄마는 여행을 가는 길에 팀장에게 전화해 일을 그만두겠다고 말한 것 같았다.

엄마에 관해 물어볼 사람을 생각해 봤다. 이미 이모뿐이었다. 그러나 나는 이모의 연락처를 몰랐다. 내가 어렸을 적에 엄마도 그랬다. 나의 가장 친한 친구들의 얼굴은 고사하고 이름조차 알지 못했다. 한 사람을 돌보기 위해서는 어디까지 관심을 가져야 하는 걸까. 아마 친구들뿐 아니라 그 마을 전체에 대해 잘 알고 있어야 하지 않을까. 엄마가 혹시 나 모르게 SNS 같은 걸 하지 않을까 싶어 페이스북과 인스타그램을 샅샅이 뒤졌지만, 수확은 없었다. 한 주 한 주가 지나고 한 달이 지나자 나는 엄마의 여행을 가출이나 잠적이라고 표현하기 시작했다. 나에게 떠난다고 고했으므로 실종은 될 수 없었다.

한여름 나의 생일은 소리 없이 시작해서 맥없이 끝났다. 그날은 너무 더워 베란다 창이 전부 녹을 것만 같았다. 밖에서는 나무도 공기도 건물도 사람도 속수무책으로 달궈지고 있었다. 엄마가 돌보던 베란다의 식물들은 전부 죽어 있었다. 엄마가 사라진 후 내가 한 번도 물을 주지 않아 여름 해에 바짝 탄 것 같았다. 하루 종일 집에서 에어컨 바람을 쐬며 아무것도 하지 않았다. 저녁이 되었을 땐 약간 추울 정도였고 냉방병에 걸린 듯 머리가 좁은 틈에 낀 것처럼 아파오기 시작했다. 이불에 몸을 돌돌 감싸고 휴대폰을 만지다가 재즈 페스트벌 광고를 보게 되었고 덜컥 예매했다. 오랜만에 보사노바를 틀었다. 수오와 제페토 아저씨가 캘거리로 떠난 여름이 기억났다. 아빠가 사라진 여름과 엄마가 기약 없는 여행을 떠난 이번 여름도 떠올랐다. 나에게는 나만 남았다. 나조차도 나를 떠날 수 있을까? 그런 생각을 하니 여름의 깃을 붙잡고 싶은 심정이 되었다. 도대체 왜 나한테서 그 사람들을 다 앗아갔냐고. 내가 사랑하는 사람만 골라 나에게서 멀리 떨어뜨려 놓는 건 무슨 심보냐고. 유일한 가족이었던 엄마마저 떠나자 나는 여름의 그 긴 낮을 어떻게 버텨야 할지 알 수 없었다.

엄마가 사라진 후 나에게는 사소한 변화가 생겼다. 첫 번째는 어금니를 꽉 깨물고 자는 습관이 생겼다는 것이다. 자고 일어나면 턱이 얼얼했다. 두 번째로 쪽잠을 자지 않게 되었다. 나는 저녁 식사 후 식곤증에 시달리곤 했다. 엄마가 퇴근 후 작업실로 저녁거리를 사 오거나 집에서 함께 저녁을 차려 먹고 나면 곧 저절로 눈이 감겼다. 엄마가 있으면 나는 마음 편히 이십 분 정도 선잠을 잘 수 있었다. 이상하게 엄마와 있으면 유독 더 졸렸다. 그녀가 나를 깨워줄 거라는 걸 알기에 마음이 더 무방비해졌다. "더 자면 이따 밤에 못 자" 엄마는 이런 말로 나를 깨우곤 했다.

이제 나는 쪽잠뿐만 아니라 밤에도 잠이 잘 오지 않았다. 몽롱한 나날이었다. 이십 평 아파트는 이제 두 배는 넓게 느껴졌다. 집에 사람이 한 명 빠져나가니 빈방 하나가 생긴 느낌이었다. 엄마는 이 불쾌한 느낌 때문에 아빠가 사라졌을 때 빈방을 채우려고 했던 거구나……. 그때 나는 엄마의 미련함을 욕하기만 했었다. 엄마가 왜 그런 행동을 하는지 이해하려고 시도조차 하지 않았다. 중요한 것은 늘 늦게 깨닫는다.

얼마간 속이 빈, 테두리만 있는 나무가 된 것 같았다. 삶이라는 것이 다소 얄팍해지고 납작해졌다. 가족이 떠난다는 건 나를 설명할 때 사용할 수 있는 단어 한 개를 잃은 것과 같았다. 그간 엄마를 지키고 살리는 일을 위해서만 살아왔으니, 어느새 그것이 삶의 자세 자체가 되어 있었다. 이 끈적한 애증이 담긴 삶의 자세는 초등학생이던 내가 아빠의 실종 수사와 관련해 경찰과 대화했을 때 이미 예고된 것이었다. "가족을 버리고 도망가지 않는 사람"이 되겠다고 했던 아이는 정말 어떤 일이 있어도 엄마 곁을 떠나지 않았다. 나는 딸이기 때문에 그녀를 깊이 연민할 수밖에 없었다. 그러나 엄마가 먼저 우리를 연결하는, 긴 머리카락을 잘라냈다. 이제 엄마와 나를 분리하기 위해서는 또 얼마나 많은 시간이 필요할지 알 수 없었다.

가을 방학

태풍이 도시를 빠르게 지나갔고 일주일 만에 가을이 됐다. 아침에 피부로 느껴질 정도로 한층 서늘해진 바람이 창문을 통해 들어왔다. 건조대에서는 그릇에 맺힌 물방울이 마르는 소리가 들리는 듯했다. 모기 입이 삐뚤어진다는 처서가 지나도 후덥지근한 공기가 헐겁게 내려앉아 있었는데, 태풍이 지나니 이제야 가을다워졌다.

어느 날 갑자기 엄마가 사라져도 계절은 계절대로 꿋꿋이 흘렀다. 시간의 착실함에 반감을 느끼면서도, 계절이 무심하게 흐르는 것처럼 내 감정도 무심하게 흐르도록 잠시 두고 싶었다. 가을은 여름에 밀리다가 겨우 찾아오지만, 또 겨울을 준비만 하다가 훅 지나가버린다. 희생하는 계절이라는 느낌 때문에 그만큼 짧게 느껴졌다. 그러니 가을을 될 수 있는 한 누리고 싶었다.

악몽, 치통, 뾰루지······.

페스티벌에서 수오를 만난 날 이후로 일상을 위협하진 않지만, 사람의 신경을 살살 긁는 것들이 다시 나를 괴롭히기 시작했다. 소낙비가 내리던 밤 잇몸이 뒤틀리는 악몽을 꿨다. 잇몸이 뒤틀리다가 결국 치아까지 전부 산산조각이 났다. 비 비린내를 맡으며 새벽녘에 깨보니 오른쪽 어금니 쪽에 치통이 느껴졌다. 이제껏 발치를 미뤘던 마지막 사랑니였다. 곧바로 치과에 갔다. 의사가 사랑니를 조각내는 순간 처음으로 엄마를 향한 생생한 그리움을 느꼈다. 동시에 지난 석 달 동안 원망과 쓸쓸함은 그리도 선명하게 느꼈으면서 엄마가 보고 싶다는 생각은 한 적이 없다는 것을 깨달았다. 나 스스로가 괴물이 되기 직전의 사나운 어떤 것이 된 것만 같았다. 나에게 불쾌감을 느끼며 치위생사의 지시대로 물로 입 안을 헹궜다. 마취 때문에 입술 끝으로 물이 줄줄 샜다.

뾰루지는 날 때마다 피부과에 가서 염증 주사를 맞았다. 하지만 악몽은 해결 방법이 없었다. 레퍼토리를 달리해 가며 악몽은 계속 나의 밤을 지배했고 뒤흔들었다. 나흘 걸러 한 번이었지만 그 질척거리는 기분을 벗어나는 데도 며칠이 걸렸다.

그동안 나는 엄마에 관한 생각을 회피하고 있었다. 글 쓰기를 워낙 싫어해 일기도 쓰지 않아 나는 그간의 산만한 감정들을 속으로만 굴렸다. 정신 차려 보니 단단히 엉켜 하나의 커다란 덩어리가 되어 있었다. 감정이 딱딱하게 굳자 사고가 멈췄고 아예 엄마에 대해 생각하기를 포기했다. 그런데 수오가 엄마를 고흥에서 봤다는 것을 알게 된 후로 모든 것이 달라졌다. 나는 다시 온 세상이 끈적끈적하게 느껴질 정도로 지독했던 올해 여름으로 돌아가 기억을 헤집었다. 엄마의 가출 혹은 잠적에 대해 나의 감정만 생각했을 뿐 그동안 아무런 질문도 하지 않았었다. 변명을 해보자면, 그때는 황망해 그 어떤 구조적인 생각조차 할 수 없었다.

뒤늦게 내가 마땅히 해야 했던 질문들을 하기 시작했다. '왜 이런 방식으로 나를 괴롭힐까?' 나의 첫 번째 질문은 원망이었다. 그다음 질문은 '왜 나를 떠났을까?'였다. 나는 엄마의 결정을 도무지 이해할 수 없었다. 십 년이 넘도록 단둘이 서로 의지하며 살았던 딸을 한순간에 떠났다. 그냥 답답하다는 이유만으로는 충분한 설명이 되지 않았다. 오랜만에 만난 친구와 목포를 거닐다가 어떤 바람이 불었을 수도 있다. 그것도 아니라면 정말 아빠라도 만난 것일까? 그렇지만 연락까지 하지 않겠다는 것은 연을 끊자는 뜻으로밖에 해석되지 않았다. 적어도 딸의 언어로는 그러했다.

세 번째 질문은 '엄마의 여행은 계획된 것이었을까?'였다. 이 질문의 답을 내리기는 어려웠다. 엄마는 나에 대한 반발심으로 충동적으로 여행을 떠난 것도 같았다. 새 이름을 반복해 읊조리다 보니 어떤 불씨가 타올랐을 것이고, 목포로 내려가는 길에 홧김에 퇴사까지 해버린 것이다. 그러나 엄마가 작년 말부터 개명을 준비한 것 그리고 운전을 배우고 곧바로 차를 산 것까지, 일련의 사건을 종합해 봤을 때 엄마의 여행이 처음부터 계획적이었던 것 같기도 했다. 즉흥이냐, 계획이냐, 나는 이 두 생각 사이를 저울의 추처럼 왔다 갔다 했다. 어렵다, 나는 하루 중 이 말을 셀 수 없이 내뱉으며 머리를 싸맸다.

◉◎◉

오후에 수오가 작업실에 놀러 오기로 했다. 그는 다음 날 아침에 다시 고흥에 내려가야 한다. 페스티벌 날 수오에게 엄마의 목적지 없는 여행에 대해서는 아주 대략적인 이야기만 할 수 있었다. 어디서부터 이야기를 시작해야 할지 알 수 없었기 때문이었다. 엄마와 나의 역할이 뒤바뀌게 된 사정은 아주 긴 이야기였고 쓰레기 집에 대해 말할 자신은 없었다. 또 그날 수오의 차로 우리 집 앞에 도착했을 때 시간은 이미 열한 시에 가까웠다.

"최근 엄마가 나에게 일방적인 통보를 하고 긴 여행을 떠났어. 연락도 받지 않아. 사실 연락하지 말라고 했거든. 그런데 고흥에 있다니, 의외네."

나는 우리 모녀의 일을 축약하여 담백하게 전달했다.

"모녀의 싸움인 거야?"

"글쎄, 차라리 싸운 거라면 좋겠네."

그날 밤 수오가 엄마에 대해 더 이상 묻지 않아줘서 고마웠다.

나의 작업실은 비교적 시내와 떨어져 있어 한적했다. 작업실 건물 옆에는 원래 넓은 공터가 있었는데 최근 아파트를 짓는다며 높은 울타리를 치고 기초 작업에 돌입했다. '전세로 십 년 살면 내 집', '전세 가격으로 내 집 마련' 같은, 반은 거짓말일 것이 분명한 유혹적인 문구가 적힌 현수막이 거리 곳곳에서 펄럭거렸다. 본격적으로 건물을 올리기 시작하면

공사 소음이 더 심해질 것이다. 떠나고 싶다. 명치께에서부터 이런 생각이 차올랐다. 다만 내가 어디로 떠나고 싶은 건지 나조차 알 수 없었다.

작업실이 있는 지하로 내려가려다가 몸을 틀어 다시 계단을 올라왔다. 작업실은 주상복합형 빌라 지하에 있었다. 한 층을 통으로 쓰고 있기에 좁은 평수는 아니었지만, 지하라 환기가 어려웠고 하루라도 제습에 신경 쓰지 않는다면 여름에는 쿰쿰한 냄새가 나거나 벌레가 나오기 십상이었다. 작업실을 구할 당시에 아무리 찾아도 적당한 가격의 지상 매물이 나오지 않았다. 원하던 조건은 아니었지만, 첫 번째 작업실이었기에 나름 애착이 갔다.

손차양을 하고 공사장 울타리 위로 보이는 통통한 구름을 바라봤다. 비가 오지 않아서 다행이었다. 오랜만에 손님을 초대하는데 아무리 비좁은 작업실일지라도 산뜻해 보이고 싶었다. 횡단보도를 건너 작업실 건너편에 있는 빵집으로 향했다. 빵집 문을 열자, 풍경 소리가 맑게 울렸다. 포장만 가능한 작은 가게로 문을 연 지 반년이 채 되지 않았다. 이 빵집을 좋아하는 이유는 맛도 맛이지만, 이 가게의 진열장을 내가 만들었기 때문에 더 정감이 갔다. 진열장에 약간의 생활감이 묻어나 처음보다 훨씬 멋스러워졌다. 오픈 주방 너머로 보이는 조리대는 늘 깨끗했고 기구들은 전부 제자리에 있어서 사장의 위생 관념이 투철하다는 것을 알 수 있었다. 나는 가구가 좋은 주인을 찾아간 것 같아 속으로 흡족해했다.

주방 유리창으로 하얀 마스크를 쓴 사장이 나에게 눈인사를 보냈다. 앞치마에 손을 닦으며 계산대 앞에 서서 방금 나온 빵을 알려줬다. 팽 오 쇼콜라와 생크림 스콘 그리고 애플파이. 음식에 대한 취향이 선명하지 않은 터라 빵에 대해서도 잘 알지 못하지만, 갓 나온 따뜻한 빵의 맛은 무엇보다 최고라는 것 정도는 알고 있었다.

나는 아침 겸 점심으로 먹을 애플파이를 먼저 쟁반에 담고 천천히 진열대를 둘러보았다. 부드럽게 부푼 빵은 내가 만지는 나무와 달리 곡선이며 부드럽다. 신비로운 것은 밀가루를 구우면 나무의 색과 닮아진다는 것이다. 진한 갈색으로 그을린 스콘이나 식빵의 겉 테두리는 단풍나무의 색을 띤다. 또 내가 좋아하는 옅은 황갈색의 무화과 바게트는 물푸레나무로 만든 가구와 그 색이 비슷하다.

사장이 옆구리에 빵판을 끼고, 장갑 낀 손으로 각기 다른 세 가지 종류의 포카치아를 진열했다. 훈김이 나는 빵들이 무척 부드러워 보였다. 사장이 마지막으로 진열한, 위에 올리브가 콕콕 박힌 레몬 포카치아 두 덩이를 골랐다. 그녀의 손도 꼭 내 것처럼 두툼했고 굳은살이 잔뜩 박였다. 빵과 나무는 아주 다른 장르 같지만, 생활을 조금 더 즐겁고 풍족하게 만들어준다는 점에서 공통점을 가진다. 나는 그녀에게 설명할 수 없는 묘한 동질감을 느꼈다. 그래서 유독 좋은 하루를 보내고 싶은 날이면, 이 빵집에 들러 작은 사치를 부렸다.

사장은 빵을 하나씩 종이봉투에 넣어 포장했다.

"오늘 어머님이 작업실에 놀러 오시나 봐요?"

"네?"

"어머니가 이 레몬 포카치아를 좋아하셨잖아요. 가구를 사장님께 맞췄으니 장사 잘될 거라면서 덕담해 주시곤 했어요."

입이 웃고 있는 듯 마스크가 살짝 위로 들렸다. 잊고 있었는데, 엄마는 나의 작업실에 놀러 올 때마다 이곳에서 포카치아나 샌드위치를 사 오곤 했다.

"오늘은…… 친구가 놀러 와요."

나는 일부러 가벼운 말투로 말했다.

"그래요? 좋은 날이네요. 오늘부터 날씨도 시원해졌고."

사장은 말없이 계산대 앞 바구니에 담겨 있는 발사믹 오일 포션 두 개를 봉투에 넣어줬다. 언제나 조용히 친절한 사람이었다.

품 안에서 다 식지 않은 빵의 열기가 느껴졌다. 나의 생활 반경 곳곳에 엄마의 흔적이 남아 있었다. 예고 없이 일상을 침범해 오는, 여름 소나기 같은 기억을 의연하게 대하기란 아직 쉬운 일이 아니었다.

오전 동안 작업실을 청소하고 잠시 숨을 돌렸다. 곧 수오가 올 시간이었다. 포카치아를 먹기 좋은 크기로 자르고 그릇에 발사믹 오일과 꿀을 덜었다. 메밀꿀과 나팔꿀 두 가지 종류였다. 개수대 위에 걸어둔 작은 거울을 보며 굼실거리는 긴 머리를 하나로 깔끔하게 묶었다. 등 뒤로 유리문이 열리고 시원한 바깥바람이 수오와 함께 들어왔다. 내가 거울을 통해 먼저 손 인사를 했다.

"딱 맞춰 왔네."

"여기 근사하다."

"지하의 작은 작업실인걸."

그는 한눈에 다 들어오는 작은 공간을 과장되게 고개를 돌리며 살펴봤다. 그의 손에는 화분이 든 커다란 비닐 백이 들려 있었다.

"아, 이거 받아. 금전수래. 원래는 꽃다발을 주려고 했는데 꽃집 사장님이 이걸 추천해 줬어. 자영업을 하는 친구네에 가는 거면 꽃이 아니라 화분이라면서. 그중에서도 돈을 부른다는 금전수가 제일이래."

그가 화분이 담긴 비닐 백을 내밀었다.

"고마워. 우선 앉아."

나는 소파를 가리켰다. 비닐 백에서 화분을 꺼내 기다란 작업 테이블 한가운데에 올렸다. 부드러워 보이는 잎의 동그란 가장자리를 손끝으로 더듬었다.

"그런데 여긴 햇빛이 안 들어와서 곤란하네."

이곳은 반지하도 아닌, 전등을 켜지 않으면 완전한 어둠으로 무장하는 지하였다.

"음지에서도 잘 큰대. 잘 키우면 네 키만큼 클 거야. 분갈이는 해줘야겠지만."

"다행이네. 식물은 처음 키워보지만, 정성껏 돌봐볼게."

작업실에서 처음 맡아보는 풀 내음에 마음이 들떴다. 베란다를 거의 작은 정원처럼 꾸며둔 엄마라면 모를까, 나는 집에서 아무것도 키우지 않았다. 공간을 차지하는 것도 싫었고 식물 때문에 하루살이가 꼬이는 것도 성가셨다. 그렇지만 막상 선물을 받으니 잘 키워보고 싶어졌다.

"오전에는 작업했어?"

"아니. 보다시피 요즘 일이 없어. 와서 청소만 했지, 뭐."

나의 작업실은 오래전 시간이 멈춘 것처럼 생기가 없었고 깨끗했다. 매일 쓸고 닦는 것도 이유지만, 요즘은 통 의뢰가 들어오지 않고 있었다.

"마실 것 좀 줄게. 매실차 괜찮아? 아니면 커피?"

나는 작은 주방으로 향했다.

"나는 매실차."

수오가 소파에 등을 깊숙이 기댔다.

"그러고 보니 매실차도 오랜만이네. 한국 처음 왔을 때 이모가 직접 만든 매실청으로 타 줬는데 눈이 번뜩 떠질 정도로 맛있었어."

"그때 그 맛은 아닐 거야. 이거는 수제 청은 아니거든."

매실차와 레몬 포카치아가 담긴 접시를 챙겨 수오의 건너편 의자에 앉았다.

"설마 이거 꿀이야?"

"응. 메밀꿀하고 나팔꿀. 빵에 발라 먹으면 맛있어."

나무로 만든 잼 숟가락을 그 앞에 두며 말했다.

"여기 정말 옛날 아빠 작업실 같아. 꿀도 있고."

"아저씨 목공방이 이곳의 모티프이거든. 물론 더 멋진 작업실을 새로 얻고 싶긴 하지만. 열심히 해서 얼른 지상으로 올라가야지."

그의 잔에 매실차를 가득 따랐다. 그는 갈증이 났었는지 금방 한 잔을 비웠다. 이어서 빵 한 조각을 입에 넣고 우물거렸다. 맛있다며 바로 다음 조각을 집었다.

"이 의자도 네가 만든 거야?"

수오가 내가 앉아 있는 의자를 턱짓으로 가리켰다.

"그럼."

"네 가구 분위기, 좋다. 꼭 솔미 너 같아."

"그런가?"

작업물에 만든 사람의 향이 묻어나는 것은 당연했지만, 나의 속을 내비치는 느낌에 부끄럽기도 했다.

빵을 순식간에 해치운 후 나는 자투리 나무들이 든 바구니와 조각칼이 꽂혀 있는 스테인리스 통을 가져왔다.

"오랜만에 나무 좀 만져볼래?"

"에이, 이제 어색해. 캘거리 돌아간 후로는 나도 나무를 만져본 적 없어. 다 까먹었어."

"간단한 것만 해봐."

내가 먼저 한 손에 쏙 들어오는 나무 조각을 집어 들었다. 그가 어쩔 수 없다는 듯 나를 따라 나무를 조각하기 시작했다.

"그런데 너 신부 되는 걸 왜 포기한 거야? 그러니까 진짜 이유 말이야."

"······조금 더 나에게 맞는 삶의 방식이 있을지도 모르겠다는 생각이 들었어."

그는 사실 특별한 소명이나 사명이 없었다고 털어놨다. 한 신문 기사에서 매일 초등학생들을 위한 떡볶이를 만들며 봉사하는 한 신부에 관한 이야기를 읽고 이런 삶도 나쁘지 않겠다고 생각했을 뿐이라고. 내가 본 수오는 조금 더 꿈에 대한 기세가 있는 친구였는데. 내가 아는 수오는 그저 한 단면에 지나지 않았다. 옛날과 달리 그에 대해 잘 안다고 자부할 수 없게 되었다. 갑자기 시간의 공백만큼 그와의 거리감이 훅 느껴졌다.

"사실 무엇보다 질렸어."

"뭐에?"

"기도하는 거에."

수오처럼 신실한 사람도 신에게 말을 거는 일에 질리기도 하는구나. 나는 속으로 성호 긋는 순서를 생각했다. 역시 오른쪽이 먼저인지 왼쪽이 먼저인지 헷갈렸다. 그는 성당에서 신부가 '기도합시다'라고 말하면 누구보다 먼저 두 손을 모아 코끝에 바짝 댔다. 나는 그를 보며 신에게 참 할 말이 많구나, 하고 생각했었다.

"엄마가 돌아가실 즈음에 실낱같은 희망으로 정말 기도를 많이 했거든. 그런데 어느 날 엄마가 더는 당신을 위해 기도하지 말라고 하더라. 밤마다 우리 부자가 중얼거리는 걸 듣고 있으면 거북하대. 더 살고 싶지 않은데, 왜 자꾸 더 살라고 강요하내. 당황스러웠어. 다른 사람을 위한 기도는 나를 위한 것보다 값진 거라고 엄마한테 배웠는데 말이야. 생각해보면 그렇게 신실하던 엄마가 아프고 나서부터는 기도하는 걸 본 적 없어. 그때부터 내 길을 의심했던 것도 같아."

그에게 해줄 수 있는 말이 아무것도 생각나지 않았다. 정적을 피하고 싶어 조각칼만 바삐 움직였다. 어느새 테이블 위에 썰린 나무 조각들이 가득했다. 사각사각, 나무를 깎는 소리는 꼭 나뭇잎이 부딪히며 내는 소리와 비슷했고, 작은 동아리실에서 그와 단둘이 보냈던 점심시간이 떠올랐다.

고등학생이었다면 나는 그에게 거짓말이 섞인 그럴싸한 위로의 말을 해줬을 것이다. 하지만 지금의 나는 그때보다 거짓말을 더 못하게 되었고, 하고 싶지도 않았다. 거짓말로 자신을 지키려고 했던 과거를 생각하면 약간 비참한 기분이 들었다. 언젠가부터 곤란한 상황에서 거짓말을 하는 대신 생략을 택하게 되었다. 나는 모난 진실을 둥글게 빚어 말을 내뱉는 대신 웃음으로 눙치며 그래도 거짓말은 안 했다고 면피할 수 있었다.

손을 헛디뎌 조각칼이 왼손 검지를 파고들었다. 다행히 오래된 칼이라 날이 뭉툭해 피가 많이 나지 않았다. 나는 조용히 일어나 수납장에서 밴드를 꺼냈다. 뒤에서 다쳤냐고 묻는 수오의 걱정스러운 목소리가 들렸다.

"아주 살짝, 다친 것도 아니야."

나는 손가락에 밴드를 붙이며 물었다.

"그래도 아직 기도는 하지?"

"그럼. 습관인 걸지도 모르겠지만."

"다행이다."

수오가 뭐가 다행인 거냐고 중얼거리며 쓴 미소를 지었다.

기도하는 네 옆얼굴을 보는 게 좋았어, 전하지 못할 말이 입가에 맴돌았다. 나는 성당에서 미사를 드릴 때 한 번도 기도에 집중하지 못했다. 문장이 자꾸 분절됐다. 눈으로는 수오를 힐끗거렸다. 그가 성호 긋는 방법을 알려주며 나의 손 위에 그의 손을 겹쳐 올리고 양어깨와 머리를 가볍게 눌렀을 때 나는 둥둥 떠오르려는 몸을 바닥에 붙이기 위해 애쓰는 것처럼 발끝에 힘을 줘야 했다. 미끄럽고 딱딱한 대리석 바닥이 운동화 안에 있는 발바닥과 바로 맞붙어 있다고 느낄 정도로 체중을 실어서. 그것이 내 마음의 민낯이라는 것을 알 수 있었다. 나는 사랑을 미워하고 배척한다고 했지만 사실은 그것이 궁금했다. 그리고 처음으로 다른 사람의 마음이, 그 민낯이 궁금했다.

"그래도 아쉽다. 네가 신부가 되면 너한테 고해성사 받으려고 했는데 말이야."

나는 수납장에 기대 그를 바라봤다.

"고해성사? 지금이라도 괜찮다면 들어줄게. 어서 네 죄를 말해봐."

말투에서 수오 특유의 과하지 않은 장난기와 느긋함이 느껴졌다.

거짓과 생략. 나는 둘 사이에서 갈등했다. 팔 년이 지난 지금 어린아이가 방패 삼았던 허술한 거짓말을 반복해 봐야 무슨 소용일까. 아주 오랜만에 본 친구에게 아무런 말도 하지 않을 이유는 또 무엇일까. 그래도……

"열두 살 여름 유독 눈이 일찍 떠진 아침이었어. 집 안은 어수선했지. 도둑이 든 것처럼 아빠의 옷과 신발이 없어졌어."

나의 입을 비집고 나온 말은 의외였다. 진실을 택했으니.

나는 살면서 수많은 용기를 냈다. 처음 스스로 번 돈으로 청소 업체를 불렀을 때도, 엄마의 엄마가 되겠다고 다짐했을 때도, 내 손으로 자퇴서를 작성하고 그렇게 가고 싶어 했던 대학을 등졌을 때도, 나의 이름이 적힌 작은 간판을 작업실

앞에 달았을 때도 몇 번이고 심호흡해야 했다. 그럼에도 나에게 용기를 내는 일은 결코 쉬운 일이 아니었다. 부단한 노력이 필요했다. 그리고 수오에게 이 말을 하며 나는 지난 일에 대한 진실을 말할 때야말로 최상의 용기를 내야 한다는 것을 깨달았다. 과거를 직시하는 것이야말로 용기라는 단어가 부족하다고 느낄 정도의 크나큰 용기가 필요했다.

나는 수오에게 아빠가 사라진 날 이후 실종 신고부터 시작해 내가 왜 고흥에서 아빠에 대해 거짓말을 하게 되었는지 고백했다. 물론 엄마와 쓰레기 집에 관한 이야기는 제외하고.

"자, 이제 너는 나에게 어떤 보석을 내릴 거야?"

나의 말에 나무를 깎던 수오의 손동작이 멈췄다. 그가 만드는 건 새 같기도 했고 토끼 같기도 했다. 유심히 보니 둘 다 아니었다. 파도에 깎인 못난 돌처럼 아무것도 되지 못한 나무 조각일 뿐이었다.

그가 나와 눈을 맞췄다. 어른이 되어 외모가 변해도 눈동자의 색과 깊이는 변하지 않는다. 이 고백이 너무 늦은 것인지, 혹은 이른 것인지 알 수 없었다. 내가 만들어낸 상상일지도 모르겠으나 우리가 교복을 입었던 시절에 언젠가 꼭 저 밝은 갈색의 눈동자를 보며 거짓말을 고백하겠다고 다짐했던 것도 같았다.

"다른 사람을 위한 거짓말에는 보석을 내리지 않아. 내가 신부였다면 그랬을 거야. 네 값진 거짓말이 나를 구했거든."

◎◎◎

우리는 퓨전 한식집에서 저녁을 먹었다. 돼지 등갈비와 아롱사태 전골을 시켰고 한창 광고하는 새로 나온 브랜드의 병맥주를 각자 한 병씩 비웠다. 수오가 뭔가 아쉽다며 소주를 시켰다. 소주와 맥주를 섞어 각자 세 잔 정도 마셨을까, 둘 다 슬슬 취기가 올라왔다. 음식이 전부 식었고 우리는 조금 더 시간을 함께 보낼 작정으로 모듬전을 추가로 시켰다.

식당에서 나와 나란히 걷는데 밤공기가 꽤 차가웠다. 은빛 달은 미세하게 가장자리가 차지 않았다. 수오가 자꾸 보름달이라고 우기기에 우리는 길거리 한가운데에 서서 고개를 위로 쳐들고 달을 노려봤다. 건물에서 쏟아내는 불빛과 가로등 때문에 조응이 늦었다. 점차 달 주위에 스프링클처럼 뿌려진 하얀 별도 하나둘 보이기 시작했다. 뒷골이 뻐근해지려던 참에 수오가 달이 완벽한 원이 아니라는 사실을 인정했다. 우리는 우하하 웃음을 터뜨렸다. 보름달이냐 아니냐같이 별것 아닌 걸로 티격태격하는 것마저 즐거웠고 목구멍이 간질거렸다. 마치 알사탕이 목에 걸려 있는 것처럼. 사실 우리는 아까부터 웃음에 후했다. 술의 힘인지도 몰랐다.

수오가 발을 헛디딘 건지 살짝 비틀거렸다.

"뭐야, 취했어?"

내가 순간적으로 수오의 팔꿈치를 잡으려고 했지만, 그가 바로 균형을 잡았다. 팔이 민망하게 허공에 떠 있었다. 나는 괜히 외투 주머니에 손을 넣었다.

"아니, 전혀. 멀쩡해."

그렇게 말하는 수오의 하얀 뺨 위에는 울긋불긋하게 알코올의 열기가 올라와 있었다. 마치 막 물들어가기 시작한 단풍 같았다.

"그렇게 말하는 사람 중에 안 취한 사람 못 봤어."

"너 술 잘 마시더라. 얼굴색 하나 안 변하고."

"너도 만만치 않던데."

"수국이는 술 잘 마시나?"

"글쎄, 수국이랑 술 마신 기억이 없네."

그녀의 이름을 발음하자 목구멍으로 알코올의 씁쓸함이 뒤늦게 올라오는 것 같았다.

"아니지, 너 그날 기억나? 나 출국하기 전에 우리 셋이 술 마셨잖아. 주민등록증 나오는 날 술 마시기로 약속한 거 미리 해버리자면서."

내가 기억을 헤집으며 미간을 찌푸렸다.

"아! 기억나. 수국이가 엄청 취했잖아."

수오의 출국이 코앞이던 날, 우리 셋은 수국의 집에 모여 대낮에 소주를 마셨다. 소주는 미지근하고 쓰기만 했다. 어린 시절 술을 달게 만들어주는 유일한 마법인 호기심과 설렘이 부족해서인지도 몰랐다. 우리가 어설프게 술잔을 맞부딪친 건 수오와의 작별을 준비하기 위해서였으니까.

"먼저 마시자고 한 사람이 취해버리고 우리만 멀쩡해서 웃겼지. 그리고……."

말끝을 흐리며 수오를 슬쩍 봤다. 그가 다음 말을 재촉하는 눈빛으로 나를 보고 있어서 약간 놀랐다.

"그때 우리 테이블 아래에서 손잡았잖아. 왜 그랬어?"

"맞아, 그랬었지. 네가 잡았었나?"

"아니, 네가 잡았잖아!"

나는 발끈해서 검지로 그를 가리켰다.

"그랬던 것 같아. 내가 먼저 잡은 거 같아."

수오가 밉살맞게 웃었다.

"다 기억하고 있는데 아닌 척하긴. 그래서 왜 잡았냐니까, 내 손."

나는 왼손을 쫙 펴 그의 얼굴 앞에 내밀었다.

"손에 상처가 많다, 너."

수오가 헐겁게 나의 손목을 잡고 손을 유심히 들여다봤다. 투박한 상처투성이 손이 부끄러워 귀밑이 뜨거워졌다. 전에는 그 딱딱한 손이 노력의 기록이라고 생각해 자랑스럽기만 했는데. 나는 팔짱을 껴 겨드랑이 밑에 손을 숨겼다.

"왜 숨겨? 노동의 숭고함을 보여주는 아름다운 손이구먼."

"손 시려서 그래. 나 수족냉증이야." 그에게 가볍게 어깨를 부딪치며 말했다.

"말 돌리지 말고 대답이나 해."

나는 눈을 흘기며 침을 꼴깍 삼켰다.

"뭐, 잡을 만하니까 잡았겠지." 그가 까슬거릴 것 같은 수염을 문지르며 말했다.

"사실 두려웠나 봐. 서둘러 한국을 떠나고 싶다고 생각했는데 본심은 달랐던 것 같아. 다시 캘거리에 돌아가도, 다 바뀌어 있을 테니까. 다시 또 적응해야 하는 거잖아. 한국에서 오 년 살았다고 캐나다가 바로 낯설어지는 거 있지? 어디든 나에게 돌아갈 장소가 없다는 걸 깨달았어. 바람이 불면 날아가 버릴 아주 가벼운 무언가가 된 기분이었어. 그래서 뭐든 붙잡고 싶었던 것 같아."

"그렇게 붙든 게 내 손이었구나."

우리는 잠시 말이 없어졌다. 그와 발맞춰 걸은 지 얼마 되지 않은 것 같은데, 눈앞에 사거리 건널목이 나왔다. 곧 초록불이 켜지면 수오는 대각선으로, 나는 왼쪽으로 건너야 했다.

"나랑 고흥 가자. 가을 여행으로."

"여행?"

"응, 다음 주 추석이잖아. 연휴도 긴데 고흥에 와."

유독 추석이 늦은 해였다. 추석 연휴를 어떻게 보낼지 생각도 하지 않고 있었다. 가족들과 모여 함께 지내는 명절에 늘 거부감을 느꼈고, 엄마와 나는 이것을 우리만의 명절 증후군이라고 부르곤 했다.

"나는 여행 싫어해."

"왜?"

"준비도 귀찮고 생각할 게 너무 많잖아."

수오는 정말 그 이유가 끝이냐며 의아해했다. 익숙한 반응이었다. 어떤 사람들은 여행하지 않는 나를 탐탁지 않아 했다. 하나같이 '너 무엇인가 잘못됐어'라고 말하고 싶어 하는 표정을 지었다. 그리고 실제로 내뱉기도 했다. 모험심이 부족하다거나. 시야가 좁아질 거라든가. 청춘을 낭비하고 있다거나. 그런 흔한 말들이었다. 그렇지만 나는 정말 시간 낭비라는 생각이 들 정도로 여행이 싫었다. 막상 여행을 가면 반나절 만에 집에 가고 싶다는 생각이 들고 말았다. 더 문제는 돌아가고 싶은 집마저 없다는 생각에 울적해져서 여행에 더욱 심드렁해진다는 것이었다. 지금껏 이사를 많이 다니며 많은 도시와 집에 살아봤지만, 어디에서도 가슴 깊이 '나의 장소'라는 느낌을 받지 못했다. 남양주 집 역시 엄마가 사라진 후 더 이상 안락하게 느껴지지 않았다. 그 집은 오히려 나를 쓸쓸하게 만들었다. 나는 여행의 결말을 잘 알았기에 애초에 떠나지 않는 걸 택했다.

사거리 신호등이 일제히 초록불로 바뀌었지만, 우리 둘 중 누구도 발걸음을 떼지 않았다.

"이번 연휴가 주말까지 끼면 팔 일이니까…… 부담 없이 삼 일 어때? 숙소야 우리 펜션에 묵으면 될 거고. 내가 극진히 모실게."

"펜션 데려가서 가구 만들어달라고 하려고 그러지, 너."

"들켰네."

수오가 입을 일자로 다물었다. 우리를 재촉하듯 무심히 신호등 카운트다운이 시작되었다. 수오가 깜빡이는 신호등을 바라보며 말했다.

"그것도 그렇고…… 너 어머니를 찾고 싶잖아."

수오는 엄마와 마주쳤을 때 간단한 인사만 주고받았다고 했다. 그 짧은 대화로는 아무런 단서도 얻지 못했지만, 그는 나의 엄마를 본 건 일주일 전이니 아직 그녀가 고흥에 있을 수도 있다고 나를 설득하듯 말했다.

"나 지금 너 붙잡는 거야. 그때처럼. 나는 곧 또 떠나."

"야, 그렇게 말하면 거절할 수가 없잖아!"

수오가 호탕하게 웃었다.

"그걸 노린 거야."

이십 분 남짓 걸었을 뿐인데 술기운이 아까보다 날아갔다. 동시에 알코올이 몸속에서 뿜어내던 열기에 더 이상 의존할 수 없게 되었다. 체온이 쑥 내려가 오슬오슬 몸이 떨려왔다. 초가을 밤을 얕잡아 보고 옷을 얇게 입은 탓이었다.

"지난 몇 년간 정말 엄마랑 딱 붙어 지냈거든. 내 유일한 가족이기도 하고."

"딸이 엄마랑 옥신각신하면서도 딱 붙어 지내는 거 보면, 그런 애증의 관계는 모녀만이 가질 수 있는 특혜 같아."

"특혜라고? 그건 세상 모든 딸에게 내려진 벌이야."

"난 아들이라 모르는 건가."

"……고흥군 도화면 가화리."

나는 비밀을 말하듯 아주 천천히 말했다.

"옛날에 엄마의 고향은 이름이 참 예쁘다고 생각했어. 화사하고 무구한 이름 같다고 말이야. 그곳은 아직도 약간 따분하고 고요하고 또 아름답겠지?"

어느새 신호등은 빨간색으로 바뀌어 있었다. 우리는 그 자리에 서서 신호를 몇 번 더 보냈다.

가을 여행

가을 방학

긴 추석 연휴가 시작되었다. 정말 금전수의 효과인 건지 수오의 방문 이후 책장 의뢰를 받았고, 예상보다 작업이 늦게 끝나 연휴 시작 날 자정 가까운 시간에 고흥으로 출발했다. 내비게이션 앱에 도착지 주소를 찍었다. 수오가 보내준 주소는 가화의 해안도로 한가운데로, 한갓진 곳이었다. 펜션 운영이 잘 될지 상당히 걱정되는 위치였다. 수오의 펜션은 아직 업체 등록이 안 되어 있었지만, 지도 앱으로 주변을 보니 놀랍게도 다른 펜션이 두 개 더 있었다. 내가 아는 가화는 바다와 논밭 그리고 과수원이 전부인 마을이었는데. 언제 이렇게 변한 건지, 그간의 시간을 체감했다. 그곳까지는 424킬로미터였다. 늦은 시간이라 차가 막히지 않는데도 예상 소요 시간은 4시간 30분이었다. 말 그대로 한반도를 세로질러야 했다.

고흥으로 이사 가던 날 우리 모녀는 고흥읍까지 시외고속버스를 타고 갔다. 붉은 벽돌집까지 가는 택시에서 나는 불퉁한 얼굴로 뒷좌석에서 엄마 무릎을 베고 누워 있었다. 엄마는 가슴이 답답하다고 창문을 열었다. 강풍이 부는 날이었다. 바람이 거칠게 차 안으로 들이치며 나의 머리카락을 헝클어뜨렸다. 차 안의 공기가 순식간에 서늘해지며 아스팔트 탄 내가 미세하게 났다. 열린 차창으로 바람을 따라 몸이 날아갈 것만 같아서 엄마의 옷깃을 할 수 있는 한 꽉 쥐었다. 고등학교를 졸업한 후로 고흥에 가는 건 처음이었다.

새벽 고속도로에는 실안개가 껴 있었다. 달린 지 두 시간이 지났을 때 눈이 피로해지며 미약한 두통이 밀려왔다. 창문을 살짝 열었다. 날카로운 바람 소리에 미간이 절로 찌푸려졌다. 잠시 속도를 늦추고 카 스테레오로 음악을 틀었다. 랜덤 재생으로 설정해 둔 플레이 리스트에서 유명 팝송이 두어 곡 나왔다. 이어서 바우터 하멜의 'Escapade'가 재생됐다.

일탈하기 좋은 날이야.

첫 가사가 엄마가 나에게 보내는 말 같아서 나도 모르게 움찔했다. 엄마도 고흥에 갔을 때 지금 이 도로를 달렸을까. 노래는 눈치도 없이 좋았고 쉬운 영어로 지어진 가사가 귀에 날아와 박혔다.

 나의 나날들이 기쁨으로 채워져
 밤에 유령은 없을 거야

 엄마도 여름의 일탈을 즐기며 이런 기분을 느꼈을까. 물론 엄마와 달리 가사 속 주인공은 연인과 함께였지만. 아니, 엄마는 이미 이모와 함께일지도 모른다. 아니면 나에게 비밀로 하고 사귄 남자 친구가 있다든가. 머릿속에서 엄마가 일탈을 즐기는 장면 속에 나를 억지로 넣어봤다. 나와 함께하면 그건 일탈이 아니겠지만.

 완벽한 날이야.
 일탈하기에 말이야.

 마지막까지 감미로운 목소리로 노래가 끝났다. 엄마의 일탈을 망치러 가고 있다는 생각이 들자, 한숨이 나왔다. 그리고…… 점차 두려워지기 시작했다. 엄마를 찾았을 때 하나도 기쁘지 않으면 어떡하지? 사실 엄마가 나에게서 멀리 떠나버려서 홀가분했던 건 아니었을까? 그동안 외면하려고 했던 질문이 떠올랐다. 지난 몇 년 동안 병원 가는 토요일이면 아침에 눈을 떴을 때 종종 엄마가 방에 없길 바란 적이 있었다. 퇴근 후 무기력하게 늘어져 있을 엄마를 보는 것이 싫어, 살 것이 없는데도 마트에 장을 보러 간 적도 자주 있었다. '왜 하필 아파서 내 이십 대 초중반의 청춘을 낭비해야 하지?' 스스로 선택한 일임에도 나는 가끔 엄마를 탓했다.

엄마가 사라진 후 나는 석 달 가까이 시름에 잠겼고 소화할 수 없는 감정들을 꾸역꾸역 몸속에 가두고 괴로워했다. 하지만 그뿐이었다. 수오를 만나기 전까지 실질적으로 행동을 취한 적은 한 번도 없었다. 정말 엄마가 집으로 다시 돌아오길 바랐다면 진작 고흥에 갔어야 하지 않았을까? 엄마가 마지막으로 만난 이미 이모의 연락처를 알아내려 기를 쓰고 향우회나 동창회를 알아봐야 하지 않았을까? 나는 나의 진심을 의심하기 시작했다.

휴게소에 들러 졸음운전 방지 민트 껌과 편의점 연유 라테 그리고 감자칩을 샀다. 오래 앉아 있으니 배가 더부룩해 허기만 달랠 요량이었다. 잠시 차에 멍하니 앉아 기계적으로 감자칩을 꺼내 먹었다. 금방 한 봉지를 비우고 다시 시동을 걸었다. "정말 멀어도 너무 멀다"라고 육성을 내뱉었다.

어느 순간 공기가 달라졌다. 청아한 시골 공기가 콧속 깊이 파고들었다. 갑자기 트럭이 뒤집혀 달리고 있다는 착각이 들었다. 졸음에 허우적거리고 있는 거라고 생각하며 남은 커피를 빨대로 남김없이 마셨지만 증상은 그대로였다. 인조의 불빛이 듬성듬성해지고 조수석 차창 넘어 낯익지만 낯설기도 한 바다가 보이기 시작했다. 그것을 보자 차가 뒤집힌 것 같은 기분 나쁜 착각이 잠의 환각 증상이 아닌, 과거로 진입하고 있음을 알려주는 하나의 신호로 읽혔다. 이제부터 피부 아래에서부터 피어나는 과거의 기억을 떨쳐낼 수 없을 것이라는 경고 같기도 했다. 시야가 전부 검푸르죽죽해서 하늘과 바다의 경계를 분간하기 힘들었다. 다만 섬의 모양이 닭을 닮은 계도와 그 주변으로 늘어져 있는 크고 작은 바위가 경계가 되어주어 아래가 바다라는 것을 알려줬다. 창밖의 바다를 보며 얄궂다고 생각했다. 그립지만 막상 보면 어린 시절처럼 달뜨게 하지 않고, 만지고 싶지만 가까이 다가가면 갑자기 들이치는 파도에 신발이 젖어 후회하고, 푸르딩딩해 보이지만, 두 손으로 떠보면 알 수 없는 건더기들이 떠다니는 투명한 액체라 속은 기분이 들고 마는 바다. 고흥도 그랬다.

그러나 나는 기대하게 되었다. 이곳에서 내가 무언가를 얻어 갈 수 있을 거라고.

해안도로를 달린 지 십 분 정도 지났을 때 멀리서 갓길에 우두커니 서 있는 남자가 보였다. 수오였다. 시간은 어느새 새벽 네 시가 지나 있었다. 나는 차창을 내렸다. 수오가 첫마디로 트럭이 멋있다며 감탄했다.

"여기까지 오느라 고생했어. 눈이 떼꾼하네."

"멀긴 하다. 하도 달렸더니만 액셀을 안 밟아도 앞으로 가는 느낌이야."

나는 차에서 내려 팔을 휙휙 크게 돌리며 스트레칭을 했다. 몸을 움직일 때마다 후드집업 지퍼에서 짜랑짜랑 소리가 났다.

"논스톱으로 왔어?"

"400킬로미터가 넘는데, 그럴 리가 있나. 휴게소 두 번 들렀어. 그러느라 좀 늦어졌지."

스트레칭을 하며 주위를 둘러봤다. 거리에는 사람 한 명 보이지 않았다. 시골의 밤거리는 아무래도 음침했다.

"그런데 네 펜션은 어디 있는 거야? 주변에 다른 펜션도 있긴 하던데."

"우리 펜션은 여기 없어."

"뭐?"

갑자기 힘이 빠져 차에 등을 기대고 수오를 올려다봤다. 그의 애굣살에는 웃음기와 망설임이 보였다. 그는 뭔가를 숨기고 있는 것 같았다.

"어쩐지, 왜 펜션이 뜬금없이 가화에 있나 했네. 나 엄청 피곤하단 말이야. 도착하자마자 바로 잘 작정이었는데."

"걱정하지 마, 펜션은 읍내에 있어. 여기서 금방이잖아."

나는 수오가 여기로 바로 오라고 한 의중을 이해하지 못하고 고개를 갸우뚱거렸다.

"그러면 왜 여기로 오라고 한 거야?"

수오는 나를 등지고 바다를 바라봤다. 그의 가느다란 머리카락이 바닷바람에 너풀너풀 휘날렸다.

"바다 먼저 보라고 여기로 불렀지."

장장 네 시간 넘게 차로 달려오느라 지친 사람에게 바다나 보자니. 힘이 빠지면서도 그가 여전하다는 생각에 웃음이 나왔다. 수오는 어렸을 때부터 감상적인 아이였다.

"낭만 있다, 너."

후드집업 주머니에 손을 욱여넣고 그의 옆에 서서 크게 숨을 들이마시자, 콧속에 바다 냄새가 가득 찼다.

"오랜만에 고향이잖아."

"여기 내 고향 아니야."

수오가 잠시 얼굴에 물음표를 띄웠다.

"맞다, 너도 나처럼 초등학생 때 이사 왔다고 했었지."

그가 몸을 돌려 펜스에 등을 기대고 나를 바라봤다.

"이사를 하도 많이 다녀서 고향이라는 개념이 없어."

"그래도 중고등학교 시절을 보낸 도시인데, 다시 오니 어때?"

"어떻냐니······."

"감흥 없어?"

"아직 모르겠어. 지금 너무 어둡잖아. 바다가 바다처럼 안 보여."

"그래도 연휴 동안 바다를 볼 기회는 많으니까."

수오는 도로를 따라 천천히 걷기 시작했다. 나는 말없이 그 뒤를 따랐다.

"졸려?"

"사실 커피를 하도 마셔서 말짱해."

걷기 시작하자 앉은 자세로 경직되어 있던 몸이 천천히 풀리는 것 같았다. 채 오 분도 걷지 않았을 때 거북이 등껍질 지붕 카페가 나왔다. 우리는 간판이 없는 그 카페를 셋만의 애칭으로 불렀다. 카페를 보고 내가 먼저 발걸음을 멈췄다.

어렸을 때 봤던 외관과 아주 다르지 않았다. 마당의 장독대와 황토 사우나 같은 벽과 독특한 지붕까지. 나는 고개를 팩 돌려 수오를 흘겨봤다.

"너……."

"이 앞에서 너희 엄마를 봤어."

"지금도 엄마가 여기 있을 리 없잖아."

엄마는 이 주 전 내가 서 있는 곳에 있었다. 그동안 그녀가 내가 모르는 도시나 한국과 밤낮이 바뀔 정도로 시차가 다른 먼 나라에 있을 거라고 막연하게 생각했다. 그런데 이곳에 서 있자 순식간에 그녀를 가까이 느꼈다. 이 주면 아주 먼 곳으로 떠나고도 남을 시간인데도.

"알아. 그냥 여기로 먼저 불러야겠다는 생각이 들었어."

수오는 엄마와 나 사이에 있었던 일에 대해 알지 못했지만, 종종 궁금함을 내비치곤 했다. 우리는 일주일 동안 잠이 더디게 오는 밤이면 통화를 하곤 했다. 나는 주로 그날그날의 작업에 대해서, 수오는 우리가 다녔던 중고등학교를 가봤다든가 하는 유유자적한 일상에 대해 일기를 쓰듯 말했다. 그만 통화를 끝맺으려고 내가 말을 정리하면 수오는 당황스러움과 아쉬움이 섞인 말투로 "오늘은 여기서 끝이야?"라고 물었다. 또 "내가 어머니랑 마주친 날 있잖아. 어머니는 막 고흥에 도착하신 거였을까, 아니면 고흥을 떠나려던 참이었을까?"라고 조심스럽게 엄마에 관해 이야기를 꺼내기도 했던 것을 보면 그는 내가 먼저 말해주기를 기다리는 것도 같았다.

"있잖아, 나는 이제 잘 모르겠어, 엄마를 찾는 게 맞는 건지……."

청바지 주머니에서 종이를 한참 만지작거리다가 수오에게 건넸다. 그 종이는 연휴 나흘 전 찾은 엄마의 여행에 관한 첫 번째이자 마지막 단서였다.

그날 역시 찌뿌듯한 몸을 겨우 일으켜 작업실로 출근하려던 참이었다. 시립도서관에서 알림 톡이 왔다. 대출 도서의 반납 기한이 석 달이나 지났다는 내용이었다. 스크롤을 올려 보니 처음 반납 기한이 지났을 때부터 삼 일에 한 번꼴로 계속 메시지가 왔었다. 그제야 책장 한구석에 쌓아두고 애써 보지 않으려고 했던, 엄마가 빌려 온 동화책들이 생각났다. 책들을 캔버스 가방에 챙겨 도서관으로 향했다. 차 키를 챙기려다가 신발장 위에 다시 내려놨다. 엄마가 매주 주말 그랬던 것처럼 도서관까지 걸어가 보고 싶었다. '도서관까지 어떻게 걸어갔어?' 나의 질문에 엄마가 했던 답을 떠올리며 나는 천변을 따라 걸었고 공원을 거쳐 한참을 돌아갔다. 곧

바로 갔으면 십오 분 만에 갈 것을, 엄마는 사십 분을 걸어 도서관에 갔었다.

어린이 자료실은 일 층에 있었다. 처음 들어가 보는 곳이었다. 모든 책장이 허리께까지 낮았다. 엄마와 함께 온 어린 아이들이 몇 명 있을 뿐 평일 낮의 도서관은 한가했다. 장기 연체 도서라 사서에게 직접 반납해야 했다. 민망함에 데스크에 가는 것이 망설여졌다. 나는 머뭇거리며 가방에 든 책을 살폈다. 모든 책이 한국어판과 영문판으로 짝을 이뤘다.

앤서니 브라운의 『우리는 친구』나 『기분을 말해 봐!』, 그리고 윌 힐렌브랜드의 『산모롱이에서 목소리가 들려』. 어렸을 때 몇 번이고 반복해 읽은, 홍당무같이 빨간 머리를 야무지게 땋은 소녀가 그려진 『삐삐는 어른이 되기 싫어』도 있었다. 펜 형제의 『구름을 키우는 방법』과 그것의 원서인 『Lizzy and the Cloud』도 있었다. 나는 책등을 쓸다가 펜 형제의 책 두 권을 다시 꺼냈다. 한국어판에 엄마가 번역을 연습한 흔적이 있는 종이 한 장이 끼워져 있었다.

나는 소파에 앉아 원서와 엄마의 번역을 대조해 읽기 시작했다. 오랜만에 읽는 동화책에 왠지 모르게 기분이 부드러워졌다. 엄마가 주말마다 동화책을 쌓아두고 읽었던 게 이해되는 것도 같았다. 엄마는 자신의 번역은 파란색 펜으로 썼고 그 아래에 원서 문장을 빨간색 펜으로 썼다. 한국어판 표지에는 비를 내리는 구름과 가벼운 옷차림에 우비를 입은 주인공 리지가 그려져 있어 여름의 계절감을 보여줬다. 그와 달리 원서 표지에는 구름이 눈을 내리고 있었고 리지는 두꺼운 코트에 털모자와 목도리까지 두르고 있었다.

리지가 반려구름인 다솜이를 입양하며 자신의 방 안에서 키워나가는 이야기였다. 엄마의 문장에는 드문드문 관사나 시제의 문법적 오류가 있었다. 원서와 아예 다르게 엄마의 문체로 번역한 문장도 있었다.

리지의 애정과 돌봄 속에 다솜이는 점점 크기를 키웠다. 그러던 어느 날 구름은 리지의 방에 큰 비를 내리고 만다. 결국 리지는 창밖으로 구름을 놓아준다. 리지는 구름의 성장 속도가 가파른 만큼 자립의 순간도 빠르게 온다는 사실을 알지 못했을 것이다. 무언가를 지극정성으로 돌보고 키워내는 일이 처음이었으니.

이야기의 후반부에 이르자 엄마의 번역 문장은 더 이상 보이지 않았다. 대신 빨간색 펜으로 원서의 문장을 반복해 쓰기만 했다.

"Never confine a cloud to a small space."

Even though it wasn't in the manual, Lizzy knew it was time. Milo needed to float free.

"절대로 구름을 좁은 곳에 가두지 말 것."

설명서는 말해주지 않았어요. 하지만 리지는 때가 되었다는 걸 알았어요. 이제 다솜이를 자유롭게 떠나보내야 한다는 걸요.

나는 엄마의 빨간색 글씨를 속으로 반복해 읽었다. 어쩌면 엄마는 이 구름처럼 딸이 가둬둔 방에서 그만 벗어나고 싶었던 것이 아닐까. 자의든 타의든 때가 되면 자식이 부모를 떠나는 순간이 찾아온다. 엄마에게도 그 시기가 왔던 걸까. 엄마를 병원에 데려가 치료하고 보통의 일상을 되찾을 때까지 옆에서 돌봤고, 더 멀리 갈 수 있도록 운전을 가르쳐줬다. 엄마를 재양육하는 과정의 마지막은…… 독립이었다. 나는 독립, 이라는 단어를 계속 되뇌었다. 마치 어린아이가 단어를 처음 배울 때 그 글씨를 반복해 쓰는 것처럼. 나는 엄마의 글씨가 적힌 종이를 접어 가방에 넣었다. 절대로 구름을 좁은 곳에 가두지 말 것. 아직 아무것도 알 수 없었지만, 이 문장만으로도 중요한 실마리를 얻은 것만 같았다.

수오는 종이를 펼쳐 짧고 단순한 엄마의 문장들을 천천

히 읽어갔다. 엄마가 지난 일 년 동안 영어 학원을 성실히 다니며 아동문학 번역을 공부했다고 수오에게 간단하게 설명했다.

"지금까지 단 한 번도 그런 생각을 하지 못했는데, 어쩌면 엄마는 나한테서 독립하고 싶었나 봐. 이 이야기의 구름처럼."

나는 왠지 조바심이 나서 수오가 동화책 내용에 대해 뭐라고 말하기도 전에 서둘러 입을 뗐다.

"처음에는 엄마의 가출이 호러나 스릴러 아니면 미스터리물이라고 생각했는데 지금은 가족 드라마 정도인 것 같기도 해. 사실 아무것도 모르겠어, 엄마에 대해. 이제까지 함께 살았던 사람이 맞나 싶을 정도로."

수오가 글을 다 읽은 듯 종이를 뒤집었다. "이야기는 여기서 끝이야?"

"엄마는 거기까지만 썼지만, 책을 읽어보니 뒤에 몇 문장이 더 있었어. 그런데 별 내용은 아니더라. 어린이 동화다운 평범하고 따뜻한 마무리였어. 그런데 우리 엄마 영어 좀 잘하지? 영어 잘하는 네가 보기에 어때?"

"훌륭하신데?"

수오가 입술을 동그랗게 말아 감탄했다.

"옆에서 지켜봤는데, 정말 열심히 공부했거든."

"자식이 부모에게서 독립하듯, 부모도 자식에게서 독립이 필요한 건가⋯⋯. 어머니는 구름이었던 건가⋯⋯."

수오가 질문 같기도 한 모호한 혼잣말을 중얼거렸다.

"아빠가 사라지고 엄마랑 나는 단둘뿐이었거든. 서로 너무 많이 의지했던 게 독이 된 걸지도 모르겠어. 상처가 컸던 건지 엄마는⋯⋯ 힘든 시간을 보냈었거든."

우리 모녀에 대해 충분한 설명이 되었다는 듯 수오는 고개를 끄덕였다.

그가 느리게 검지를 세우며 말했다. "솔미야, 위를 봐."

고개를 젖히자 새카만 하늘이 시야를 가득 채웠다. 도시와 달리 불빛이 없어 눈이 어둠에 빠르게 적응했고, 작고 하얀 별들이 금방 모습을 드러냈다.

"여기는 아직도 별이 잘 보여. 고흥에 돌아오고 밤 산책을 할 때마다 놀란다니까."

"시골 밤 산책 무서운 줄 모르네, 얘가. 혼자는 위험해."

핀잔을 주면서도 나는 위에서 눈을 떼지 못했다. 가슴이 탁 트이는 것만 같았다. 어린 시절 그렇게 긴 산책을 하면서도 이곳의 밤하늘이 예쁘다는 생각은 한 번도 하지 못했다. 무수히 많은 별을 품은 황홀한 하늘 아래에서 자랐다는 것이 새삼스러웠다.

"그런데 너는 그날 가화에 왜 갔어? 우리 엄마 봤을 때 있잖아."

"그날도 산책. 알잖아, 요즘 걷는 게 내 일과의 전부인 거. 고흥에 혼자 있으니까 할 게 없어."

수오는 전화로 심심하다는 말을 자주 했었다. 밤낮없이 동네를 휘적휘적 걸어 다녔다는 그의 하루를 듣고 있으면 고흥에 내려간 첫해에 혼자 하곤 했던 긴긴 겨울 산책의 장면들이 어른거렸다.

"그 대낮에도? 왠지 너 목덜미가 좀 탔더라."

내가 그의 목덜미를 손날로 툭툭 쳤다.

"그렇게 탔어? 이제 양산이라도 들고 다녀야 할까 봐. 가을볕이 더 무섭다잖아."

"양산을 쓰면서까지 산책을 포기하지 않겠다는 거야?"

"계속 걸어야지, 눈에 담으려면. 너도 여기 있는 동안 많이 걷게 될 거다."

나는 다시 하늘을 올려다봤다. 고흥에 있는 동안 어디를 향해 걷게 될까? 엄마를 찾는 일이 셀 수 없이 많은 별 중에서 가장 희미하게 빛나는 작은 별을 찾는 것처럼 아득하게 느껴졌다. 그렇지만 강한 빛을 발산하는 큰 별이든 겨우 존재만 알릴 뿐인 작은 별이든, 한 자리를 지키고 있다는 사실은 변하지 않았다.

◦◦◦

　수오를 조수석에 태우고 읍내로 출발했다. 그가 펜션으로 가는 길을 설명해 주겠다며 우선 시장 쪽으로 차를 몰라고 했다. 내가 살았을 때와 도로가 크게 달라지지 않아 내비게이션 없이도 갈 수 있을 정도였다.
　"여기서 좌회전해서 골목으로 들어가야 해. 비보호야."
　내가 살았던 주택가로 진입하는 골목이었다. 바로 옆에 초등학교가 보였다. 내가 살았던 단독 주택에서는 초등학교의 종소리가 아주 잘 들렸다. 그 종소리가 머릿속에서 자동 재생되며 불안해지기 시작했다.
　"저기에 주차하면 돼. 벽돌집 보이지? 내가 떠나기 전에 잠깐 살았던 집이야. 그 집이 펜션으로 재탄생한 거야."
　나는 속도를 낮춰 수오가 가리키는 집을 봤다. 수오가 살기 전에 내가 살았던, 그 쓰레기 집이었다. 나도 모르게 차를 정지시켰다. 언제 따라붙었는지 모를 뒤차가 경적을 울렸다.
　"솔미야."
　그의 목소리에 나는 겨우 정신을 다잡았다. 힘겹게 오른발에 힘을 줘 액셀을 밟았다.

그동안 수오의 이모가 그 집에 살았었다. 이번에 그의 아버지가 역이민을 택하며 이 집을 이모에게서 샀다고 설명했다. 마침 이모도 사업장이 있는 목포로 이사하려고 했던 참이라 타이밍이 잘 맞아떨어졌다. 제페토 아저씨는 그 집에서 반년밖에 살지 않았지만, 그곳만의 예스러운 구조와 정겨운 분위기가 무척 마음에 들어 캘거리에 돌아간 후에도 "그 집, 다른 건 몰라도 정말 아름다웠지?"라고 아들에게 묻곤 했다. 수오는 아저씨가 그 집에서 엄마와 마지막 순간을 함께했기에 애틋하게 여기는 거라고 생각했지만, 한편으로는 이모가 그동안 오직 그들 부자를 위해 집을 지켜줬던 것 같아서, 다시 돌아왔을 때 그는 마음이 무겁기도 했다.

차에서 내리며 얼굴에 핏기가 가시는 것을 느꼈다. 집을 정면으로 마주하니 코끝에서 악취가 맴도는 것 같았다. 후각의 기억력은 나의 예상보다 훨씬 뛰어났다. 이제 잊었다고 생각한 쓰레기 집에서의 시간은 끈질기게 사라지지 않고 작게 뭉텅이 져서, 어금니와 귀 뒤 그리고 장기 안 구석구석까지 파고들어 몸에 기생하고 있다. 괴로우면서도 이 집이 이번에는 또 어떻게 변해 있을지 궁금했다. 수오가 이 집에 이사 오고 난 직후 호기심에 못 이겨 몰래 마당에 들어갔을 때처럼.

　수오가 앞장서서 대문을 열었다. 그가 문을 잡아주었고, 나는 짐을 챙긴 후 그 집으로 들어갔다. 삼 일 치 짐은 더플백 하나에 다 담길 정도로 단출했다. 긴장 때문에 손이 차가워졌다. 두 손을 비비며 아무렇지 않은 척을 했다. 집 안에서는 부담스럽지 않은 파촐리 향이 났다. 나는 뒷짐을 지고 천천히 집 구석구석을 살폈다. 그는 내가 집을 감상하는 것을 방해하지 않으려는 듯 나의 뒤를 조용히 따라다녔다. 하얀 피부에 난 수염 때문인지 커다란 보더콜리가 뒤따라오고 있는 것만 같았다.

　어린 내가 먹고 자며 키를 키웠던 집에는 여전히 과거의 불행이 집회하고 있었다. 곳곳에서 나의 망령들이 보였다. 거실에는 엄마를 기다리며 교복을 입고 소파에 누워 있는 내가 있었다. 부엌에는 다 불어버린 라면을 먹다 말고 벽에 기어다니는 바퀴벌레를 향해 유리컵을 던지는 내가 있었다. 큰방에는 엄마의 물건을 정리하다 지쳐 아무 데나 엎어져 누워 머리카락을 한 올 한 올 세는 나도 있었다. 세 명의 망령이 나를 신기한 눈초리로 바라봤다. 저 나이의 나는 그리 잘나지 않았구나, 하고 실망하며. 저 나이가 될 때까지 과거를 놓지 못하고 사는구나, 하고 한심해하며.

"어때?"

수오의 말에 과거의 꿈에서 깨어났다. 이 집에는 이제 아무것도 없었다. 망령은 나에게만 보이는 허상이었다. 집은 새로운 시간을 맞이할 준비를 마쳤다. 이제 망령보단 숲의 정령이 노닐고 있을 것 같다는 표현이 더 어울렸다. 젠 스타일의 인테리어에 관리가 잘 된 푸릇푸릇한 식물들이 곳곳에서 존재감을 내뿜었다. 관리가 안 된 공중화장실만큼 역한 냄새가 나던 화장실에서는 디퓨저의 종이 탄 향만 났으며 슬레이트 스톤 타일로 새로 도배되었다. 주방은 또 어찌나 단정하고 넓어졌는지. 어린 시절 나는 이 주방에 쪼그려 앉아 냉장고 안에서 상하지 않은 음식을 골라내 어떻게든 배를 채워야 했는데……. 집에는 그곳에서 살았던 사람들의 시간이 축적되기 마련이었다. 그러나 이 벽은 옛 기억을 전부 잊은 것처럼 능청스럽게만 보였다. 나는 그동안 과거가 나를 놔주지 않고 있다고 생각했다. 그러나 아니었다. 집마저 그 기억을 전부 청산했는데, 나만 미련하게 잊지 못하고 있는 거였다. 다시 보면 진저리 칠 거라고 생각했는데, 멀끔하게 변한 집을 보니 오히려 가슴이 먹먹해졌다. 그 먹먹함이 아주 그리운 것을 마주했을 때 느끼는 것과 비슷해서 혼란스럽기까지 했다. 그리울 리 없는데. 서로 마음을 헐뜯고 헤어진 전

애인이 나와 만날 때는 보여주지 않았던 아주 행복한 얼굴을 하고 내 앞에 다시 나타난다면 이런 기분일까.

"좋다."

금방이라도 터질 것 같은 울음을 억누르며 답했다.

"이 텅 빈 집을 꾸미고 싶은 의지가 좀 생기지 않아? 아빠도 대찬성이래. 네가 만드는 가구가 궁금하신가 봐."

"아저씨한테도 말한 거야?"

"그럼. 펜션 준비는 내가 하지만 호스트는 아빠인걸. 당연히 컨펌받았지. 솔미 너 아니면 가구 맡길 곳이 없을 거야."

매번 어물쩍 넘기긴 했지만, 나 역시 수오의 제안을 귓결로 흘려들은 건 아니었다. 그리운 옛 친구를 만났는데 해줄 수 있는 것이 있어 기쁘다는 마음도 있었다. 제페토 아저씨가 나의 가구를 궁금해한다는 말에 의욕도 일었다. 또 나는 작업실을 지상으로 이사하고 싶었다. 다음 여름도 그 습한 지하 공방에서 보낼 자신이 없었다. 무엇보다 이제 이 집에 대한 기억을 놓아줄 때가 왔다는 것을 직감했다. 어느새 내가 이 일을 해야만 하는 이유를 찾고 있었다.

"내가 아니면 누가 이 집을 꾸밀 수 있겠냐는 생각이 들 정도야. 그런데 내 가구 비싸. 게다가 고흥까지 배달을 와야 하니, 배달비도 장난 아닐 테고."

"얼마든."

"네가 내 금전수였구나?"

수오가 푸하하 웃었다. 점점 커지는 웃음소리가 꼭 파도가 밀려오는 것 같았다.

몸속에서 카페인이 힘을 잃어가는지 슬슬 졸음이 몰려왔다. 시간은 거의 여섯 시를 넘어가고 있었다. 일출 시각을 검색해 보니 이십 분 남짓 남아 있었다.

"곧 해 뜨겠다. 이 층 옥탑에서 일출 보고 잘까?"

나는 기지개를 켜며 자리에서 일어나 계단을 올랐다.

"솔미야."

등 뒤로 평소와는 조금 다른 그의 낮은 목소리가 들려왔다.

"응?"

"너도 이 집에 살았었지? 열일곱 살에, 내가 이사 오기 전에."

걸음을 멈추고 뒤돌아 그를 내려다봤다. 그는 나보다 네 계단 아래에 있었다. 이 집을 꾸밀 생각에 설렜던 마음이 순식간에 전복되었다.

"너 지금까지 나를 속이고 여기로 데려온 거야?"

"들어봐, 솔미야. 이 집에서 안 좋은 일이 있었다고 들었어. 집을 고치다 보니 자연스럽게 네 생각이 나더라. 공간을 완성하고 나서 어떻게든 너에게 보여주고 싶었는데, 마침 그 날 너를 다시 만난 거지. 신기하게도 네가 가구 만드는 일을 하고 있었고……."

수오는 왜 모르는 걸까. 나의 비밀을 그가 안다는 사실만으로도 나에게는 큰 상처가 된다는 사실을.

"옛날에 네 앞에서 이 집에 대해 함부로 말한 게 항상 마음에 걸렸어. 사려 깊지 못했던 과거에 대해 사과하고 싶었어."

나는 수오가 쓰레기 집에 대해 어떻게 말했었는지 생생하게 기억하고 있었다. '정말 부끄럽지도 않은가?' 수오의 말을 들으며 나는 부끄러웠다. 너무 부끄러워서 사라지고 싶을 정도였다.

"네가 한 말이 전부 맞아. 더러운 쓰레기장 같은 집에서 사는 건 인간다운 삶이 아니야. 줄곧 그런 집에서 나도 하나의 버려진 물건처럼 살았으니까. 네가 나를 모르던 시절부터 그리고 네가 떠난 이후에도."

"미안해. 그땐 정말 아무것도 몰랐어."

"뭐가 미안해. 십 대 시절에 한 말로 이제 와 감정 상하기에는 너무 커버렸잖아."

힘 빠진 목소리로 웅얼거리듯 말했다. 나는 진심으로 그에게 뭐라고 하고 싶은 마음이 없었다.

"내가 너랑 수국이한테 너무 많은 거짓말을 했지?"

수오가 고개를 가로저었다.

그런데 그는 어떻게 안 것일까, 의문 하나가 빠르게 머리를 스쳤다. 설마 중학생 시절부터 수오는 전부 알고 있었던 것일까? 그러나 그는 내가 어떤 집에 살고 있는지 다 알면서도 그렇게 비난을 쏟아낼 아이가 아니었다. 그는 내가 고등학교 때 겪은 수모에 대해서도 모를 것이었다. 만약 수오가 내가 아닌 다른 친구와 연락을 취했다면…… 한 사람밖에 없었다.

"수국이한테 들었어?"

잠시 침묵이 맴돌았다.

"말해줘. 그냥 내가 몰랐던 과거의 일들을 알고 싶을 뿐이야."

"네 연락이 끊기고 걔한테 한번 연락했었어. 네 소식이 궁금해서. 그때 듣게 된 거야."

나는 가볍게 웃음을 흘렸다. "그렇겠지, 수국이밖에 더 있겠어. 우리 친구들이야 뻔하잖아. 나, 너 그리고 수국이, 셋이니까."

아닌 척하면서도 수국에게 약간 실망했다. 고등학교 시절 교과서를 꺼내기 위해 책상 서랍에 손을 넣을 때마다 손바닥에 끈끈이가 붙어 화장실에서 손을 오래도록 씻어야 했던 것을 다 알았으면서, 나에게 그런 집에 산다는 것이 얼마나 큰 수치심인지 알았으면서 내가 좋아했던 사람에게 그 비밀을 말했다니. 그러나 수국 역시 나에게 실망했을 것이다. 나는 수국 몰래 수오와 연락을 주고받았으니. 또 당시 수국은 자신의 호의를 악의로만 받아들이는 내가 미웠을 것이다.

커튼이 땅으로 떨어지듯 자리에 풀썩 주저앉아 벽에 머리를 기댔다. 수오가 내가 앉은 칸으로 올라와 난간에 붙어 앉았다.

"나를 동정했어? 아니면 꺼림칙했으려나?"

"미안했어, 가장 가까이에서 알아주지 못해서. 너의 잘못은 하나도 없잖아."

모두가 나를 경멸하고 결국 곁을 떠날 거라고 확신했다. 하지만 내 잘못이 아니었다. 그런 집에 살았다고 해서 내가 손가락질받을 이유는 없었다. 그 당연한 사실을 다른 사람 입으로 들으니 낯설었다. 엄마가 그랬듯 나 역시 나만의 작은 세계에 갇히기를 택해왔다는 것을 깨달았다. 이 사실을 깨닫기까지 너무 오랜 시간이 걸린 것 같았다.

"뭐라도 제대로 해보고 싶다고 했었지? 아저씨한테서 이 집을 부탁받았을 때."

"응. 정말 하나라도. 제대로."

그가 한 글자 한 글자 꾹꾹 눌러쓰듯 말했다.

어머니의 죽음을 목도한 쓸쓸한 집에 물든 슬픔의 때를 지워내기 위해 그는 아저씨의 부탁을 마다하지 않고 고흥까지 왔을 것이다. 이 집을 변화시키고 새로 채워나가는 일은 수오와 나만이 가능한 것일지도 몰랐다.

"나도 그래. 제대로 해보고 싶어."

이미 해가 고개를 내민 듯 하늘이 희붐하게 밝아졌고, 집 곳곳에 빛이 스몄다.

가을 방학

자고 일어나자 얼굴이 살짝 달아올라 있었다. 펜션에는 아직 커튼이 없었기에 시골 아침의 빛을 온 얼굴과 몸으로 받으며 잔 탓이었다. 미온의 나른한 몸에 한동안 이불 밖으로 나오지 못했다. 악몽은 꾸지 않았지만, 여전히 어금니를 꽉 깨무는 습관 때문에 턱이 아팠다. 자면서 무엇을 그렇게 참아내느라 이를 악무는 것일까. 잔뜩 뭉친 귀밑 턱 근육을 손가락으로 살살 풀었다. 아릿한 통증과 함께 찌뿌듯하던 안면 근육이 개운해지며 잠이 조금 깼다. 옆 방에 수오는 없었다. 깔끔하게 정리된 이부자리만이 그의 흔적을 알렸다. 휴대폰 화면을 켜 시간을 확인하니 두 시였다. 수오에게 내가 엄마의 엄마가 되어야 했던 육 년 동안의 이야기를 하느라 완전 아침이 되어서야 잠에 들었다. 이부자리를 정리하고 민망함에 느적느적 일 층으로 내려갔다. 수오가 부엌에서 프라이팬에 두껍게 썬 식빵을 굽고 있었다. 진한 버터 향에 빈속이 요동쳤다.

"잘 잤어?"

"응. 한낮까지 자버렸네."

"피곤할 만해. 이제 점심 준비하고 있으니까 조금만 기다려."

그가 아직 식탁이 없어 접이식 좌식 테이블을 펴놨다면서 거실에 앉아 있으라고 했다. 그때 석쇠 위 모카포트에서 뿌쉬이이, 하고 요란한 소리가 났다. 수오가 물컵을 내 앞에 내려놓고 허둥지둥 가스레인지 앞으로 가 불을 껐다. "세이프, 안 넘쳤다."

수오가 움직일 때마다 요란하게 달그락 소리가 났다. 그는 끼니를 차리는 일에 퍽 서툴러 보였다.

"도와줄까?"

"괜찮아. 펜션 첫 손님인데 맛있는 음식 대접해 주고 싶어." 수오가 커피를 내주었다. "먼저 마시면서 기다려."

향이 진한 블랙커피였다. 더는 따뜻한 커피가 어색하지 않은 계절이라고 생각하며, 식탁에 앉아 창밖으로 펼쳐진 평화로운 풍광을 바라봤다. 창틀 사이를 비집고 풀 내음과 나무 속살 냄새가 났다.

"어, 시월이네. 오늘 시월의 첫날이야."

커피 절반을 마셨을 때 나는 오늘이 새로운 달의 시작이라는 사실에 소스라치게 놀랐다. 평소라면 시큰둥하게 넘어갔을 일이었다. 그렇지만 올해는 본격적인 가을을 알리는 시월이 유독 반가웠다. 여름이 길어도 너무 길었으니.

"그러게."

수오가 끓는 수프를 국자로 저으며 말했다.

"있잖아, 우리 어렸을 때도 여름이 이렇게 지독했나? 이번 여름, 정말 길고 더웠잖아. 날마다 열대야였어."

"음……."

수오는 과거의 여름을 떠올리는 듯했다. 그는 학창 시절의 여름을 어떻게 기억하고 있을지 궁금했다.

"그때 여름과 지금 여름은 완전히 달라졌어. 매해 여름마다 최고 기온이 새롭게 경신되고 있잖아."

"불과 몇 년 만에 벌어진 일이라는 게 믿기지 않아. 이러다가 여름과 겨울이 봄과 가을을 흔적도 없이 먹어버릴 것만 같아. 사계절이라는 말이 더 이상 쓰지 않는 옛말이 되는 미래가 머지않아 올 것만 같아."

"정말 그렇게 된다면, 가을을 기억해 둘 필요가 있겠네."

수오가 일사불란하게 음식을 날랐다. 어느새 조그만 좌식 테이블이 음식으로 가득 찼다. 비스코티와 밤 수프, 두툼한 프렌치토스트, 형형색색 토마토 샐러드, 오믈렛, 사과. 호텔과 펜션에서 흔히 먹을 수 있는 조식 메뉴들이었다.

"펜션 분위기로는 한정식이 나와야 할 것 같은데."

뿌듯한 얼굴을 한 수오에게 나는 장난으로 찬물을 끼얹었다.

"한정식은 내 능력 밖이야. 나중에 아빠한테 말해볼게. 솔미가 고흥 펜션 조식은 무조건 한정식으로 푸짐하게 차려야 한다고 했다고."

"됐어. 농담이야." 나는 서둘러 포크와 나이프를 들었다. "만드느라 고생했어. 고마워."

버터와 메이플 시럽에 축축하게 적셔져 묵직해진 빵이 목구멍으로 꿀떡꿀떡 넘어갔다. 모든 것이 과한 맛이었다.

"괜찮아?"

먹는 속도가 현저히 떨어진 나를 보며 수오는 갈색 눈동자를 살살 굴리며 물었다. 나는 과장스러울 정도로 눈을 크게 뜨고 맛있게 먹는 척을 했다.

"점심은 제대로 먹자."

나는 풋 웃으며 그래, 라고 답했다.

식사를 거의 다 마쳤을 즈음에 수오가 추석 당일에 이모가 펜션에 놀러 올 거라고 말했다.

"네가 이모가 있는 줄 몰랐어." 섬광처럼 기억 하나가 머릿속을 스쳤다. "아, 너 캘거리 떠나기 전까지 같이 살았다는 그 이모?"

"응, 맞아. 지금 목포에 살고 계셔. 안 그래도 내가 거기로 가려고 하긴 했는데, 이모가 펜션 구경도 할 겸 여기로 내려오시겠다네. 너랑도 만나고 싶으신가 봐."

"나를? 왜?"

"아마 내 고흥 친구는 처음이니까 신기하신 것 같아. 워낙 명랑하신 분이라 사람이 많을수록 좋다는 주의야. 내키지 않으면 나만 봐도 돼."

"아니야. 나도 좋아."

떨떠름했지만 나는 수오 어머니를 닮았을 그의 이모가 궁금했다.

"그런데 이렇게 너랑 고흥에 있으니까 꼭 방학 같아. 이건 가을 방학이려나."

수오의 말에 눈꺼풀 뒤로 함께 보낸 수많은 방학의 나날이 짧게 스쳤다. 나는 '가을 방학'이라는 단어가 주는 어감이 좋아 계속 입안에서 단어를 둥글렸다.

◉◉◉

 우리는 다시 가화를 찾았다. 외할머니 집은 먼지 하나 없이 깨끗했다. 엄마가 고흥에 왔을 때 청소하고 떠난 것 같았다. 그 외에 그녀의 흔적은 찾아볼 수 없었다. 엄마를 찾는 일이 벽두부터 막혀버렸다.
 "오랜만에 와본 거에 의의를 두자."
 내가 반짝반짝 윤이 나는 대청마루에 털썩 앉으며 가볍게 말했다. 멀리 바다가 빼꼼 고개를 내밀고 있었다. 하품이 찍 나왔다.
 "시차 적응을 못하면 이렇게 피곤한 건가? 해외 가본 적이 없어서 모르겠지만 딱 이런 느낌일 것 같아."
 "나는 비행이 체질이라 한 번도 시차 때문에 힘들어 본 적이 없어서 모르겠네."
 수오는 내 옆에 앉아 휴대폰으로 바다 사진을 찍었다. 익숙한 풍경을 왜 그리 정성을 들여 찍는 걸까, 의아해하며 그대로 뒤로 벌렁 누웠다. 딱딱하고 매끈한 마루의 질감이 등에 고스란히 느껴졌다. 울퉁불퉁한 서까래를 보며 날갯짓하듯 양 손바닥을 마루에 붙이고 위아래로 쓸다가 튀어나온 나무 거스러미가 손에 박혔다. 이 마룻바닥의 거스러미에 처음 찔린 날이 생각났다.

"너 앞구르기 할 줄 알아?"

내가 손톱으로 거스러미를 쥐어짜며 수오에게 물었다.

"글쎄?"

나는 발딱 일어나 앉아 앞구르기를 했다.

"어렸을 때는 작고 가벼워서 획획 잘 넘어갔는데, 이제 몸이 무거워졌나 보다. 공중에 한참 있는 것 같네."

나는 바닥에 눌려 미미한 통증이 감도는 정수리를 매만졌다.

"바닥 무너지는 줄 알았어."

수오도 개구리처럼 앉아 앞구르기를 하려고 시도하더니, 자기는 안 되겠다며 다리를 뻗고 앉았다.

"나 여기로 이사 왔을 때 전학 간 초등학교를 딱 삼 개월 다녔지? 그런데 하필 등교 첫날에 체육 수행평가를 하는 거야. 앞구르기를 해야 하는데, 다른 애들은 그전까지 연습했을 테니까 앞으로 데굴데굴 잘도 구르더라고. 그런데 나는 못 하겠더라. 무서웠거든."

체육 선생님은 특별히 전학생에게 일주일의 시간을 더 줬다. 나는 집에서 몇 번이고 앞구르기를 시도했지만 어김없이 실패했다. 그 주 주말, 엄마와 친할머니 댁에 갔다가 문전박대를 당하고 외할머니 댁에 가서 청소를 하면서도 나의 앞구르기 연습은 계속되었다. 엄마가 깨끗하게 닦아둔 매끈한 마룻바닥에 정수리를 대고 준비 자세를 했다. 그 상태로 십 분째 요지부동이었다. 절대 앞으로 넘어지려고 하지 않았다. 엄마는 걸레질하다가도 응원단장처럼 "굴러봐!" 하고 외치며 나를 부추겼다. 그러다가 한순간에 실수로 무게중심을 잃고 외마디 비명과 함께 앞으로 휙 넘어가 버렸다. 엄마가 놀라서 달려가 내 어깨를 잡았다.

"안 아파. 왜 안 아프지? 하나도 안 아파!"

나는 흥분해 콧바람을 식식 내쉬었고 목소리가 점점 커졌다.

"성공!"

엄마가 두 팔을 위로 쭉 뻗고 그대로 나를 와락 안았다. 맥없이 엄마 품에 안겨 있던 나는 적힌 글을 읽듯 음정 없이 말했다. "엄마, 되게 엄마 같다." 그때 왜 내가 그런 말을 했는지 정확히 기억나지 않는다. 아마도 그 시절 엄마는 한없이 약해 보였는데 나를 꼭 껴안은 그 순간 엄마의 강한 팔심에 놀랐던 것 같다. 아니, 그녀가 아주 오랜만에 '엄마'라는 단어를 생각했을 때 연상되는 푸근한 품을 나에게 내어줬기 때문일 것이다.

"나 이래 봬도 엄마 된 지 십 년이 훌쩍 넘었어."

"멀었네, 멀었어."

나는 엄마의 다리에 파고들듯 머리를 비볐다. 엄마 냄새가 났다. 나의 곱슬머리가 엄마의 허벅지를 덮었다. "야, 간지러!" 엄마가 외쳤다. 내가 버티라면서 머리를 더 과격하게 비비자, 우리는 동시에 푸흐흐 웃음을 터뜨렸다. 엄마와 울음소리만 닮은 줄 알았는데, 웃음소리도 닮아서 조금 놀랐다. 엄마가 청소를 다 할 때까지 나는 질리도록 앞구르기를 해댔다. 그러다가 손가락에 나무 거스러미가 박혔다. 집에 가는 버스에서 손가락이 새빨개지도록 손톱으로 거스러미를 쥐어짰다. 오랜만에 제법 엄마다웠던 엄마는 피가 날 듯 빨개진 손가락을 봤음에도, 다시 힘없고 연약해 보이는 어린아이 같은 얼굴을 하고 창밖 풍경만 바라볼 뿐이었다. 엄마가 잠깐 기운찼던 건 고향집이 부린 일시적인 마법에 불과했다.

"여기서 처음으로 성공했어, 앞구르기."

손가락 끝을 손톱으로 짜자 거스러미가 비죽 나왔다. 나는 거스러미를 후 하고 불어 마당으로 날렸다. 그때 대문을 활짝 열고 일흔쯤 되어 보이는 여자가 다가왔다. 마치 자기 집 문을 여는 것 같은 자연스러운 동작에 나는 잠시 사고가 정지됐다. 엄마가 외할머니 집을 팔았던가? 머릿속에서 부산스럽게 기억을 반추하는데 여자가 말을 걸어왔다.

"누구냐? 미리 딸이냐?"

"어떻게 저를……."

여자는 한 손으로는 내 손을 잡고 다른 손으로는 나의 등을 거칠게 쓰다듬었다. 그녀는 외할머니의 하나뿐인 남동생의 아내, 나로서는 처음 보는 외종숙모였다. 이십여 년 전 본 나를 이렇게 반겨주다니, 놀라웠다. 동시에, 내가 엄마에게 가족도 없는 곳이 고향이냐고 쏘아붙였던 것이 생각났다.

"미리랑 아주 똑 닮았네. 아주 아기 때 두 번인가 봤는데 언제 이렇게 아가씨가 됐는지……. 이름이 뭐였냐?"

오랜만에 듣는 사투리에 정겨움과 동시에 낯섦을 느꼈다. 나 역시 선생님이나 친구들에게 억양을 옮아 한때 어설픈 사투리를 한 적이 있었다. 하지만 그 어설픈 억양이 어디에도 속하지 못하는 나의 애매한 속성을 보여주는 것 같았기에 나는 고흥에 있는 동안 정확한 표준어를 구사하기 위해 내내 신경 썼다.

"솔미요. 최솔미."

"못 보던 차가 형님 집 앞에 있어서 나와봤는데, 이게 무슨 일이야. 글쎄. 시골은 집 앞에 못 보던 사람이나 차가 있으면 다들 기웃거린다니까."

외종숙모가 고갯짓으로 수오를 가리켰다.

"옆에는, 신랑? 덩치 좋다. 야. 이제 자식들이 애인 데려오는 것만큼 좋은 게 없더라. 형님 살아 계셨으면 좋아하셨겠어."

"아니요, 친구예요. 애도 어렸을 때 여기 살았어요."

수오가 깍듯하게 인사했다.

"친구도 훤칠하니, 잘생겼다. 잘 왔다."

외종숙모는 삼 년 전 서울 생활을 정리하고 귀향해 돌아가신 외할머니의 집 바로 위에 자리를 잡았다. 그동안 이 집을 관리해 준 건 그녀였다.

"혹시 얼마 전에 엄마 오지 않았어요?"

나는 최대한 천연덕스럽게 말했다.

"미리? 바로 얼마 전에 왔지. 네 외할머니 생신이었잖냐. 케이크며 갈비찜이며 샤인머스캣이며 조그만 애가 음식을 바리바리 싸 들고 왔더라. 그동안 이 집 들여다봐 줘서 고맙다면서 미리가 온 동네 싹 돌며 인사했어. 여기 청소도 하고 갔지. 네 엄마가 오랜만에 시골에 내려왔잖아."

외할머니의 생신에 대해 아무것도 몰랐다. 나에게 그런 것을 알려줄 가족은 엄마가 유일한데, 그녀는 나에게 그런 것을 알려주지 않았다. 돌이켜 생각해 보면, 고흥에 살 때 엄마는 추석을 앞두고 항상 고향 집에 청소를 하러 갔다. 고흥을 떠난 후에 엄마는 외할머니의 생신을 챙기지 못했다는 부채감을 은은하게 느꼈을 것이다. 그런 말은 나에게 한 번도 하지 않았지만. 엄마는 친구에게도 편하게 털어놓을 수 있는 말들을 나에게 숨겼다. 그 때문에 나는 엄마에 대해 모르는 게 많았다. 학창 시절은 어땠는지, 결혼을 하기 전까지 짧은 직장 생활을 했다는데 어디서 어떤 회사에 다녔는지 같은 과거부터 왜 고향을 떠났고 왜 결혼을 결정했는지처럼 우리가 삶에서 맞닥뜨리는 흔한 고민과 선택의 순간에 대한 것들을. 그러나 나 역시 엄마에게 한 번도 질문하지 않았었다.

"저기 마루에 한참 앉아 있었어. 그러더니만 우리 집에서 한 끼 먹고 훌쩍 떠나더라. 며칠 더 있을 줄 알았는데……. 너는 왜 같이 못 왔어? 모녀가 시간차로 오는구만."

"일이 있었어요."

나는 별일 아니라는 듯 어깨를 으쓱했다.

"요즘 애들은 바쁘지. 미리가 말한 것도 같다. 무슨 가구 회사 사장님이라면서?"

엄마의 과장법이었다. 엄마의 입을 거치면 인턴은 정직원이 되고, 계열사 직원은 본사 직원이 되고, 작은 지하 목공방을 운영하는 목수는 가구 회사 사장님이 된다. 그 와중에 나는 외종숙모가 엄마를 계속 미리로 부르는 게 좋았다.

"그냥 작게 창업한 거예요."

엄마의 말이 아주 거짓말이 되진 않도록 나는 대강 입을 맞췄다.

"그래?" 외종숙모가 코를 찡그렸다. "밥은 뭐 먹었냐?"

"빵이요."

"빠앙? 저녁은?"

외종숙모가 영 탐탁잖다는 듯 '빵'을 길게 늘여 발음했다.

"조금 이따 먹으려고 하는데요, 아마 식당 가서 먹을 것 같아요."

"가만있어 봐, 나도 오늘부터 녹동에 잠깐 올라가야 하니까, 추석 당일에 우리 집 와서 밥이라도 먹고 가."

"네?"

"추석이잖냐. 같이 밥은 먹어야지."

"알겠어요."

나는 미적지근하게 고개를 끄덕였다.

◉◉◉

첫 끼가 부실했던 탓에 우리는 이른 저녁을 먹었다. 눈에 보이는 횟집에 들어가 물회를 먹었는데 비리기만 했다. 입가심을 위해 식당 바로 옆에 있는 카페에 갔다. 옆자리에는 한 가족이 앉아 있었다. 긴 명절 연휴를 맞아 내려온 것 같았다. 네 살쯤 되어 보이는 아이가 나를 보며 헤실헤실 웃었다. 나도 눈을 맞추며 어색한 웃음으로 답했다. 엄마는 지금 내 나이에 딱 저만한 아이를 키워야 했다. 그렇지만 지금의 나는 아이와 인사를 하는 것조차 어색했다.

아이는 손에 마들렌을 쥐고 있었다. 손이 작은 탓에 그 작은 조개 모양 빵이 마치 커다란 소보로처럼 보였다. 빵을 보니 문득 수국이 생각났다. 그녀의 부모님도 시장에서 빵집을 운영했는데……. 수국과 척을 진 채 학창 시절을 마무리했지만, 이곳에 돌아오니 자연스럽게 그녀가 생각났다.

"수국이는…… 잘 지내고 있을까? 빵집이 아직 여기 있지 않을까?"

나는 휴대폰 지도 앱으로 수국의 빵집 이름을 검색해 봤다. 시장 앞에 있는 '시장 빵집'으로 정직한 이름이었다. 지도 앱에는 뜨지 않았다. 포털사이트에 검색해 보니 사 년 전에 올라온 후기가 마지막이었다. 위생 문제가 생겨 돌연 폐업했다는 이야기를 블로그에서 읽을 수 있었다. 그 글을 읽다가 수오와 나는 괜히 숙연해져서 휴대폰 화면을 껐다.

"이래선 어떻게 찾아야 할지 모르겠네." 수오가 한숨을 쉬듯 말했다. "다른 아는 동창 없지?"

나는 고개를 끄덕였다. "좁은 동네라고 생각했는데 이제 너무 넓게 느껴지네."

수오가 쥐고 있던 진동벨이 빨간빛을 깜빡였다. 그가 커피를 내밀며 "갈까" 하고 물었고 나는 말없이 일어났다. 딱히 갈 곳을 정해두지 않아 어디로 가야 할지도 모르면서.

오랜만에 오락실에나 가보자고 겨우 의견을 합치했는데, 뒤에서 나를 부르는 목소리가 들렸다. 그 소리에 놀라 커피를 호록 마셔버렸다. 나는 화끈거리는 입술을 혀로 핥으며 돌아봤다. 처음 보는 얼굴이었다.

"미리 딸내미냐?"

"네. 그런데요, 저를 아세요?"

"나, 대길 아저씨야. 한라봉 아저씨. 반갑다, 솔미."

"한라봉 아저씨?"

남자를 빤히 바라봐도 아무런 기억도 나지 않았다.

"응, 네 엄마 친구."

시큼한 한라봉의 맛이 혀에 감돌며 그 주황색 과일이 가득 든 상자가 떠올랐다. 남양주로 이사 오고부터 겨울이면 엄마 앞으로 한라봉 한 상자가 배송 오기 시작했다. 보낸 사람이 누구인지 물으면 엄마는 "보내지 말라니까……." 하고 말을 아끼기만 했다.

"혹시 이 년 전부터 한라봉 보내주셨던 분이세요?"

"그래, 그게 나야."

아저씨는 수더분하게 웃으며 손을 내밀었다. 맞잡은 아저씨의 손은 무척 두꺼웠고 꺼칠꺼칠했다. 그 손으로 태양 아래에서 셀 수도 없이 많은 나무를 키우고 열매를 땄을 것이다. 대길 아저씨는 큰 키에 다부진 체격을 가졌다. 일을 하다가 급히 온 듯 그에게서는 짙은 땀 냄새가 났고 모자 아래로 삐죽삐죽 튀어나온 머리카락은 땀에 젖어 여러 갈래로 뭉쳐 있었다. 햇빛에 골고루 그을린 피부와 크고 높은 매부리코가 무척 이국적이었다. 강인해 보이는 외모와 달리 그는 나의 눈을 잘 못 마주칠 정도로 수줍어했다.

수오도 아저씨와 가볍게 악수하고 인사를 나눴다.

대길 아저씨는 외종숙모를 통해 엄마의 주소를 알게 되었고, 한라봉을 보내주게 되었다고 했다. 엄마가 한라봉을 받고도 안부 전화 한 번을 안 해줘서 섭섭했다고 했다.

"미리가 일찍 결혼하긴 했나 보다. 솔미 네가 우리 애들보다 크다. 우리 애들은 아직 학교 다니는데 너는 벌써 신랑을 데려왔냐."

"애는 친구예요. 여기 고흥 친구."

"그러냐?"

아저씨가 객쩍게 웃었다.

"그런데 여기는 어떻게 알고 오셨어요?"

"저기 운자 이모가 미리 딸 왔다고 가보라고 하더라. 너희 밥 제대로 안 먹었다고 밥 먹이라고. 어떻게 찾나 했는데 멀리서 봐도 미리 딸인 거 바로 알겠더라."

운자 이모가 누구냐고 묻자, 아저씨는 "네 외종숙모 말이야" 하고 답했다.

수오도 외종숙모도 대길 아저씨도 모두 나에게 엄마와 닮았다고 했다. 머릿속으로 엄마의 얼굴을 그려봤지만, 나와는 아주 달랐다. 내 얼굴 어딘가에 '미리 딸'이라고 적혀 있기라도 한 건지 기분이 묘했다.

"그렇게 닮았어요?"

나는 눈을 말똥거리며 아저씨를 바라봤다. 아저씨는 눈을 반달로 뜨고 또다시 부끄러워하며 이마를 긁적였다. 나의 얼굴을 보지도 않고선 "닮았지, 그럼" 하고 답했다.

아저씨가 밥이나 먹자면서 수오와 나를 식당으로 이끌었다. 내가 이미 밥을 먹었다고 에둘러 거절했지만, 아저씨는 곤혹스러운 표정으로 이미 나와 수오의 몫까지 식당에 전화로 미리 주문을 해놨다고 했다.

"저번에 미리랑 약속했단 말이야. 너 밥 사주기로."

"최근에 저희 엄마랑 만나셨어요?"

"응."

엄마의 소식에 내가 허둥거리자, 수오가 먼저 "저희 아직 더 먹을 수 있습니다"라고 싹싹하게 답했다.

산더미처럼 쌓인 하모 회무침이 두 접시 나왔다. 먹음직스러웠지만 아직 배가 꺼지지 않아 눈길이 가지 않았다. 아저씨는 우리가 갔던 횟집은 '맛대가리 없는 집'이라면서 여기선 하모를 먹어야 한다고 재차 강조했다.

"잘 먹겠습니다."

수오가 먼저 거침없이 젓가락을 들었다.

"하모 회무침은 처음인데 이거 진짜 맛있네요."

"여기 바다 별미지."

아저씨가 뿌듯한 표정을 지었다.

나도 마지못해 회를 한 점 먹었다. 오, 하고 감탄이 흘러나왔다. 분명 배가 불렀는데 회가 술술 들어갔다. 아저씨는 조용히 소주 한 병을 시켜 반주를 했다. 아저씨는 우리에게 술을 권하지 않았지만, 수오가 직원에게 소주잔을 하나 더 부탁해 받은 다음 아저씨에게 내밀었다.

"솔미는 운전해야 해서요. 저는 한 잔 마시고 싶습니다."

아저씨가 억지로 마실 필요 없다면서 수오에게 소주를 따라줬다.

"솔미야, 올해는 한라봉 못 보낸다."

"네? 왜요?"

입안 가득 회를 씹느라 한 손으로 입을 가리고 내가 되물었다.

"이제 레드향 하거든. 올해가 첫 수확이라 나도 어떻게 될지 모르겠네."

"아저씨네 한라봉 맛있었는데."

"요즘에는 사람들이 신 거 말고 단 거를 좋아한단다. 작년에 과수원이 힘들기도 했어."

"아아……."

안타까움에 탄식이 나왔다. 아저씨는 농약을 거의 치지 않고 과일을 재배한다고 자부심 가득한 목소리로 말했다. 하지만 어떤 술수도 쓰지 않은 맛은 이제 경쟁력을 갖지 못한다고 탄식했다.

아저씨가 미간에 잡혀 있던 주름을 확 풀며 갑자기 푸핫 하고 웃음을 터뜨렸다.

"얼마 전에 미리가 왔을 때도 한라봉이 셔도 너무 시다고 한 소리 하더라. 솔미, 네가 먹기에도 셨냐?"

아저씨의 한라봉은 확실히 셨다. 하지만 나에게는 딱 좋았다. 그 새금한 맛을 생각하니 어금니 쪽에서 군침이 확 돌았다. 겨우내 한라봉 한 상자의 절반 정도를 내가 먹으면, 엄마는 봄이 되기 전에 남은 것을 잼으로 만들었다. 도저히 생으로는 못 먹겠다면서. 엄마에게는 이런 좋은 친구가 있었다. 기껏 과일을 보냈더니 고맙다는 연락도 없고, 시다고 투정만 하는데도 화 한 번 내지 않는 친구가. 문득 엄마와 아침으로 식빵에 한라봉 잼을 발라 먹으며 나눈 짧은 대화가 생각났다. 도대체 누가 이 많은 한라봉을 보낸 거냐고 재차 묻자, 엄마는 첫사랑이라고 답했다. 곧바로 '아마도 첫사랑?'으로 말을 교정했지만.

"아뇨. 맛있어요, 아저씨네 한라봉."

"그러면 다행이고. 사실 나는 원래 과수원을 하던 사람이 아니야. 원래는 집안 대대로 목장을 했었지. 그때……." 아저씨가 설핏 미소 지으며 원래 하려던 말을 거뒀다. "갓 짠 우유를 그렇게 좋아했어, 미리 걔가. 어렸을 때 걔랑 사십 분을 함께 걸어 등교할 때면 새벽에 갓 짠 우유 한 병을 나눠 마시곤 했거든."

 아저씨는 엄마가 그의 목장 우유를 마지막으로 마셨던 날을 회상했다. 엄마가 스물한 살에 나를 갖게 되고 서둘러 결혼을 준비하던 즈음이었다. 당시 엄마는 고향을 떠나 광주에서 직장을 다니고 있었다. 아빠와 함께 고흥에 내려와 양가 가족에게 인사를 한 주말이었다. 고흥을 떠나기 전날 밤 아저씨가 엄마에게 새벽 일찍 자기 집 앞으로 나오라고 했다. 하늘이 아직 보랏빛일 때 엄마는 집에서 몰래 빠져나와 약속 장소로 나갔다. 아저씨는 품에서 따뜻한 우유 한 병을 꺼냈다. 마치 귀한 보석을 주는 것처럼 비장하고 긴장한 얼굴을 한 채로. 엄마는 새벽의 신선한 우유를 마시며 조용히 흐느꼈다고 한다.

 "엄마는 우유 안 마셔요. 저는 한 번도 엄마가 우유 마시는 거 본 적이 없어요."

 "정말? 그럴 리가! 아니면 어렸을 때 너무 마셔서 질렸나?"

 "아저씨네 목장 우유가 너무 맛있어서, 다른 우유는 못 먹겠나 봐요."

 엄마가 눈물을 흘린 이유는 아마도 대길 아저씨의 마음을 그때 처음 알아 슬펐던 게 아닐까. 나는 스물한 살에 결혼과

출산을 앞둔 엄마의 마음을 알 길이 없었다. 그러나 다시 아저씨를 만났을 때 엄마의 마음은 어림짐작할 수 있었다. 들뜨지만 상기되지는 않고, 설레지만 떨리지는 않고, 고향 친구가 주는 편안함이 진하게 남아 어린 시절처럼 속없이 놀고 싶은 마음이지 않았을까. 내가 재즈 페스티벌에서 수오를 다시 만났을 때처럼. 내가 온 힘을 다해 싫어했던 바닷가 마을이지만, 이곳에도 첫사랑이 있고 친구가 있었다. 엄마도 마찬가지일 것이다. 이제 아름답게만은 남을 수 없게 된 아련한 고향이지만 그녀에게 소중한 것들이 여전히 남아 있을 것이다.

"전에 엄마와도 이 식당 오신 거예요?"

"하모 그리웠다면서 큰 접시를 혼자 다 비우더라. 딸은 왜 같이 안 왔냐고 물으니까 딸이 워낙 바쁘다고 하던데. 유명한 가구 브랜드 사장님이라고 자랑하더라."

"유명하진 않고, 남양주에서 작게 운영하고 있어요."

딸에 대해서만큼은 허세를 부리는 엄마가 이제는 귀엽다고 느끼며 답했다.

"만약 솔미 너를 만나면 여기 하모 꼭 사주라고 당부했어. 자기는 아주 멀리 떠나게 돼서 못 사줄 것 같다고 아주 의미심장한 말을 하더라니까. 혹시 미리 무슨 일 있나?"

아저씨는 퍽 걱정스러운 투로 물었다.

"요즘 여행 다니세요. 얼마 전에 면허 따고 중고차도 장만하셨거든요."

"뭔 바람이 불었나 했는데, 그랬구나. 이 나이 되면 한 번씩 훌쩍 떠나고 싶어진다. 솔미 네가 이해를 잘 해줘서 다행이네."

나는 아직 엄마를 이해하지 못했지만 그것을 교정하지 않았고, 아저씨는 엄마의 여행에 대해 더 이상 묻지 않았다. 그는 엄마가 견뎌야 했던 상실의 시간에 대해 알고 있는 걸까. 그는 옛 친구가 돌연 여행을 떠났다는 것에 쉽게 수긍하는 듯했다.

"다른 얘기는 없으셨죠? 어디로 가신다거나……." 나는 빠르게 말을 덧붙였다. "여행이 얼마나 재미있으신지 제 연락도 잘 안 받거든요."

"우리는 만나서 옛날이야기만 했지, 그런 얘기는 안 해줬어. 걔는 어렸을 때부터 비밀이 너무 많았지. 전에 너희 고흥에 다시 내려와 잠깐 살았다며. 그때도 친구한테 연락 한 번을 안 한 게 말이 되냐?"

아저씨의 말에 공감하며 나는 고개를 끄덕였다.

"이름도 규리인가, 뭔가로 바꾸고. 주변에 사주 보고 이름

바꾸는 친구들이 많기야 하지만, 개한테 규리는 안 어울려. 입에 안 붙는단 말이지."

나는 허탈하게 웃었다. "그러니까요."

속으로 '박규리'를 빠르게 말했다. '바뀌리'가 나올 때까지. 역시 몇 번을 해도 억지스러웠다.

대길 아저씨와 헤어지기 전에 나는 이미 이모에 관해 물었다.

"아저씨 혹시 이미 이모 아세요? 지금은 목포 사시는 엄마 친구, 미리 이모요. 우리 엄마랑 이름 똑같은."

아저씨는 "이미? 알지, 그럼" 하고 바로 아는 체를 했다.

수오가 나의 어깨를 살짝 두들겼다. 몸을 돌려 수오를 보니 잔뜩 놀라 눈을 동그랗게 뜨고 있었다. "이미 이모가 미리 이모라고?"

"응. 엄마가 처음에 그분 만나러 목포 내려갔다고 했잖아."

내가 전화번호를 알고 싶다고 하자 아저씨는 바로 휴대폰을 켜 연락처 목록을 찾았다.

"가만있어 봐, 이미라……, 이미리 번호가 어디 있나……."

수오가 뭔가를 말하고 싶다는 눈빛을 하며 안절부절못했다.

"아, 여기 있다. 이미도 오랜만이네. 연락처 적어 가라."

나는 휴대폰으로 전화번호를 적고 '이미 이모'라는 이름으로 저장했다.

"나 이미 이모를 알아."

"뭐?"

수오와 그의 아버지가 캘거리에 가 있는 동안 붉은 벽돌집을 지켜준 사람, 고흥에서 어머니의 병간호를 해준 사람 그리고 곧 우리가 만날 목포 이모 성함이 이미리라고, 수오가 그답지 않게 흥분한 목소리로 말했다.

가을 방학

아무리 애써도 온전히 기억해 내지 못할 이미 이모의 얼굴을 떠올렸다. 얄따란 입술, 단단해 보이는 콧대와 둥근 광대, 물방울을 눕혀놓은 것 같은 눈매와 유독 작은 귀. 이목구비 부분 부분은 어렴풋이 기억났지만, 이미지들을 합치면 자꾸 뒤엉켜 엉망이 되었다. 이미 이모는 왼 다리를 절었고, 나에게 한방 오리구이와 등촌칼국수를 자주 사주었다. 이모에 대해 기억나는 정보는 이게 전부였다.

수오와 나는 펜션으로 돌아가 생강차를 마시며 각자 박미리와 이미리에 대해 아는 정보를 꿰맞춰 타임라인을 정리했다.

둘은 동네 소꿉친구였다. 엄마가 여상을 졸업하고 고흥을 떠나기 전까지 '투미리'는 그 누구보다 가까이 교류했다. 엄마가 결혼한 후에도 둘은 계속 연락을 이어갔다. 엄마가 수오를 처음 만났던 날, '이야기 많이 들었다'고 말한 건 괜한 아는 체가 아니었다. 이미 이모에게 나와 동갑인 조카에 대해 이야기를 들은 적이 있었을 테니. 그러나 아빠의 잠적 이후로 엄마는 고립했고 이미 이모와도 연락을 끊었다. 우리 모녀가 다시 고흥에 갔을 때 그들은 가장 좋지 않은 방식으로 재회하게 되었다. 당시 엄마는 빨간 벽돌집의 전세 계약을 연장하길 희망했지만, 집주인은 판매하겠다는 완고한 입장이었다. 그때 나타난 구매자가 이미 이모였다. 이미 이모는 우리 모녀가 집을 비웠던 어느 날 쓰레기 집에 방문했다. 엄마에게서 그날 낮 부동산에서 사람들이 올 거라는 말을 들었던 기억이 났다. 무엇이 이미 이모의 마음을 움직였는지 집 상태를 보고도 그녀는 구매 의사를 굽히지 않았다. 엄마는 집주인에게 집을 원상태로 복귀해야 한다는 조건과 함께 집을 빼야 하는 확정 날짜를 받았다. 그러던 중 이미 이모는 서류를 통해 현재 세입자가 박미라라는 것을 알게 되었다. 둘은 집 청소 문제를 두고 한 번 만났을 것이다. 나에게 이사를 통보했던 날 엄마는 '누구'를 만났다고 했으니. 엄마의 기진한 말투를 생각해 봤을 때 좋은 만남은 아니었을 것이다. 그렇게 또다시 멀어졌던 그들은 올해 여름 다시 만나게 된다. 연락을 먼저 취한 건 어느 쪽인지 모르겠지만 엄마가 목포로 이미 이모를 찾아가 둘만의 동창회를 열었다. 그 만남 이후 이모는 목포에 남았고 엄마는 여행길에 올랐다.

말을 마치고 나니 약간 숨이 찼다. 수오가 내어준 생강차는 차게 식어 있었다. 이 이야기에는 곳곳에 공백이 존재했다. 그 지점에 대해 나는 이리저리 가정을 세웠다. 최초로 그 둘의 사이가 멀어진 이유는, 물론 내 추측이 틀리길 바라지만 돈 때문 아닐까, 이런 식이었다. 아니면 아빠의 행방과 연관이 있다거나. 수오는 가만히 내 말을 듣다가 점점 억측이 난무해지자 손을 휘휘 저으며 말허리를 끊었다.

"그만, 그만. 너무 멀리 갔어, 너."

"글 쓰는 걸 싫어하지만, 소설을 써야 할지도 모르겠다."

"아마 이모도 너에게 하고 싶은 말이 있으니 직접 오신다고 했던 게 아닐까? 성급하게 생각할 거 없잖아. 두 밤만 기다리면 돼."

"그렇지, 우리끼리 머리 싸매봤자 알 수 있는 게 하나도 없지. 옛날에 너희 어머니와 우리 엄마가 아는 사이일까 봐 겁났는데, 너희 이모와 절친이었다니."

"동네가 좁긴 좁으니까."

나의 나이보다 훨씬 긴 시간 동안 그녀들은 서로의 삶을 겹쳐왔다. 엄마만의 친구가 있고 엄마만의 갈등이 있고 엄마만의 삶이 있었다. 자신이 그러하듯 타인의 삶도 입체적이라는 사실을 잘 안다고 자부하면서도 왜 우리는 사람을 매 순간 평면적으로 대하고 말까. 그런 오만과 오해는 어디서 오는 걸까.

◉◉◉

우리는 대강 외투를 걸치고 펜션 근처의 아담한 부둣가까지 걸어갔다. 해가 지니 인기척이 거의 없었다. 목적지 없는 산책이 꽤 길어졌다. 멀리 수평선을 바라보다가 나는 뜬금없이 무언극 이야기를 꺼냈다.

"대학교가 혜화 근처여서 골목 골목에 소극장이 많았거든. 이 학년 겨울인가, 세 시간의 긴 공강이 있던 날에 우연히 무언극을 보게 됐어. 사람들이 말없이 표정으로만 연기하면서 극을 이끌어 가는데, 나는 재미가 없더라고. 보고 있으면 답답해. 표정만으로 그 사람의 생각과 감정을 상상하는 일이 버겁고 막연하기만 했어. 극장에서 나왔을 때는 너무 피곤해서 결국 그다음 수업을 빠졌다니까."

내가 무언극을 싫어하는 이유는 아마도 평생 엄마의 무언극을 봐왔기 때문일 것이다. 엄마는 진짜 말해야 하는 순간에 입을 닫아버린다. 아빠가 떠났을 때나 이미 이모와 반목하는 사이가 됐을 때 그리고 내가 '엄마의 엄마'가 되겠다고 눈을 부라리며 선언했을 때조차……. 시간이 많이 지나도 약진이 남을 정도의 충격으로 삶의 추가 흔들리는 순간 엄마는 묵언 수행을 시작했다. 명확한 표정도 지어주지 않는 엄마는 불친절한 배우였다. 그러니 그날 소극장에서 본 무언극이 즐거울 리 만무했다.

"그런데 지금 꼭 엄마가 하는 무언극을 보는 기분이야. 엄마는 나에게 희미한 흔적만 남겼는데, 그 시간과 마음을 전부 이해하려고 하니까 답답해."

나는 그동안 엄마에 대해 잘 알지 못했다는 사실을 인정해야 했다. 가족의 틀 안에서만 그녀를 바라봤으면서, 그녀의 모든 것을 다 이해했다고 착각했다. 나는 나만 알았다. 말로는 엄마를 위해 살겠다고 큰소리를 쳤지만, 결국 그 속에 진짜 엄마는 없었다. 내 마음이 세상에서 가장 복잡한 수수께끼인 줄 알았다. 나의 마음을 갈라보고 이해하는 것만으로도 진이 다 빠졌으니. 타인이 품고 있는 오래된 수수께끼에 관심을 가질 때 사람은 비로소 그다음 단계로 성장하는 걸지도 몰랐다.

갑자기 소낙비가 쏟아졌다. 근처에 우산을 살 만한 편의점은 보이지 않았다. 해변을 마주 본 골목으로 무작정 뛰어갔다. 우리는 잠시 비를 피할 요량으로 24시간 코인세탁방으로 들어갔다. 세탁방에서는 새 가게 냄새가 났다. 늦은 시간이었지만 빨래가 다 되기를 기다리는 사람들이 몇 있었다. 그들은 모두 등을 한껏 구부리고 휴대폰에 고개를 박고 있었다. 비니를 쓰고 반소매를 입고 있는, 부조화한 옷차림의 남자에게 잠시 시선이 갔다.

"비 언제 그치려나."

"그냥 편의점에서 우산 사 올게."

수오는 당장이라도 빗속으로 뛰어 들어갈 태세였다. 이미 그의 경량 패딩이 비에 젖어 부분부분 색이 진해져 있었다.

"됐어."

"춥진 않지?"

"응. 기다려보자."

얼마간 세탁기가 돌아가는 소리만 들렸다. 비니를 쓴 남자가 건조기에서 옷가지들을 꺼냈다. 그러자 스무 평 남짓한 직사각형 공간이 섬유유연제 냄새로 가득 찼다. 남자가 움직일 때마다 비니 아래로 단발머리가 찰랑거렸다. 그가 우리를 스쳐 지나는데 옷이 가득 든 토트백에서 사각 트렁크가 흘러나와 수오 옆으로 떨어졌다.

"아, 죄송합니다."

남자가 웃차, 하고 효과음 같은 소리를 내며 허리를 숙였다. 민망함에 나는 창밖만 보며 딴청을 피웠다.

"백수오?"

남자가 트렁크를 손에 쥔 채 눈을 동그랗게 떴다.

"어? 기을이? 장기을이잖아!"

기을이라는 남자가 수오에게 손을 내밀었다. 둘은 갓 건조기에서 나와 따끈한 팬티 사이로 두 손을 맞잡고 흔들었다.

"야, 똑같다, 너. 옛날 얼굴 그대로네. 수염 빼고."

수오가 턱을 매만지며 싱긋 웃었다.

"너는 분위기 완전 달라졌는데? 길거리에서 보면 못 알아보겠어."

"스타일이 많이 달라졌지? 그런데……."

기을이 말끝을 흐리며 수오 뒤로 고개를 내밀어 나를 봤다. 설명이 필요하다는 얼굴이었다.

"솔미야, 최솔미. 중고등학교 때 친구. 오랜만에 놀러 왔어." 수오가 나를 보고 말을 이었다. "이쪽은 기을이라고, 초등학교 친구야. 아마 너는 처음 볼 거야."

어색한 인사를 나눈 후 수오가 가운데에 자리 잡고 기다란 의자에 나란히 앉았다. 어느새 세탁방에는 우리 셋만 남았다. 기을은 갑자기 어깨를 부르르 떨더니 토트백에서 옷감이 톡톡한 당근색 맨투맨을 꺼내 입었다. 그제야 남색 비니와 상의가 조화를 이뤘다. 그는 세탁기를 돌리는 김에 입고 있는 것까지 빨았다고 설명했다. 언동이 부산스럽지만, 그것이 싫지 않은 귀여운 구석이 있는 남자였다.

기을은 수오가 캘거리에서 전학 오고 처음 사귄 친구라고 했다. 기을은 그에게 먼저 다가와 "나이스 투 밋츄"라고 인사했다. 수오가 "나 한국말 잘하는데"라고 답해 의도치 않게 무안을 주고 말았지만. 수오가 먼저 자신의 이야기를 다소 두서없이 전했다. 고등학교 때 다시 캘거리로 돌아갔고, 얼마 전에 전역했으며, 곧 다시 학업을 마치기 위해 캘거리로 돌아간다고. 그는 중간중간 말을 더듬기도 했다. 지난 십여 년의 시간에 대해 굵직하게 전달하려니 벅차 보였다. 이번에는 기을이 자신의 근황을 간단명료하게 말했다. 그는 고창에 있는 대학교를 졸업한 후 다시 고흥으로 돌아와 가족이 운영하는 식당 일을 돕고 있었다.

"왜 돌아왔어?"

수오가 물었다.

"여기만 한 곳이 없어서." 기을은 고민 없이 시원스레 답했다. "타지에 살더라도 계속 그리워할 것 같아서, 그럴 바에는 여기에 자리 잡는 게 낫겠더라. 지방에 일자리 없어서 홈타운에 살고 싶어도 위로 상경해야 하는 사람들과 달리, 나는 부모님 가게가 있으니까 다행인 거지."

"너희 집 아귀찜 맛있었는데. 내가 너희 가게에서 밥 자주 얻어먹었잖아. 그때 아귀찜이라는 음식을 처음 먹어봤지."

수오가 입맛을 다셨다.

초등학생 시절 수오는 기을의 어머니를 통해 엄마 밥에 대한 결핍을 약간이나마 채웠던 걸까. 수오는 수국의 집에 가면 늘 있던, 삼베 밥상보로 덮여 있던 정갈한 집밥을 부러워했다. 물론 수국은 다이어트를 한다며 밥상보를 열어보지도 않는 날이 많았지만.

"그런데 답답하지 않아? 태어나고 자란 곳에서 몇십 년이고 쭉 산다는 거."

나는 불쑥 상체를 내밀어 기을에게 물었다. 수오가 몸을 뒤로 빼줬다.

"답답하기보단 따분할 때가 있어. 그런데 따분한 거랑 잘 맞는 사람이 있잖아, 그게 나거든."

기을이 자신을 가리키며 여유롭게 웃었다. 그런 여유가 보기 좋으면서도 약간 질투가 났다.

"맞다" 기을이 몸을 과장되게 들썩이며 말했다. "수국이네도 여기서 가게하잖아."

"수국이네 빵집을 알아?"

수오가 눈썹을 꿈틀거렸고 나는 다시 상체를 기을 쪽으로 수긋이 숙였다.

"모를 리가 있나. 우리 아빠가 상가번영회장이잖아."

"지금도 장사하시는 거야? 시장에서?"

"아니. 몇 년 전에 우리 식당 근처로 이전했어."

"오! 장기을이 너 오늘 잘 만났다. 수국이도 여기서 지내?"

"그럼. 계속 여기 남아서 공무원 시험 준비한 걸로 알아. 이제는 군청 옆에 우체국에서 일한 지 꽤 됐지."

"정말?"

수국이를 만날 수도 있다는 사실에 마음이 술렁였다.

"둘이 왜 이렇게 흥분했대?"

기을이 팔짱을 끼고 물었다.

"수국이 전화번호를 잃어버려서 연락할 방법을 못 찾고 있었거든. 이야기하다 보니까 오랜만에 어머님 빵도 먹고 싶다."

나는 그들과 함께 먹은 기름 범벅 찹쌀도넛과 하트 모양 슈크림 빵을 기억했다. 그리고 생일마다 먹었던 포레누아 케이크도.

"맞아, 거기 빵집 맛나. 사람들이 뭐라고 하든 우리 가족은 일주일에 한 번씩 꼭 가. 주말 아침마다 수국이네 빵집에서 한 삼만 원어치씩 사서 먹는다니까."

기을이 덧니를 보이며 넉살 좋은 미소를 지었다. 수국이네 빵집을 둘러싼 논란을 그도 아는 모양이었다. 기을은 '프랑세즈 베이커리'로 상호가 바뀌었다고 알려줬다. 지도 앱에 저장하자 왠지 든든한 기분이 되었다.

"내일 바로 가볼까? 일정도 없으니."

나는 고민 없이 고개를 끄덕였다.

"잘됐다. 그럼 오는 김에 우리 가게에서 점심이나 먹고 가라. 추석 당일 빼고 연휴 내내 가게 문 열거든. 엄마도 너 보면 좋아하시겠다."

"좋아. 오랜만에 인사도 드려야겠네."

"그러면 수오 너는 내년 초까지는 여기에 있는 거지?"

수오가 고개를 끄덕였다.

"솔미는 언제 올라가?"

"이틀 뒤에 가려고." 나는 외종숙모와의 약속을 생각하며 덧붙였다. "추석날에 저녁 먹고 출발할 거야."

"그렇게 빨리 가? 이번 연휴도 긴데 더 있다 가지 않고? 이제 고흥도 바뀌어서 할 것도 많고 볼거리도 많아." 그는 곰곰이 생각하더니 말했다. "지금 생각나는 게 딱히 없긴 한데, 저기 나로호 발사대도 있잖아."

"야, 애도 고흥 살았었는데 나로호를 보러 가겠냐."

수오가 기을에게 가볍게 핀잔을 줬다.

2013년 1월 30일, 초등학교의 마지막 겨울 방학에 나는 나로호의 성공적이었던 세 번째 발사를 멀리서 지켜봤다. 하늘을 향해 빠르게 치솟는 나로호를 보며 순간 압도되었다. 나로호가 눈에 보이지 않을 정도로 멀어지자, 불현듯 나는 이곳에서 내내 외로울 것이라는 확신이 들었었다.

기을이 멋쩍게 코를 훔쳤다. "그래도 오랜만에 고향 오니까 좋지?"

그는 내가 명절 연휴를 맞아 고향에 내려왔다고 생각하는 것 같았다. 나는 굳이 그의 말을 교정하지 않았다.

"응, 좋네."

소나기라고 생각했는데, 비는 멈추지 않고 땅과 바다를 적셨다. 우산이 있던 기을이 편의점에 가 우리 것을 사 왔다.

"천천히 놀다 가라, 여기 바다가 최고잖냐."

그는 수오에게 우산을 휙 던지듯 건네고 세탁방을 나갔다. 편의점에서 가장 비싼 삼만 오천 원짜리 커다란 장우산이었다.

가을 방학

고 홍군 기온 하강.

아침에 일어나 황급히 머리맡을 더듬어 휴대폰 화면을 켰다. 꿈속에서 엄마에게 몇 번이고 전화가 왔지만 손이 움직이지 않아 받지 못했다. 그러나 잠금 화면에는 날씨를 알려주는 불투명한 알림 바 하나가 떠 있을 뿐이었다. 날씨는 맑게 갰지만, 어제보다 확실히 쌀쌀했다.

 그날도 수오보다 늦게 일어났다. 부엌으로 나가보니 이미 그는 커피를 마시고 있었다. 그가 오늘은 조식을 쉬어가겠다며 포트에서 새로 커피를 따랐다.

 "오늘은 일정이 두 개나 있어."

수오가 나에게 잔을 건네며 말했다.

"처음에 고흥 왔을 때는 할 게 있을까 싶었는데, 어제는 세상 바쁘게 돌아다녔네. 예상치 못한 사람들도 만나고. 오늘도 바쁠 예정이고 말이지."

흠흠 커피 향을 맡아보니 캐러멜 향이 은은하게 났다.

이른 점심시간에 수오와 나는 약속대로 기을의 식당을 찾았다. 아귀찜은 매콤했고 감칠맛이 돌았다. 나중에 생각날 것 같았다. 고흥에서 먹은 것 중 가장 만족스러운 식사였다.

수오는 기을의 가족들과 인사를 길게 나눴다. 기을의 어머니는 포털사이트에 나의 가구 스튜디오를 검색했다. 연신 "영 멋지다"라고 말하며 나중에 가구를 바꿀 때 나에게 부탁해야겠다면서 명함을 가져갔다. 펜션이 완성되고 수오의 아버지가 귀국하면 기을의 가족도 한번 놀러 가겠다고 약속했다.

"어제부터 우리 줄곧 환영만 받고 있어."

내가 식당에서 나오며 말했다.

"그러게. 어딜 가나 누구에게나 환영받네. 여기에 돌아왔을 뿐인데."

우리는 부른 배를 두들기며 천천히 걸어 수국의 빵집으로 향했다. 가는 길에 아담하고 세련된 작은 책방 겸 영화관을 발견했다. 고흥에 이런 가게가 있다는 것이 놀라워 안을 기웃거렸다. 딱히 들어갈 생각은 없었는데 수오가 문을 열고 들어가 그 뒤를 따랐다.

삼십 대 전후로 보이는 젊은 남자가 카운터를 보고 있었다. 일 층은 서점이었고, 이 층에서 매주 정해진 시간에 독립영화를 상영하는 것 같았다. 매대에 나와 있는 책에는 저마다 추천하는 이유가 적힌 메모장이 붙어져 있었다. 수오와 나는 각자 책을 골랐다. 서서 조용히 책을 읽는데 책방 안쪽에서 카랑카랑한 목소리가 들렸다. 볼캡을 푹 눌러쓴 여자가 책을 소리 내어 읽고 있었다. 독특한 사람이라고 생각하며, 얼굴을 책으로 가리고 여자를 힐끗거렸다. 여자는 읽던 책을 꽂았다. 그리고 손으로 책등을 쓸다가 아무 책이나 꺼낸 뒤 대강 가운데를 펼치고 다시 소리 내어 읽기 시작했다. 토베 얀손의 무민 연작소설 중 하나인 『보이지 않는 아이』였다. 또박또박한 발음으로 구연동화를 하듯 생생한 감정을 목소리에 담아 읽어나갔다. 성우나 아나운서 지망생으로 이곳에서 연습하는 중일 수도 있었다. 책방 사장은 여자에게 아무런 제재를 가하지 않는 걸로 보아 단골 같았다. 여자가 읽던 책을 또다시 덮고 다른 책을 고르며 고개를 살짝 내 쪽으로 틀었다. 동그란 볼과 아담한 코 그리고 진한 눈썹…….

"수국이?"

수국이 화들짝 놀라며 눈을 크게 떴다. 그녀가 나를 와락 안았다. 뒤에 있는 수오를 보고는 그의 두 손을 잡고 발을 굴렀다.

"추석이라 내려왔구나? 그런데, 어쩜 우리 다 너무 그대로다. 어제 본 것 같아서 반갑지 않을 정도라니까."

"정말, 어떻게 이렇게 똑같을 수 있어."

나 역시 감탄했다.

수국은 일방적으로 연락을 끊고 사라진 나에게 장난으로라도 어떠한 책망도 하지 않았다. 마치 우리 사이에 아무 일도 없었던 것처럼, 수오가 캘거리로 떠나기 전에 셋이 함께했던 여름이 마지막 기억인 것처럼 나를 반겼다. 엄마와 이미 이모가 다시 만났을 때도 이랬을까. 서운함과 미안함 그리고 일말의 죄책감 따위는 던져버리고 이제라도 만나서 다행이라는 안도의 표정을 지었을까.

우리는 책방에 잠시 앉아 근황을 공유했다. 수국은 내가 목수가 된 것에도, 수오가 신부가 되지 않기로 한 것에도 전혀 놀라지 않았다.

"솔미 너는 딱히 꿈이 없어 보였고, 수오는 억지로 꿈꾸는 것 같았거든."

"네 눈에 그게 다 보였다고?"

수국의 관찰력이랄까 진심을 꿰뚫는 눈이랄까, 그것은 언제나 나의 상상 이상이었다.

"너희들이 어설프게 연기하는 것 정도야 다 알지."

셋 중에 유일하게 수국만이 학창 시절에 희망했던 일을 하고 있었다. 그녀는 기을의 말대로 우정직 공무원이 되어 시내 우체국 사 번 창구를 도맡고 있었다. 수국은 직장에 무척 만족 중이며 주말에는 직장인 뮤지컬단에서 노래를 부르고 연기를 했다. 이곳 책방 주인도 뮤지컬단에서 활동하다가 친해진 사이라고 했다. 뮤지컬단의 활동 모습을 촬영해 단편영화로 만들어 독립영화제에 출품해 수상하기도 했다. 수국은 의기양양하게 카운터 앞에 붙은 영화 포스터를 가리켰다.

수오가 포스터 사람들 속에서 그녀를 찾았다. "와, 너 프로 같다."

나도 쪼그려 앉아 포스터 속 진한 화장을 하고 무언가를 말하고 있는 수국을 바라봤다. 수국은 갑자기 진로를 틀었지만, 연기에 언제나 진심이었지, 속으로 감탄했다.

"진심이야, 그 뮤지컬단에."

수국은 나의 마음을 읽기라도 한 것처럼 '진심'이라는 단어를 유독 강하게 말했다. 중학교 시절의 기억이 머릿속에서 재생됐다. 오래된 비디오테이프처럼 장면은 색이 바래고 군데군데 빗금이 그어져 있는 것만 같았다. 그들을 만나고 첫 번째로 맞이한 수국의 생일날이었다. 수오와 나는 꽃집에 가 수국 한 다발을 샀다. 꽃집 사장은 수국이 무성화라 향이 거의 없다고 설명해 줬다. 나는 꽃집 사장에게 수국의 꽃말을 물어봤다. 사장은 '진심과 변심'이라고 답해줬다. '진심'과 '변심'이 나란히 놓일 수 있는 단어일까? 하나의 꽃이 이렇게 모순적인 두 가지 뜻을 지닐 수도 있는 걸까? 그렇지만 지금의 수국을 보니, 그 꽃말이 이해되는 것 같았다.

빵집 앞에 도착하니, 군데군데 누렇게 때가 묻어 있던 간판 대신 영어로 쓰인 새 간판이 걸려 있었다.

"이름 조금 웃기지 않아? 프랑세즈라니, 엄마는 그게 무슨 뜻인지도 모를 거야. 나는 옛날 이름이 담백해서 더 좋은데. 이제 시장 빵집이 아니라 더 이상 쓸 수 없긴 하지만."

수국이 빵집 문을 열며 구시렁댔다.

가게는 옛날과 많이 달라졌지만, 수국의 어머니만큼은 그대로였다. 그녀는 손뼉을 치며 카운터에서 나와 오른손으로는 내 손을, 왼손으로는 수오의 손을 잡고 연신 "이게 무슨 일이야"라며 감격스러운 표정을 지었다. 마치 오랫동안 못 본 조카들을 봤다는 듯이. 수국의 어머니는 사투리 억양이 강했지만, 알아듣는 데에 문제는 없었다. 이틀 만에 이 도시의 언어에 익숙해졌다. 몸에 새겨진 기억이 되살아난 것이리라.

수국의 어머니는 쟁반에 빵을 수북이 담아줬고 달콤한 바닐라 라테를 만들어줬다. 수국이 가게를 이전하며 커피머신도 새로 들였다고 설명했다. 어렸을 때 자주 먹었던 칠백 원짜리 초코 머핀과 오백 원짜리 완두 앙금 빵은 가격이 조금씩 오르긴 했지만, 맛은 변함없었다. 수오가 수국에게 펜션 구경을 오지 않겠냐고 물었다. 수국은 오지 말라고 해도 갈 생각이었다면서 눈을 반짝였다. 빵집을 나서며 수국의 가족과 인사를 나누는데 그녀의 어머니가 케이크 진열장에서 포레누아 케이크를 꺼내 빠른 손놀림으로 상자에 포장했다.

"너희 이 체리 들어간 초코 케이크 좋아했지? 가서 먹어. 이렇게 셋이 같이 있는 거 보니까 참 좋다."

그녀의 웃는 모습이 꼭 수국 같아서 신기했다.

◎◎◎

수국과 나는 케이크를 세팅하고 나란히 등을 벽에 기대앉았다. 수오는 부엌에서 차를 우리고 있었다. 방금 빵을 배부르게 먹은 터라 더 이상 들어갈 것 같지 않았지만 셋이 모인

걸 기념할 겸 한 입이라도 먹기로 했다. 함께 저녁을 먹으면 좋겠지만 곧 수국의 집으로 친척들이 모이기로 해 수국은 금방 일어나 봐야 했다.

곧 부엌에서 물이 끓는 소리가 났다.

"여기에 곧 네 가구도 들어오는 거잖아, 또 어떻게 바뀔까."

수국이 테이블에 턱을 괴고 주변을 돌아보며 말했다. 나는 여전히 벽에 등을 기대고 앉아 그녀의 목덜미를 바라봤다.

"너 수오한테 말했다며, 내가 여기에 살았던 거."

수국은 떨떠름한 표정이었다. "음, 그러니까…… 내가 말실수를 해버린 거지."

풋, 나는 웃고 말았다. "으이구, 너답다 너다워."

"첫사랑한테 말하는 건 아니었는데 내가 진짜 미안."

수국이 나의 귓가에 속삭였다.

"아, 그런 말 할 거면 됐어!"

"그러는 너도 나 몰래 수오랑 연락을 꽤 주고받으셨던데요? 둘이 랜선으로 사귄 건 아니지?"

"뭐라는 거야, 정말."

나는 진절머리 치며 그녀의 어깨를 살짝 밀어냈다. 수국과 나는 작은 균열과 엉성한 앙금 정도는 쉽게 용서할 수 있는 친구였다. 그녀와 나는 함께 첫사랑을 공유했던 시절처럼 깔

깔 웃었다.

"뭐 재미있는 일 있어?"

수오가 앞에 앉으며 차를 하나씩 놔주었다.

"넌 몰라도 돼." 수국은 금방 시치미를 뚝 뗐다. "음, 향 좋다."

"우리 초에 불 붙일래?"

수국이 케이크 상자 옆에 붙여진 초 봉투를 뜯었다.

"축하할 일이라도 있어?"

내가 물었다.

"응. 나 곧 결혼해."

"뭐?"

느닷없는 말에 놀라 하마터면 차에 입을 델 뻔했다.

"우선 초부터 얼른 붙여봐! 축하한다, 수국아!"

수오가 허둥지둥 수국의 손에서 초를 빼앗아 케이크에 꽂았다. "몇 개 꽂지? 일단 있는 거 다 꽂을게."

큰 초 세 개와 작은 초 네 개였다. 수국이 초를 불기 전에 소원을 빌었다. 우리는 '생일 축하합니다' 노래에서 '생일'을 '결혼'으로 바꿔 불렀다. 함께 있으면 언제까지고 유치할 수 있을 것 같은 친구가 곧 결혼한다는 것이 믿기지 않아 노래를 부르는 내내 나는 자꾸 박자가 늦어졌다.

그녀의 결혼 상대는 직장 동료였다. 크리스마스이브에 결혼식을 올릴 예정이었다.

"정말 곧이잖아? 그런데 이르다면 이른 나이에 결혼을 결심한 이유가 있어?"

내가 조심스럽게 물었다.

"너 바쁘게 살았지?"

수국이 뜬금없는 질문을 했다.

"어? 딱 다른 사람들만큼 바쁘게 산 것 같은데."

"왜 바쁘게 살았어?"

"글쎄?"

어려운 질문이라고 생각하며 나는 말끝을 흐렸다. 아마도 엄마를 위해서? 그러나 내가 한 일이 엄마를 위해서만은 아니었다. 스웨터 안에 갇힌 채 반나절을 보낸 엄마가 불쌍하고, 그런 그녀를 보는 일이 힘에 부쳤다. 그런 모습을 보고 싶지 않았기에 나는 나를 위해 하루하루를 해치우듯 정신없이 보냈던 것 같기도 했다. 그렇게 이십 대 초중반의 시간이 태풍 속으로 빨려 들어가듯 감쪽같이 사라졌다.

"도시에 사니까 바빴던 거야. 있잖아, 시골 우체국에서 일하면 바쁠 일이 없어. 남아도는 게 시간이니까 연애를 열심히 했거든. 심심하니까 시간이나 보내려고. 여기 사는 내 또래들 보면 결혼 다 빨리 해."

"정말 그럴 수도 있겠네."

수오가 어깨를 으쓱했다.

나는 수국의 답에 약간 김이 샜다. 그리고 이제는 정말 남은 이십 대를 재미있게 보내야 하지 않을까, 조바심이 들었다. 그 말을 하는 수국이 정말 끝내주게 재미있는 젊은 날을 보낸 것 같았기 때문이었다.

"결혼식에 누구 불러야 할지 고민 많겠다. 결혼 준비하면 그런 게 은근히 고민이라는데."

가구 제작 의뢰를 하는 고객들 중에는 신혼부부도 많았다. 그들은 종종 나에게 결혼 준비의 고충을 털어놨는데, 그중 하나가 하객 문제였다. 누구에게 청첩장을 보낼 것이며, 몇 명을 부를 것이며, 청첩장 모임은 어떻게 꾸릴 것이며, 편하게 청첩장을 줄 수 있는 친분의 경계란 또 무엇이며…… 예비부부들은 이 문제로 생각보다 골머리를 앓는 것 같았다.

"그래? 나는 누구든 다 부르고 싶어서 고민인데? 결혼은 경사고 내 인생의 축제잖아! 그런데 정말 다행이다. 너희 다시 만나서. 너하고 수오는 꼭 부르고 싶었거든. 나 진짜 너희 연락처 어떻게 찾아야 할지 정말 걱정 많았단 말이야. 나 웨딩드레스 입은 모습 못 보면 너희가 얼마나 아쉽겠어."

내가 얼굴에 물음표를 띄우고 짓궂게 말했다. "아니? 나는 안 봐도 안 아쉬운데?"

"야, 다 알아. 나중에 소식으로 들었으면 아이고, 아쉽다 했을 거다."

"아, 네. 네."

나는 장난스럽게 얼굴을 찡그리며 고개를 끄덕였다. 수국의 발랄함은 이상하게도 전혀 부담스럽지 않았고, 나는 그녀의 그 점이 가장 좋았다.

"너는 네 결혼식 때 나 안 부를 생각이었어?"

"그런 건 보통 결혼할 대상이 생긴 후에 고민하지 않나? 결혼 같은 거 아직 생각해 본 적도 없어서."

수국의 얼굴에 서운한 기색이 보이자 나는 얼른 말을 덧붙였다. "그래도 너희는 당연히 부르려고 했지. 나는 친구도 몇 없단 말이야. 너희가 와서 머릿수 채워야지 않겠어?"

"내가 혹시나 해서 말하는 건데, 너 등 한가운데에 팥알만 한 점 있지 않아?"

"네가 그 점을 어떻게 알아?"

그 점은 나도 안 본 지 오래였다. 등 뒤 한가운데에 있어서 가끔 샤워할 때 거울 앞에서 뒤돌아 고개를 비틀어 보지 않는 이상 잘 보이지도 않았다.

"내가 너랑 같이 씻은 게 몇 번인데! 그거 아는 사람 몇 명이나 돼?"

아마도 엄마, 그리고 학창 시절 제페토 아저씨의 작업실에서 뻔질나게 같이 씻었던 수국. 지금까지 애인을 사귄 적이 없으니 둘뿐일 것이다. 다른 사람에게 은연중에라도 점에 대해 말을 흘린 기억은 없었다. 언젠가 한 대학 친구가 갑자기 얼굴 여기저기에 재생 밴드를 붙이고 와 주말에 맘먹고 점을 빼고 왔다고 말한 적이 있었다. 등 뒤 점이 오랜만에 생각나 그것에 대해 말하려다가 이내 관두었다. 병원 정보를 알고 싶은 것도 아니었고, 사실 나는 그 점이 꽤 마음에 들었기 때문이었다.

"너랑 엄마. 그리고 지금 들은 수오까지, 셋뿐이네."

"나 그런 친구야, 네 등 뒤 점 위치까지 정확히 짚을 수 있는 몇 안 되는 사람이라고."

수국이 갑자기 손을 뻗어 내 등 한가운데를 검지로 찍었다.

"어우, 거기 아니거든?"

나는 소스라치게 놀라 등을 곧추세웠다. 그러나 실제로 그녀가 짚은 위치는 정확했다.

"뭐래, 딱 여기였구먼. 그러니까 나중에 결혼하게 되면 나 꼭 불러야 한다?"

"알겠어, 걱정하지 마."

훗날 그런 날이 정말 온다면 수오와 수국에게 가장 먼저 소식을 알리고 싶었다. 나에게도 결혼을 가장 먼저 알리고 싶은 친구들이 있었다는 걸 그동안 잊고 살았다.

"우리, 케이크 하나도 안 먹었네."

수오가 케이크를 잘라 각자의 앞접시에 덜어줬다.

"진짜 안 들어간단 말이지. 고흥 오고부터 한시도 배가 꺼진 적이 없었어. 하루 종일 배부른 상태야. 얼굴까지 퉁퉁 부은 것 같아."

나는 볼살을 감쌌다.

"그래도 한 입씩만 먹을까?"

수오의 말에 우리는 포크로 한 입씩 케이크를 떴다.

"변함없이 맛있다."

나의 말에 수국이 인상을 팍 쓰며 포크로 나를 삿대질했다. "아닌데, 변했는데. 우리 이제 식물성 아니고 동물성 크림 쓰는데. 레시피도 완전히 바뀌었는데."

"어쩐지, 더 맛있어졌더라니."

"수다 떠니까 소화돼서 또 들어가네? 워낙 맛있으니까, 그렇지?"

수오와 내가 급하게 케이크를 한 입씩 더 먹으며 감탄했다. 수국이 웃음을 터트리자 곧 모두에게 전염되었다.

수국을 배웅할 겸 우리는 산책을 나섰다. 수오의 말처럼 고흥에 있는 동안 계속 걷게 되었다. 다만, 옛날처럼 외로움을 길에 떨구기 위해서는 아니었다. 곧 다시 이곳을 떠나야 한다는 아쉬움 때문에 느리게 걸으며 바닷가 마을을 눈에 담고 싶었다.

"어쩌다 보니 또 산책을 하고 있네."

딱히 대답을 기대하지 않고 한 말이었다.

"자꾸 걷고 싶은 데에는 이유가 있는 법이지."

나는 수국의 말에 이끌려 엄마의 여행에 대해 말하게 됐다.

"어머님 역시…… 멋있다."

나의 예상을 피해 의외의 답을 내놓는 건 수국의 주특기였다.

"뭐가?"

"용기를 내신 건데, 그러면 그게 안 멋지니?" 수국이 몸을 으슬으슬 떨더니 나에게 팔짱을 꼈다. "그리고 아직 젊으신데, 못할 거 뭐 있어?"

수국은 나의 엄마처럼 나이 들고 싶다고 말한 적이 있었다. 나는 그 말을 듣고 부디 수국이 그녀를 닮지 않길 바랐지만.

"너라면 엄마를 응원했을 거야?"

"아마도? 걱정은 되겠지만…… 내가 아는 솔미 어머님은 해보고 싶은 게 많았던 분이시거든."

수국이 앞서나간 다음 빙글 돌아 뒤로 걸으면서 자신이 아는 엄마에 대해 이야기해 줬다.

수국이 그 횟집에 처음 간 건 고등학교 이 학년 여름 무렵이었다. 나의 엄마가 일하는 곳인 줄은 모른 채 가족이 먹을 저녁을 포장하기 위해서였다. 엄마와 수국은 삼 년 전 길거리에서 한 번 인사를 나눴을 뿐이지만 단번에 서로를 알아봤다. 엄마는 수국이 올 때마다 제로 콜라를 서비스로 챙겨줬고 수국은 엄마에게 시시콜콜 학교 이야기를 해줬다. 한번은 수국이 동아리 무대를 마치고 전화로 미리 주문해 놓은 음식을 가지러 식당에 간 적이 있었다. 무대 화장을 지우지 않고 바로 갔기 때문에 교복 차림에 어울리지 않는 과한 화장이었다. 수국의 부모님은 그녀의 뮤지컬부 활동을 탐탁지 않아 했기에 그녀의 얼굴을 봤다면 혀를 찼을 것이었다. 하지만 수국은 오히려 그런 부모님의 반응에 반발심이 들어 일부러 무대가 있는 날에는 화장을 지우지 않고 집에 가곤 했다. 엄마는 수국에게 오늘 무대에 선 거냐고 물었다. 수국이 핀잔을 예상하며 화장이 너무 진하죠, 하고 너스레를 떨었다. 엄마의 대답은 의외였다. "아니, 더 강렬하게 했어야지. 무대에 오르는 사람인데." 엄마는 그녀에게 가장 마음에 들었던 대사나 가사가 있는지도 물었다. 수국은 그런 질문을 처음 받아 당황스러웠지만 정말 기뻤다. 아직 초저녁이었고 홀 손님이 아무도 없었기에 수국은 식당을 무대 삼아 가장 기억에 남았던 한 소절을 즉석에서 불렀다. "사람의 감정을 끌어내는 재능이 있구나." 엄마의 말에 수국은 심장이 아주 빠르게 뛰었다. 나도 수국의 연기를 볼 때마다 같은 생각을 했다. 나는 그걸 수국에게 말하지 못했지만, 엄마는 말했다. 친구에게 그런 말을 해주지 못한 걸 나는 뒤늦게 후회했다. 진짜 말해야 하는 순간에 말하지 않는 사람은 어쩌면…… 나일지도 몰랐다.

동아리별로 부스가 운영되고 무대가 열리는 가을 축제 때 이 학년은 수험 생활을 위해 동아리에서 은퇴해야 했다. 수국의 부모님은 딸의 마지막 무대마저 보러 와주지 않았다. 수국은 자신을 응원해 주지 않는 부모님에게 더 이상 심술도 나지 않았다. 다만 쓸쓸해졌고 그녀의 어머니에게 전화를 걸어 저녁으로 회를 먹자고 했다. 주문한 회가 포장되길 기다리며 수국은 엄마에게 마지막 공연을 하고 왔다고 말했다. 화려한 화장을 했음에도 수국의 얼굴에는 전혀 생기가 없었다. 엄마는 서비스 제로 콜라를 챙겨주며 수국에게 말했다. "마지막이라고 생각하면 끝나는 거잖아. 끝을 생각하는 건 아주 나중이야. 오늘 공연은 그냥 앞으로 설 무대 중 하나인 거야. 그러면 나중에 기회가 생겼을 때 언제든 다시 시작할 수 있잖아. 끝맺은 적이 없으니까." 수국은 "마지막이라고 생각해 버려서 후회한 일이 있으세요?"라고 물었다. 엄마는 생긋 웃으며 그렇지 않다고 답했다. 아직 시작조차 못한 일 투성이라고 했다. 시도조차 안 한 일을 어떻게 마지막이라고 생각할 수 있겠냐고. 수국은 엄마가 속에 품고 있는 일들이 무엇일지 궁금했다. 수국이 지금 뮤지컬단에서 활동할 수 있게 된 건 그날 엄마와의 대화 덕분이었다. 그녀는 기회가 왔을 때 부담이나 두려움 없이 무대에 다시 설 수 있었다. 그동안 잠시 쉬었을 뿐이었으니.

"솔미 어머님은 오기가 있어 보이셨어. 언제든 하고 싶은 일을 시작하실 수 있을 것 같았어. 마음만 먹는다면 말이지."

나에게 이 일에 대해 말하지 않은 건 그즈음의 내가 너무 예민해 보였기 때문이라고 했다. 괴롭힘에 시달리는 나에게 엄마에 대해 말을 꺼내는 것이 겁이 났다고 했다. 그때 우리는 이미 사이가 멀어졌기도 했으니.

그들과 함께 걷던 그 시간이 거짓 없이 좋았지만, 나는 둘을 따돌리고 잠시 혼자 있고 싶어졌다. 내 생각과 달리 엄마는 생각보다 강한 사람 같았다. 엄마가 다른 이에게 나눠줄 수 있을 정도로 용기가 넘치는 사람이라는 것을 알게 되어서 기뻤다. 그래서 혼자서 마음 놓고 한번 크게 웃고 싶었다.

"그런데 우리 거북이 등껍질 카페에는 결국 못 갔네? 내일은 영업을 쉴 테고."

수국이 말했다. 수오가 엄마를 마주쳤던 이야기를 들으며 오래전 약속이 생각난 것이다.

"다음에 같이 오자. 나 가구 배송도 해야 하고 네 결혼식도 와야 해서 남은 올해 동안 고흥 올 일이 많을 것 같네."

"나는 당분간 계속 고흥에 있으니까, 언제든."

"좋아, 언제든 가자! 수오 넌 앞으로 내가 부르면 그냥 나와야 해, 알겠어?"

수국의 말에 수오가 못 이기는 척 고개를 끄덕였다.

거북이 등껍질 카페 함께 가기. 지켜지지 않은 약속에서 잠시 미룬 약속으로 바뀌자 안심이 되었다. 아마 우리 셋은 같은 마음이었을 것이다.

가을 방학

추석 아침은 시간이 더디게 갔다. 내가 수오보다 먼저 일어나 그의 몫까지 커피를 내렸다. 고흥에서의 사흘 동안 나는 삶의 공백을 조금은 채웠지만, 내가 얻어간 것이 정확히 무엇인지 설명할 수는 없었다. 얇디얇은 유리판 같은 침묵이 맴도는 집을 마지막으로 살피며 이곳에 온 것을 후회하지 않으리라는 확신이 들었다. 그것만으로도 충분한 여행이었다.

이미 이모가 수오의 부축을 받으며 차에서 내렸을 때, 그녀는 많은 것을 안다는 표정으로 말없이 나를 향해 양팔을 벌렸다. 휠체어에 앉아 있는 이모에게 맞춰 몸을 숙여 그녀를 안아주었다. 아니, 그녀에게 안겼다. 이모와의 포옹은 왠지 모르게 나에게 위로를 주었다.

이모는 추석 음식을 잔뜩 싸 왔다. 수오가 빈손으로 오지 그랬냐며 잔소리했다. 이모는 직접 한 게 아니라 전날 반찬가게에서 미리 사둔 거라고 손을 저었다.

"네가 직접 음식 해줄 것도 아니잖아. 내가 네 실력 다 아는구먼, 뭘."

"나는 외식하려고 했죠. 어젯밤에 문 여는 고깃집도 찾아놨는데."

"센스 없긴. 이모는 집에서 먹는 게 편해."

두 사람이 아옹다옹하는 모습이 꼭 모자 같았다. 수오 어머니와 이미 이모의 나이는 여덟 살 차이가 났다. 이제 이미 이모는 수오 어머니의 나이가 되었다. 수오 어머니는 생을 마감한 그 나이에 머물러 있으니. 아마 지금이 한평생 중 언니와 가장 닮은 얼굴일 것이다.

이미 이모는 수오에게 상차림을 부탁했다.

"날이 좋다. 솔미는 나 데리고 마당 좀 구경 시켜줄래? 귀찮은 일은 수오 쟤한테 맡겨버리고 여자들은 수다나 떨자."

이모의 어깨에 나의 두꺼운 카디건을 걸쳐줬다. 나는 휠체어를 끌며 마당을 한 바퀴 돌았다. 작은 마당이었고 화단에는 형형색색의 코스모스가 피어 있었다. 이모는 자신이 이 집에 혼자 살았을 때 마당에 어떤 꽃을 심었는지 알려주었다. 나는 잘 모르는 꽃들이었지만, 분명 아름다울 것 같았다.

이모를 만나면 물어볼 것이 많았는데 막상 마주하니 어떤 말도 꺼낼 수 없었다. 너무 오랜만이어서일까.

"우리가 마지막으로 만났을 때는 내가 지팡이도 없이 혼자서 걸을 수 있었지, 아마? 내가 차를 처분하기도 전이었을 테니."

"네. 저희 영종도도 가고 인천공항도 갔었잖아요. 그때 되게 재미있었는데."

"갑자기 할머니가 되어서 나타나 놀랐겠다."

이미 이모는 사 년 전부터 다리 상태가 악화되어 휠체어를 타기 시작했다. 이제 누구의 도움 없이는 멀리 외출하는 것이 어려워졌다. 이모는 마음만 먹으면 어디든 떠났던 시절을 그리워하는 것 같았다.

"목포에는 가본 적 있어?"

"아니요, 한 번도 없어요."

"가벼운 마음으로 가기에는 먼 곳이지. 그런데 미리가 먼저 나한테 오겠다고 했어."

내가 아무것도 묻지 않았는데도 이모는 차근차근 엄마와

의 일을 풀어놓기 시작했다. 나는 가장 볕이 잘 드는 곳에 휠체어를 세워두고 그 옆의 조그만 평상에 앉았다.

올봄 사월 때늦은 눈이 내린 날이었다. 엄마가 이미 이모에게 긴 문자를 보냈다. "사월에 벚꽃이 아니라 눈이 내린다. 언젠가부터 사월의 눈이 그렇게 어색하지만은 않네. 계절이 원래 생겨 먹은 데서 너무 달라진 것 같다. 우리는 또 얼마나 달라졌을지 궁금하다…… 이렇게 문자를 보냈어. 몇 번이고 읽었는지 몰라. 이렇게 보지 않고도 읊을 수 있을 정도니 말이야."

엄마에게서 메시지가 왔을 때 그녀는 적잖이 놀랐다. 사이가 좋았을 적에도 늘 먼저 연락하는 쪽은 이미 이모였기 때문이다.

처음 그들의 사이가 멀어진 건 오해나 다툼 때문이 아니었다. 아빠의 잠적으로 삶이 흔들린 엄마는 주변 사람을 전부 끊어냈다. 엄마가 이모의 연락에도 답을 하지 않으며 자연히 사이가 멀어졌다. 이모는 이유도 모른 채 엄마의 답장을 기다리곤 했다.

두 사람이 다시 만난 건 나의 예상대로 고흥에서였다. 이미 이모는 벽돌집을 구매하기 위해 부동산을 찾았다. 청소를 요구하려고 세입자 정보를 확인한 후 이모는 많이 울었다.

친구가 어디까지 망가졌을지 상상조차 되지 않아 연락하는 것이 무서웠다. 엄마는 여전히 그녀의 전화를 받지 않았다. 결국 중개사가 엄마에게 연락을 취해 부동산으로 불러낼 수 있었다. 엄마는 앞에 앉은 이모를 제대로 바라보지 못했다. 긴 정적을 깨고 이모가 말했다. "솔미는 잘 챙기고 있니? 한창 잘 먹고 보살핌받아야 할 나이잖아." 그녀는 어떤 이야기를 해야 할지 몰라 나의 안부를 먼저 물었는데, 엄마는 상처받은 표정을 지었고 서둘러 부동산을 나갔다. 난감해하는 중개사에게 이모는 세입자에게 책임을 묻지 않고 자신이 업체를 불러 청소하겠다고 했다. 이모는 엄마를 따라나섰다. 이모는 엄마를 붙잡고 차에 태워 짧은 드라이브를 했다. 그동안 그들은 한 마디도 하지 않았다. 둘은 해안도로에 있는 카페에서 다시 마주 앉았다. 그 거북이 등껍질 카페였다. 엄마는 뒤늦게 아빠의 잠적과 배신에 대해 이모에게 말해줬다. 엄마는 자신의 이야기만 마치고 카페를 박차고 나갔다. 이모는 꽤 충격을 받았다. 나는 처음 안 사실이지만, 엄마를 아빠에게 소개해 준 건 이미 이모였다. 이모와 아빠는 대학교 선후배 사이였다. 이모는 엄마에게 가장 좋은 남자를 소개해줬다는 자부심을 가졌을 정도로 그녀 눈에 아빠는 보기 드물게 정직하고 순박했으며 책임감이 강한 사람처럼 보였다.

이후로도 이미 이모는 엄마에게 몇 번이고 연락했다. 맥주 한잔할까, 내가 지금 갈게……. 꽤 여러 번 문자를 남겼지만, 엄마는 답이 없었다. 이모는 자신이 이 결혼을 부추겼을지도 모른다고 후회했다. 물론 계획에 없이 엄마의 뱃속에 내가 생겼고 결혼을 결정한 건 당사자인 엄마였음에도 그녀는 괜히 미안한 마음이 들었다. 그런데 올여름 다시 만나 대화를 나눠보니 엄마는 생각지도 못한 다른 문제로 이모에게 상처를 받았다고 했다.

"그날 부동산에서 다시 만났을 때 내가 말실수했더라고. 내가 한 실수가 뭐였을 것 같아?"

이모가 나에게 물었다.

"잘 모르겠어요."

"아무리 자신이 망가져 있다고 하지만, 그 속에서도 자식 하나 제대로 못 챙긴다는 죄책감을 느끼고 있었을 텐데, 그 콤플렉스를 내가 첫 마디에 찔러버린 거였어. 내가 너에 관해 묻는 순간 네 엄마는 못 견딜 정도로 자존심이 무너졌을 거야. 처음에는 그 말이 왜 상처가 됐는지 전혀 알지 못했어. 아마도 내가 아이를 낳지 않아서 몰랐던 거겠지. 그런데 이제는 알겠더라. 그런 마음도 있다는 것을. 사람은 자기도 모르는 사이에 다른 사람에게 얼마나 많은 상처를 주고 또 받으며 살아가는 걸까."

이모는 벽돌집에서 수오 부자와 함께 살며 언니 곁을 지켰다. 이모는 그 집의 도어락 비밀번호가 나의 생일이라는 것을 알고 알싸한 슬픔을 느꼈다. 그녀는 수오에게 학교에 솔미라는 아이가 있는지 묻고 싶었지만 그러지 못했다. 혹시 자신이 또다시 말실수할까 봐, 그래서 나에게까지 상처를 줄까 봐 겁이 났다. 올해 사월 엄마에게 연락이 먼저 왔을 때 이모는 예상보다 기쁘지 않아 스스로에게 놀랐다. 전과 달리 자신의 거동이 불편하기 때문이었다. 다만 엄마가 이제는 잘 지낸다는 사실에 안도했고 그리움에 울적하기까지 했다. 둘만의 동창회는 엄마가 기획했다. 엄마는 목포에 내려가 이모가 휠체어를 탄 모습을 처음 봤다. 너무 늦게 왔다는 생각에 엄마는 첫인사로 미안하다고 말했고 이모는 그런 엄마를 꾸짖었다. 엄마는 곧 미안하다는 말을 고맙다고 바꿨다. 내가 싼 똥을 치워줘서, 그 집을 대신 청소해 줘서 고맙다고.

"오랜만에 본 미리는 마지막에 봤을 때와 달리 생기가 돌았어. 다 솔미 네 덕이라고 하더라."

나는 약간 어깨를 움츠렸다. "꼭 그렇지만도 않은걸요."

엄마는 이모에게 같이 여행을 가자고 했다. 엄마는 운전을 할 수 있게 되면 늘 떠나겠다고 생각해 왔다. 그러나 계기가 부족해 떠나지 못하고 있었다. 그러다가 이모를 본 순간 확신이 들었다고 했다. 지금 멀리 떠나야겠다는 확신이.

"몬탁 해변까지 가보자! 재미있게도 걔가 그렇게 말하더라. 소통은 자기한테 맡겨두라면서. 그동안 영어 공부를 열심히 했다고 하더라고."

엄마는 학원에서 기초 문법반과 번역 수업을 병행해 들었다. 문법반을 마치고 이어서 회화 수업을 수강했는데, 나날이 느는 번역 실력과 달리 회화는 영 꽝이었다. 그 생각이 나자 나도 모르게 웃음이 나왔.

"어렸을 때 미리가 우리 집에 자주 놀러 와서 언니 몰래 피아노 치고 놀았거든? 집에 여행책들도 많았는데, 미리는 해변 도시를 소개한 장을 유독 오래도록 읽었지. 그중에서도 몬탁에 가고 싶어 했어. 그로부터 삼십 년도 더 지나서 걔한테 그런 말을 들을 줄이야……. 솔미 네가 엄마를 일어서게 한 만큼 엄마도 누군가를 일으켜 세우고 싶었을 거야."

이모는 나에게 거푸 고맙다고 했다. 덕분에 그리운 친구를 다시 볼 수 있었다면서. 옛날에는 이모가 엄마를 밖으로 끌어냈다면, 이번에는 반대였다. 하지만 예상을 깨고 이모는 엄마의 제안을 거절했다. 이제 자기는 목포에서 고향인 고흥까지, 그 짧은 거리를 가는 데도 몇 명의 도움이 필요한지 아냐고. 자신에게 여행은 사치고 동행자에게는 짐뿐이 되지 않는다고. 엄마가 변한 만큼 이모도 바뀌었다. "너에게는 혼자만의 여행이 필요해. 나는 젊었을 때 다 다녀봤어. 너는 이제 시작인 거야." 대신 엄마는 이야깃거리를 잔뜩 가지고 돌아오겠다고 이모와 약속했다.

"엄마는 아직 멀리는 못 간 거 같아요. 얼마 전까지 엄마는 고흥에 있었어요. 수오가 봤다고 하더라고요."

이모는 웃음을 터뜨렸고 나는 그 의미를 이해하지 못해 어리둥절했다.

"내 말을 잘 들은 모양이네. 미리는 목포부터 시작해 전국 구석구석을 다니겠다고 했어. 그다음 목적지는 정말 해외의 바닷가 도시일지도 모르겠지만. 그런데 내가 고흥을 꼭 가라고 했어."

"왜요?"

"먼 여행을 떠나기 전에 우리는 먼저 내가 가진 것이 무엇인지 알아야 해. 그래야 여행이 끝났을 때 허무하지 않거든. 우리는 살다 보면 너무 쉽게 자신이 가진 건 아무것도 없다고 착각하곤 해. 추억, 친구, 여유, 반짝반짝 빛났던 학창 시절…… 가진 걸 다 잃었거나 혹은 가져본 적도 없다고 말이야. 마치 세상에 나왔을 때부터 지금의 모양이었던 것처럼 굴어. 해가 갈수록 까먹는 거야. 작년의 나, 십 년 전의 나, 이십 년 전의 나를. 그럴 때 뭘 해야 하는지 아니?"

나는 고개를 도리질했다.

"미리도 꼭 너처럼 고개를 저으며 모르겠다고 하더라."

내가 가을 하늘을 올려다보며 답했다. "모녀가 그것까지 닮았나 봐요."

"그럴 땐 말이지, 고향에 가는 거야. 미리한테 어디 멀리 가기 전에 어머니 집 뒤에 있는 밭에 가서 흙냄새를 좀 맡아 보라고 했어. 아무리 세상이 빠르게 변한다고 해도 고향에는 변하지 않는 것들이 남아 있기 마련이거든. 우리가 죽어도 그 자리를 영영 지킬 바다도 있고, 아주 오랜만에 연락을 해 만나도 전혀 어색하지 않은 동네 친구 한두 명도 남아 있지. 외모와 이름마저 바뀐 걔를 여전히 미리라고 불러줄 사람들이 말이야. 고향은 그런 곳이야. 내가 원래 가지고 있는 것을 알려주는 장소인 거지. 나에게 언제든 돌아갈 장소가 있다는 것을 모르고 떠나면 그건 방황에 그칠 수 있지만, 알고 떠난다면 그건 진짜 여행이 되거든."

이모가 말한 대로 엄마는 고흥에 와서 외할머니 집을 청소하고 이웃들에게 인사를 했다. 외할머니 깨밭에 올라가 잡초도 뽑았을 것이고 대길 아저씨와 하모 회무침에 술도 한잔

했다.

"엄마는 이모 말대로 했어요. 고흥에서 그 숙제를 다 하고 떠났을 거예요."

여행은 거절했지만, 엄마를 고흥에 향하게 한 이미 이모는 역시 박력 있는 사람이었다. 엄마는 이제 어린 시절 꿈꿨던 해변 도시로 떠났을까? 나에게는 엄마뿐이고, 엄마 역시 나뿐이라고 생각했다. 그래서 엄마를 일으켜 세우는 일은 나만이 가능하다고 생각했다. 하지만 아니었다. 우리 곁에는 다른 이들이 있었다. 나를 고흥으로 부른 수오와 아무 말 없이 나를 용서해 준 수국이 있었다. 엄마에게 대길 아저씨와 이미 이모가 있는 것처럼. 그들은 언제나 우리 모녀를 밖으로 꺼내주고 일으켜 세워줬다.

"그렇다면 다행이지만…… 내가 또 너희 엄마를 부추긴 걸까 봐 겁도 나."

"이번에는 이모의 입김이 아니라, 엄마가 진정 원해서 한 일인 걸요. 저는 이모한테 고마워요, 항상 엄마를 밖으로 꺼내줬잖아요."

해 위치가 바뀌며 이모와 내 위로 그늘이 졌다. 그러자 뜨끈하게 데워진 정수리의 열기가 더욱 선명하게 느껴졌다.

"지금쯤 미리는 어디서 뭘 하고 있을까. 정말 몬탁 해변에 있을지도……. 외국인 남자 친구를 사귀었을지도 몰라. 어렸을 때 버릇처럼 이국의 남자를 사귀고 싶다고 말했거든."

"엄마가 그런 말도 했어요?"

"그럼."

멀리서 수오가 나를 부르는 소리가 들렸다. 수오는 아까부터 이모와 나의 대화를 방해하지 않으려 음식을 다 준비하고도 계속 기다리고 있었다. 나는 이모의 휠체어를 끌었다.

"엄마와 어울리는 새로운 사람과 장소를 찾아가는 중이겠죠. 그 여정이 그리 오래 걸리지만 않으면 좋겠어요."

나는 이제 엄마가 정말 긴 여행을 떠났다고 믿게 되었다. 그러자 엄마와의 마지막 통화에서 내가 해석하지 못했던 말이 떠올랐다. 엄마는 이제 나 없이도, 그 누구 없이도 혼자서 당당히 살아갈 수 있게 되었다. 그녀 자신만의 이름으로 불리며. 이건 슬퍼해야 할 일이 아니라 축하해야 할 일이었다. 나는 뒤늦게 마음으로 엄마에게 답을 보냈다.

나도 엄마 덕분에 엄마 없이 살아가는 방법을 배웠어. 이제 나도 혼자 나아가 볼게.

이것은 딸의 언어도 아닌, 엄마의 언어도 아닌 우리만의 언어였다. 긴 삶의 궤적을 함께한 모녀가 구축한 언어였다.

◉◉◉

가을 방학도 끝이 보였다. 식사를 마친 후 수오와 이미 이모와 함께 바다를 보러 갔다. 부둣가에 고양이들이 곳곳에 자리를 잡고 누워 있었다. 가을볕이 뺨과 이마를 어루만지자 고양이들은 속절없이 잠에 빠져 들었다. 그들의 꼬리의 이상한 점을 발견하고 내가 이모에게 물었다.

"고양이들 꼬리가 다 짧고 끝이 뭉툭하네요. 꼭 잘린 것처럼……."

어렸을 때 놀이터에서 자주 봤던 검은 고양이 가족도 전부 꼬리가 짧았다는 것이 기억났다. 그때도 의문이 들었지만, 그 누구에게도 질문하지 않았었다. 이곳 바닷가 마을에 대해 조금도 알고 싶지 않다는 반발심 때문이었다. 한 마을을 이루는 작은 요소들에 대해 하나씩 알아갈수록 정이 들까 봐 두려웠다.

"이 동네 고양이들 특징이야. 전부 저렇게 싹둑 잘린 것처럼 꼬리가 짧아. 유전적 이유일 거야."

나는 안심이 되었고 그제야 이곳 바닷가 마을 주민들에게서 시선을 거둘 수 있었다.

마지막으로 외종숙모에게 인사하고 남양주로 올라갈 계

획이었다. 짐을 챙겨 펜션을 나서며 내비게이션 앱으로 길찾기를 실행했다. 출발할 때와 마찬가지로 424킬로미터였다. 예상 소요 시간은 다섯 시간. 출발 때보다 삼십 분이 더 걸렸다. 교통체증을 나타내는 막대 바는 중간중간 빨간색이었고 대부분 주황색으로 칠해져 있었다. 추석 당일에 움직이는 사람이 많은지 도로가 꽉 막혀 있었다. 그러나 삼 일 전과 달리 그렇게 멀다는 생각은 들지 않았다.

"고마웠어."

내가 조수석에 가방을 실으며 수오에게 말했다.

"외할머니 댁에 같이 갈까?"

"됐어. 넌 이모 모셔드려야지."

수오가 팔짱을 끼고, 그래야지, 하고 답했다.

나는 처음 봤을 때처럼 이모와 포옹했다.

"갈게요."

"잘 가. 종종 소식 전해줘."

나는 힘차게 고개를 끄덕였다.

수오, 수국과 같이 보냈던 가을 방학의 마지막은 어땠더라. 우리가 함께 보냈을 가을 방학을 기억하려고 애썼지만, 아무것도 떠오르지 않았다.

"그런데 우리 고등학교 일 학년 가을 방학 때 뭐했지? 그

때 가을 방학이 처음 도입됐잖아."

수오는 어리둥절한 표정이었다.

"그때도 가을 방학이 있었나?"

"우리 고등학교 때 생겼잖아."

수오가 고개를 갸웃거렸다. "우리 학교는 첫해에 시행 안 했어. 옆에 여고에서는 시행하는데 우리 학교는 왜 안 하냐고 수국이 엄청 짜증 냈었잖아. 나 캘거리로 가고 그다음 해부터 생겼어. 우리 한창 영상통화 했을 때 네가 여기도 가을 방학 생겼다고 자랑했는데, 기억 안 나?"

수오 말을 들어보니 정말 그런 것도 같았다.

"뭐야, 그러면 나는 지금까지 우리 셋이 함께 보낸 적도 없는 가을 방학을 그리워했던 건가."

"뭐든, 그리웠나 보다. 상상으로 만들어내기도 하고 말이야."

"그러게, 전부 그리웠나 봐."

나는 차에 시동을 걸었다. 이번 가을 방학은 기억에 선명하게 남으리라고 확신했다. 아마 조금 더 아름답게 미화될 것 같았다.

외종숙모에게 가기 전 외할머니 집에 먼저 들렀다. 벽에 걸린 작은 거울 앞에서 머리를 높게 올려 묶었다. 바닥을 쓸고 걸레질하고 식기들을 전부 꺼내 설거지했다. 아직 나와 있는 선풍기를 정리해 창고에 넣었다. 화장실 청소까지 마치고 매끈한 마루에 앉아 잠시 바다를 바라보다가 마지막으로 앞구르기를 해봤다. 군더더기 없이 완벽한 동작이었다.

인사만 하고 올라갈 생각이었는데 외종숙모 집에 들어서니 마당에서부터 음식 냄새가 진동하고 있었다.

"할머니, 저 왔어요."

"이제 왔냐, 기다렸다. 행주로 여기 상 좀 닦아봐라."

외종숙모가 부엌에서 나와 행주를 건넸다. 마당 평상에는 커다란 교자상이 놓여 있었다.

"아니 저 바로 출발하려고 했는데……."

내가 점점 작아지는 목소리로 말했지만, 이미 외종숙모는 다시 부엌으로 들어가 분주히 움직였다.

오래된 교자상은 아무리 행주로 닦아도 찐득찐득함이 남았다. 외종숙모가 부엌에서 나를 부르는 소리가 들렸다. 그녀가 상으로 음식을 날라 달라고 했다. 부엌 조리대는 말 그대로 포화 상태였다. 살치살로 만든 육전과 꼬치, 명태전, 호박전, 잡채, 나물무침, 소고기뭇국 그리고 송편과 각종 과일까지 있었다. 샤인머스캣과 사과는 엄마가 주고 간 것이었다.

"뭘 이렇게 준비하셨어요?"

내가 몇 번이고 부엌과 마루를 오가며 음식을 나르다가 뜨악한 표정으로 물었다.

"젊은 애가 이 정도는 먹어야지. 그 조그맣던 솔미가 아가씨가 돼서 왔는데 영 반가워서 말이지."

외종숙모는 조용한 추석이 싫다면서 하다 보니 손이 커졌다고 말을 덧붙였다.

이어져 있다는 느낌. 그것 하나로 이름도 모르지만, 십수 년 만에 봐도 반겨주며 함께 밥을 먹는 것이 가족이었다.

마당 평상에 앉으니, 바다가 한눈에 보였다. 외할머니 집보다 높은 언덕에 있어 바다가 더욱 잘 보였다. 저 멀리 보이는 시루떡을 닮은 섬들도. 나는 휴대폰을 들어 바다를 찍었다. 익숙한 곳을 사진으로 남기던 수오의 마음이 이해되었다.

"가만있어 봐, 큰 그릇 하나가 부족하네. 음식을 많이 하긴 했나 보다."

"제가 아래 할머니 집에서 가져올게요."

내가 벌떡 일어났다.

"약간 높이 있는 걸로 가져 와. 갈비 국물이 자작하니까."

신발 뒤축을 대충 구겨 신는데 외할머니 집 마당에 센서 등이 들어왔다.

"누구지?"

나는 눈살을 찌푸리며 아래를 내려다봤다.

"미리겠지. 추석이라 또 왔나 보다."

"할머니, 엄마는 지금 몬탁 해변에 있을걸요."

가슴이 울렁거렸지만, 일부러 기대감을 들키고 싶지 않아 장난스럽게 말했다.

"몬탁? 거기가 어딘데?"

그녀는 아주 낯선 단어를 발음할 때의 떨떠름함을 그대로 얼굴에 내비쳤다. 그 모습에 나도 모르게 흐뭇한 미소를 지었다.

"아주 먼 곳이요. 이따 말해줄게요."

내가 거의 뛰듯이 마당을 나서며 말했다.

신발을 제대로 신고 비탈길을 걸어 내려갔다. 두 번 숨을 고르고 걸음을 늦췄다. 길에는 잠자리들이 한가로이 날아다녔다. 현관의 불빛이 꺼졌다가 다시 켜졌다. 땅을 구르는 발소리와 함께 캐리어 바퀴 소리가 나는 것 같았다.

"엄마?"

나는 대문을 열고 집으로 들어갔다.

에필로그

가을에 보내는 안부 인사

가을 방학

공항 보딩 보드가 쉴 새 없이 깜빡였다. 사람들은 일사불란하게 그 앞에서 비행기의 출발과 도착 시간, 게이트 번호 그리고 출발지와 도착지를 확인했다.

오사카, 방콕, 파리, 로스앤젤레스, 시드니…….

내가 의자에 앉아 누군가를 기다리는 그 시간에도 많은 사람이 떠나고 도착하길 반복하고 있었다.

게이트가 열리고 사람들이 쏟아져 나왔다. 저마다 보폭이 달랐다. 걸음걸이의 가벼움 정도를 가늠하며 나는 사람들이 이곳에 도달한 것인지 아니면 돌아온 이인지 점쳐 봤다. 그중 누구보다 가볍고 경쾌한 걸음걸이로 나에게 걸어오는 사람이 있었다. 수오였다.

"잘 지냈어?"

그의 캐리어 하나를 나눠 들며 물었다. 작년 겨울까지 나는 펜션에 놓을 가구를 만들며 남양주와 고흥을 오갔다. 십이월에는 수국의 결혼식에 가기 위해 다시 고흥을 찾았다. 결혼식 이틀 전 우리 셋은 거북이 등껍질 카페에서 팥죽을 먹었다. 결혼식이 끝난 후에도 일주일 동안 고흥에 머무르며 제페토 아저씨와 수오와 함께 새해를 넘겼다. 일월 중순에 수오는 캐나다로 떠났다.

팔 년 만에 만났을 때도 전혀 어색하지 않았는데, 이상하게 팔 개월 만에 다시 만난 지금이 더 어색하게 느껴졌다. 아마도 그에게서 느껴지는 사소한 변화 때문인 것 같았다. 수오는 수염을 깔끔하게 제모했다. 긴 비행시간 동안 수염이 약간 자랐는지 턱밑이 거뭇거뭇하긴 했지만. 수염을 밀면 옛날과 비슷하겠다고 생각했는데, 막상 그의 깨끗한 얼굴을 보니 어린 시절의 이미지는 희미했다. 한 시절을 완전히 매듭짓고 인생의 다음 단계로 넘어간 것처럼 느껴졌다.

"보다시피. 학교 졸업한 게 전부야. 한 학기 남은 거 끝내니까 개운해."

"큰일 했네."

"너는?"

"똑같지, 뭐. 일하고 쉬고 가끔 운동하고 내키면 사람 만나고 안 내키면 자고."

나는 여전히 연고 없는 남양주의 작은 아파트에서 살았다. 작업실도 그대로였다. 유일한 취미라고 할 수 있는 꿀을 모으고 그것에 어울리는 빵을 사는 일만은 게을리하지 않았다. 그리고 여전히 혼자였다. 엄마는 돌아오지 않았다. 그날 집의 불을 밝힌 건 잔뜩 신나 레슬링을 하던 꼬리가 뭉툭한 새끼 고양이 형제와 가을바람이었다. 나는 고흥에 하루 더 머물며 센서 등을 고쳤다.

그래도 달라진 것이 있다면 딱 하나, 차를 운전하는 대신 종종 걷거나 버스를 이용하게 됐다는 것이었다. 내가 사는 도시의 풍경을 익히고 싶어졌다. 나는 언젠가 떠나게 될 거였다. 그렇지만 이곳을 종종 그리워할 것 같다는 예감이 들었다. 진정 열망하는 일을 처음으로 시작한 도시였으니까. 또, 엄마가 다시 일어선 도시니까. 훗날 그 도시를 추억할 때 기억나는 것이 오래된 아파트 베란다의 결로와 요양원뿐이라면 슬플 것 같았다.

늦은 오후 장을 보러 가는 주말이나 작업이 없는데도 의무감에 출근하는 지루한 날이면 나는 버스를 탔다. 차창 밖으로 느리게 스쳐 지나는 도시 풍경을 보면 나른해졌고, 이내 하품이 쩍 나왔다. 그러면 자연스레 엄마 생각이 났다. 그녀 옆에 있을 때 딱 이렇게 졸렸는데. 버스에서 꾸벅꾸벅 졸고 있으면 엄마의 목소리 대신 버스의 하차 알림음이 나를 깨웠다. 일주일 중 하루는 음악을 들으며 도서관까지 빙빙 돌아서 걸어갔다. 그렇게 내가 사는 곳의 풍경을 익혀나갔다.

"너는? 어디에서 일해 볼지 정했어?"

"아니. 그런데 캐나다에 혼자 있으려니까 외롭더라. 그래서 우선 오긴 왔는데, 정해진 건 아무것도 없어. 여기서 또 영어 강사를 할 수도 있겠지만, 뭐 어때. 지금 내가 있고 싶은 곳이 여기인걸."

"잘 왔어."

패키지여행 일행이 옆을 지나며 드르륵드르륵 캐리어 소리만이 귓가에 울렸다.

"수오야, 나 가을이 지나면 여행 가려고."

"어디로?"

"어디든."

"갑자기 왜? 여행 싫어했잖아."

"이제 떠나는 게 무섭지 않아졌거든."

자동문이 열리고 공항을 나서자 청명한 가을바람이 몸을

휘감았다.

    추석 연휴를 맞아 수오와 함께 고흥에 내려갔다. 나의 트럭으로 도로를 달렸다. 고흥에 들어서자 나는 아무렇게 틀어둔 음악을 따라 낮게 허밍을 하기 시작했다.

    "어, 과수원이다." 창밖을 보던 수오가 말했다. "대길 아저씨 잘 지내시려나."

    "곧 또 수확 철이라 바쁘시겠다. 아저씨 레드향 맛있더라. 솔직히 한라봉보다 더 맛있긴 해. 그 신맛이 그립긴 하지만."

    대길 아저씨는 작년에 한라봉 대신 레드향 한 박스를 보냈다. 아저씨의 레드향은 달았다. 잼이나 청으로 만들지 않고 생으로 먹어도 충분한 당도였다. 엄마도 맛봤다면 참 좋았을 거라는 생각을 했다. 나는 엄마 대신 아저씨에게 연락해 감사 인사를 했다.

    "우리 이따 저녁에 하모 먹자. 그때 배불러서 남긴 게 계속 아른거리더라니까. 이번에는 공복에 가자."

    수오가 약간 흥분해 말했다.

    "수국이도 같이 갈까?"

    "좋지."

    펜션에 수오를 먼저 내려줬다. 이번 연휴 동안 나는 외할머니 집에서 지낼 예정이었다. 곧 해안도로가 나왔다. 거의 다 도착했음을 알리는 거북이 등껍질 카페가 보였다. 그 앞에 서 있는 중년의 여자를 보자 나도 모르게 시선이 갔다. 그 탓에 차가 잠시 오른쪽으로 기울었다. 엄마를 닮은 사람을 보면 본능적으로 움찔거리는 건 어쩔 수 없었다.

  나는 엄마에 대해 종종 생각했다. 올해 여름에 동화 『구름을 키우는 방법』을 도서관에서 다시 빌려 와 읽었다. 엄마는 끝까지 번역하지 않았지만, 리지가 구름을 놓아준 후의 이야기가 더 남아 있었다. 처음 읽었을 때는 별 내용이 아니라고 생각했는데, 곱씹을수록 마지막 장면에서 중요한 것을 알려주고 있었다. 구름을 놓아준 후에 구름을 그리는 방법에 대해서 말이다.

  구름이 낄 때마다 리지는 다솜이를 생각해요.
  그리고 몽실몽실한 구름을 보면 손을 흔들어요.
  혹시 다솜이일지 모르니까요.

  엄마는 이 이야기의 결말을 나의 몫으로 남겨둔 것이 아니었을까. 딸의 언어로 그 문장을 번역하며 너만의 인사를 보내는 방법을 터득해 나가라고.

"다녀왔습니다."

아무도 없는 외할머니 집의 대문을 열며 활기차게 외쳤다. 고흥에 오면 가장 먼저 외할머니 집을 청소하는 나만의 규칙이 생겼다.

하늘은 눈부시도록 새파랬다. 걸레질을 멈추고 대청마루에 앉아 엄마에게 보낼 안부 인사를 궁리했다. 이렇게 날씨가 좋은 날이면 엄마에게 어떻게 인사를 할지 연습하게 되었다. 엄마가 언제 돌아오더라도 가장 좋은 인사를 건네고 싶으니까. 글을 쓰는 건 서툴러 종이에 적지는 않았다. 대신 기도하는 것처럼 속으로 그녀에게 말을 걸었다. 오늘의 안부는 이렇게 시작해 보려고 한다.

거기 날씨는 어때? 여기는 어느덧 가을이 왔어.

작가의 말

유독 무더웠던 작년 여름, 가을을 마중 나가는 마음으로 이 이야기를 쓰기 시작했습니다. 처음에는 제목만 같을 뿐 아주 다른 소설이었습니다. 그러다 여름 끝 무렵, 아주 오랜만에 고흥에 가게 되었습니다. 여행 첫날 밤 부둣가에 나가 별이 빽빽하게 박힌 밤하늘과 고요한 바다를 보며 불현듯 소설을 고쳐야겠다는 생각이 들었습니다. 짧은 여행을 마치고 돌아온 후 이야기의 많은 부분을 수정했습니다. 그렇게 겨울이 되고 결말까지 고쳤을 때는 소설이 처음 생겨 먹은 데서 이렇게나 달라졌다는 것에 스스로 놀랐습니다. 고작 몇 계절이 지나는 사이에 저라는 사람이 많이 바뀌었기 때문일 것입니다. 계절에는 기온과 풍경 그리고 한 사람의 감정과 모양새를 바꿔놓는 힘이 있고 저는 그것에 저항하기보다는 기꺼이 굴복하는 편입니다.

계절에 순응하는 편이어서일까요. 어떤 계절이 가장 좋냐는 질문에는 늘 고심하게 됩니다. 봄에는 낮잠이 달고, 여름은 풀잎 내음이 싱그럽고, 가을에는 트렌치코트를 입을 수 있고, 겨울에는 따뜻한 국물 요리가 더욱 맛있고…….

원래는 계절의 단점을 먼저 생각하는 사람이었는데, 언젠가부터 계절이 준 선물을 먼저 떠올리게 되었습니다. 그건 아마도 어느 쓸쓸했던 나날에 저의 곁을 지켜준 사람들 덕분일 겁니다. 이 소설을 쓰며 그들을 많이 생각했고 그리워했습니다.

긴 겨울 산책을 함께해 준 은서와 아마도 오래도록 잊지 못할 꽃다발을 선물해 준 우진에게 안부 인사를 전하고 싶습니다. 또 저에게 방학 같은 시간을 선물해 준 형식에게 사랑을 보냅니다. 무엇보다 이 소설을 완성할 수 있었던 것은 고흥의 아름다움을 알려준 가족 덕분입니다. 다 언급하지는 못해도 제 곁에 오래도록 머물렀으면 하는 이들이 있습니다. 저는 잘 지내고 있습니다. 이 말을 할 수 있게 해줘서 고맙습니다.

  누군가 옆에 있어줬다는 것만으로도 쓸쓸했던 시절이 그렇게 나쁘지만은 않게 기억되고 때로는 눈부신 시간으로 미화되기도 합니다. 저는 그런 미화가 좋습니다. 모난 기억의 모서리가 깎여 둥글어지고 매끈해져 손에 쥐고 싶은 조약돌로 바뀌는 것이, 과거로부터 조금 더 나아갔다는 증거로 느껴지거든요.

  이 소설을 세상에 내놓으며 가을이 좋은 이유가 하나 더 늘었습니다. 전부 이 책을 읽어준 여러분 덕분입니다. 당신에게도 애틋한 사람과 붙잡고 싶은 계절이 있겠지요. 이 이야기를 통해 마음이 향하는 것들에 안부를 전할 힘이 더해졌길 바랍니다.

  여러분도 제 곁에 머무는 이였으면 좋겠습니다. 저도 한 권으로 책으로 당신 곁에 오래도록 머물겠습니다.

여름의 문을 열며

연소민

가을 방학

초판 1쇄 인쇄 2025년 7월 10일
초판 1쇄 발행 2025년 7월 20일

지은이 연소민
주간 김종숙   기획실 정진우 정재우
편집장 서경진   마케팅 홍보 고다희
외주편집 김화영   디지털콘텐츠 구지영
디자인 강희철   영업 관리 고은정
제작 윤준수   회계 김선애

펴낸곳 도서출판 열림원
펴낸이 정중모
출판등록 1980년 5월 19일(제406-2000-000204호)
주소 경기도 파주시 회동길 152
전화 031-955-0700
팩스 031-955-0661   페이스북 /yolimwon
홈페이지 www.yolimwon.com   트위터 @yolimwon
이메일 editor@yolimwon.com   인스타그램 @yolimwon

ⓒ 연소민, 2025

ISBN 979-11-7040-322-7 03810

* 저자와 출판사의 서면 허락 없이 내용의 일부를 무단 사용하거나 발췌하는 것을 금합니다.
* 책값은 뒤표지에 있습니다. 잘못된 책은 구입하신 곳에서 교환해드립니다.